KB012908

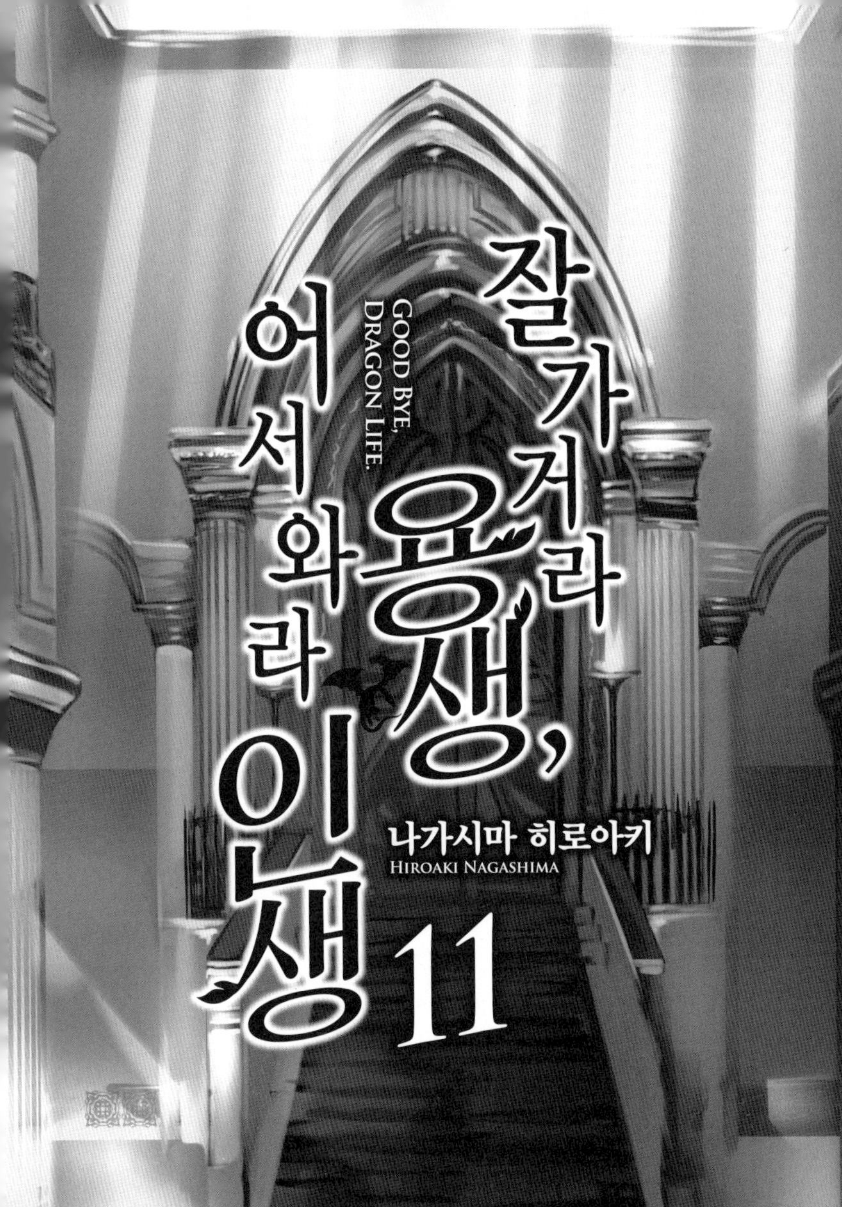
잘가거라 용생,
어서와라 인생
GOOD BYE, DRAGON LIFE.
나가시마 히로아키
HIROAKI NAGASHIMA
11

목차

에쿠스
탈다트 마법학원의 대표.
「서쪽의 천재」라고
불리는 실력자.
하루트
작년 경마제 우승 학원인
지에르 마법학원의 대표이자
이도류의 마법 검사.
드라미나
드란과 혼약한 뒤,
학원에 동행하기 위하여
사역마가 된
뱀파이어의
전대 여왕.
세리나
사역마로서 드란과 동행하는
라미아 미소녀.
마침내 드란과 혼약을
맺었다.

가로아 4강
「백은의 공주 기사」 크리스티나 (좌상)
「빙화」 네르네시아 (좌하)
「금염의 그대」 페니아 (우상)
「파괴자」 레니아 (우하)
드란
최강의 고신룡 「드래곤」이
전생한 모습.
가로아 마법학원에 다니면서
고향 베른 마을의 발전에
힘쓴다.
주요
등장인물
MAIN CHARACTERS

제1장　걱정하는 드라미나

여름휴가를 고향 베른 마을에서 보냈던 나— 드란은 2학기 개시까지 며칠을 남긴 어느 날, 한발 빨리 가로아 마법학원으로 복귀했다. 이번 휴가 중 혼약을 맺은 전대 뱀파이어의 여왕 드라미나를 새로운 사역마로서 학원이 체재시키고자 허가를 받기 위해서였다.

마찬가지로 나의 혼약자이며 사역마 지위로 학원에서 공동생활을 하고 있는 라미아 미소녀 세리나까지 함께 셋이서 함께 공동생활을 시작하게 된다.

학원장실에서 흑장미의 정령 디아드라와 충격적인 재회의 때를 맞이한 뒤 나는 올리비에 학원장을 입회인으로 두고 드라미나와 사역마 계약을 맺었다. 세리나의 전례를 따라서 계약신 라 벤타에게 부탁을 했고, 이번 사역마 계약도 일반적인 경우와 달리 주인인 나에 대하여 드라미나에게 복종을 강제하지 않는 내용으로 변경했다.

막힘없이 계약을 마친 뒤 학원장이 준비해주신 사역마용 메달을 받아 든 드라미나는 세리나와 똑같이 메달을 마치 펜던트처럼 목에 걸고 다니려는 모양이다. 주인인 나와 사역마가 된 자신의 이름이 각인된 메달을 기뻐하며 바라보는 드라미나의 모습이 인상적이었다.

길었던 여름휴가는 끝났고, 가로아 마법학원은 2학기에 들어섰다.

일부 먼 지역에 사는 인원을 제외하고 본가에 귀성했었던 학생들도 대부분 학원으로 복귀를 마친 참이었다.

시업식이 끝난 뒤 교실에 들어갔더니 본가에서 지낸 이야기로 즐겁게 꽃을 피우고 있던 학우들은 내가 세리나뿐 아니라 드라미나와 함께 왔음을 깨닫고는 눈 깜짝할 새에 화제를 바꿔 또 열심히 대화를 이어 나갔다.

베일이 맨얼굴을 가려주는 덕분에 드라미나의 미모가 나의 학우들에게서 의식을 빼앗아 가는 사태는 방비할 수 있었다.

이미 내 옆자리에는 같은 반 소녀 파티마와 그 친우인 네르네시아, 또한 파티마의 사역마인 하프 뱀파이어 시에라가 앉아 있었다. 세 사람 모두 내 곁에 있는 드라미나를 발견하곤 크고 작은 차이는 있을지언정 놀란 표정을 한다.

특히 한때나마 드라미나와 적대 관계였던 시에라는 후드로 가린 얼굴이 아예 놀라서 바짝 굳어져버렸음을 분명하게 알 수 있었다.

세리나가 바닥을 기는 조그만 소리와 함께 자신의 자리에 앉은 뒤 나는 재회의 인사를 입에 담았다.

"고르네브 여행 때 보고 처음인가. 다들, 별일 없었어?"

"안녕~ 드란, 세리. 다행이야, 건강해 보이네~. 드라미나 씨도 같이 왔구나~. 오랜만이에요."

"이렇게 또 무사히 만나게 되어 기쁘군."

평소와 같이 생글생글 웃음을 띠고 말하는 파티마와 과연 『빙화(氷花)』라는 이명이 잘 어울리는 무표정을 지은 네르. 대조적인 두 사람이 양쪽 다 호의를 한가득 담은 인사말로 답해준다.

그러나 유독 시에라는 드라미나를 응시한 채 한 마디도 꺼내지 않았다.

하프 뱀파이어라는 입장에 놓인 시에라가 뱀파이어의 정점에 서서 군림하는 드라미나를 앞에 두었을 때 대체 얼마나 큰 외경의 감정이 가슴속으로부터 터져 나왔을지는 차마 가늠할 수 없다.

설령 제아무리 큰 뱀의 시선 아래에 놓인 개구리여도 이런 지경까지 되지는 않을 것이라 생각될 만큼 잔뜩 긴장한 상태의 시에라에게 구원의 말을 건네준 사람은 다름 아닌 드라미나였다.

"시에라, 당신의 강녕한 모습을 보니 안심했어요. 파티마 씨의 사역마가 되었다는 말은 들었습니다만, 역시 이렇게 직접 만난 다음에야 마음이 놓이는군요."

"넷, 네엣. 폐하, 저 따위에게 이리도 관심을 베풀어주시다니—."

"시에라."

"네!"

호들갑스럽게 예의를 차리고자 하는 시에라의 말을 가로막고 드라미나는『쉿』이라며 베일 위쪽으로 입술에 손가락을 가져다 댔다.

애당초 드라미나에게는 더 이상 여왕이라는 의식이 없을뿐더러 주위 사람들이 자신의 신상을 알게 된다면 국가 규모의 큰 문제로 발전될 수 있기 때문이었다.

"저는 그냥 드라미나예요. 이곳에서는 당신과 똑같이 사역마의 신분을 가진 여인에 불과하죠. 대등하게, 편하게 대해주셔도— 으음, 좀 과한 요구가 될 수는 있겠지만요."

드라미나는 완전히 위축되어버린 시에라를 보고 쓴웃음을 살짝 지었다.

"최대한 노력하겠습니다."

시에라의 답은 이 정도가 한계였을 테지.

시에라는 파티마를 은근히 여동생처럼 생각하는지라 친근한 관계를 쌓아 올렸지만, 이렇게 불쑥 만나게 된 드라미나와 대등하게 지내달라는 것은 설령 갑자기 나온 이야기가 아니었더라도 제법 무리가 있을 법하다.

"정말 편하게 대해주면 고맙겠어요."

드라미나는 그렇게 말한 뒤 어깨에서 힘을 빼냈다.

그때, 방금 전 드라미나가 꺼냈던 말 중에 흘려들을 수 없는 단어가 있었음을 깨달은 파티마가 의아해하며 고개를 살짝 갸웃거렸다.

흐음, 대략 1개월 만에 봤는데 변함없이 파티마는 작고 귀여운 동물 같은 행동을 하는 아이구나.

"있지, 있잖아, 드란. 어째서 드라미나 씨가 드란의 사역마가 된 거야~? 고르네브에 갔을 땐 이런 이야기 전혀 안 해줬잖아."

"맞아, 이후에 드라미나가 다시 연락을 줬거든. 고향에서 해야 할 일은 전부 끝마쳤으니 내가 사는 곳으로 놀러 오겠다는 이야기가 나왔고, 뭐, 이런저런 일을 겪어서 이렇게 내 사역마로 곁에 머무르게 된 거야."

"흐응. 그나저나 드라미나 씨가 사역마라니……. 혹시가 아니라 이거 진짜로 엄청난 거 아니야? 마법학원에 보고는 제대로 했어?"

"미리 학원장님께 말씀을 드렸지. 경마제(競魔祭)에 사역마가 출장하는 것은 인정되지 않는 게 차라리 다행이라며 푸념은 하셨지만 말이야."

“응? 아, 맞네. 드라미나 씨랑 세리가 드란이랑 같이 출장하면 누가 나서도 아무도 못 이기잖아~.”

파티마는 무척 진지하게 고개를 끄덕이면서 납득의 뜻을 표시했다.

이 아이가 말했듯이 설령 내가 출장하지 않고 세리나와 드라미나만 대리로 경마제에 내보내더라도 두 사람을 당할 인물은 결코 없으리라.

“맞아. 그렇게 되면 아무래도 좀 과하게 불공평하지. 어른과 아이의 싸움 수준을 훌쩍 넘어서는 셈이니.”

정작 세리나와 드라미나는 애당초 내가 출장하는 시점에서 이미 약한 사람을 괴롭히는 행위 아니냐고 말하는 듯이 쓴웃음을 짓고 있었다. 흐으음. 분명 부정할 순 없지만 신조마수(神造魔獸)의 혼을 지니고 있는 레니아와 초인종이자 용사의 후예인 크리스티나 씨도 비슷비슷한 영역이 아닌가.

내가 약간의 불평을 담아 고민하던 중 네르가 살짝만 표정을 바꿔 중얼거렸다.

“아무튼 베른 마을에서 고블린을 무사히 격퇴한 이유 중 하나는 알겠어. 드라미나 씨가 나서면 혼자서도 전부 쓰러뜨렸을 테니까.”

흠, 구마 씨족의 습격 사건을 알고 있었나.

무투파 아피에니아 가문의 장녀답게 과연 소식이 빠르다— 라고 말하고 싶기는 한데, 사실은 주변 일대에서 쭉 화제가 됐던 사건이니까 대강의 개요는 이미 왕국의 모든 지역에 소식이 전해졌을 테지.

“아, 맞다아! 드란, 큰일 났었다며? 나도 자세한 사정은 잘 모르는데 드란의 고향이 습격을 받았다는 얘기는 들었거든요. 역시 드란도 같이 싸웠어? 다친 사람은 혹시 없고? 괜찮아~?"

네르의 이야기를 듣고 파티마도 허둥지둥하며 나에게 거듭 묻는다.

"흠, 이미 끝난 일이니까 지금 걱정할 필요는 없다. 파티마, 나도 싸웠지만 숫자만 많은 녀석들이어서 별 위협은 아니었지."

실상은 평범한 고블린 같지 않았던 행각도 다수 확인되었지만, 굳이 사실을 알려줘서 이 귀여운 학우를 불안하게 만들 필요는 없다. 나는 담임을 맡은 아르네이스 선생이 올 때까지 빈 시간 동안 학우들에게 고고 구마가 이끌고 왔던 고블린들과의 싸움을 — 일부 얼버무려서 — 이야기했다.

아르네이스 선생의 수업이 끝난 뒤 나와 네르는 학원 4강 중 한 사람, 『금염(金炎)의 그대』 페니아 씨에게 호출을 받아 마법학원의 안뜰 중 한 곳에 인접한 테라스로 집합했다. 페니아 씨에게 부름을 받지 않은 파티마와 시에라도 같이 동행했는데, 이런 정도로 트집을 잡을 사람은 아니다.

나, 세리나, 드라미나, 네르, 파티마, 시에라의 조합은 제법 눈에 띄는지라 이동 중 마주치는 학생들의 시선이 꽤 모여들었다.

우리가 안뜰에 도착했을 때 이미 테라스에는 페니아 씨, 크리스티나 씨, 레니아까지 비슷하게 사람들 눈길을 끄는 세 사람이 앉아 있었다. 멀리서 봐도 분명하게 알 수 있는 황금빛 머리카락의 광채를 반짝이며 페니아 씨가 또랑또랑한 목소리로 우리에게 말을 건넨다.

"오랜만이에요, 여러분. 그쪽은…… 요즘 소문이 난 드라미나 씨가 맞겠지요? 크리스티나 씨와 레니아 씨에게 이야기는 익히 들었답니다. 저는 페니아 페니키시안 페닉스. 드란 씨의 학우예요."

초대면의 상대에게도 전혀 주눅 들지 않는 페니아 씨의 유들유들한 성품과 뛰어난 사교성은 틀림없이 강점이었다. 페니아 씨와 크리스티나 씨는 나보다 한 학년 위이다만, 두 사람 모두 선후배 관계라며 선을 긋지는 않고 허물없이 대해준다.

드라미나는 세 사람이 있는 테이블에 가까이 가서 걸음을 멈춘 뒤 아크레스트 왕국의 예법과는 조금 색다른 방식으로 허리를 낮추고 머리를 숙여 페니아 씨에게 인사를 했다. 뱀파이어의 역사 속에서 쭉 연마되어 모두가 넋을 잃고 바라보게 되는 우아함의 극치라고 말할 수 있는 동작이다.

"정중한 인사에 깊이 감사드립니다, 미스 페닉스. 처음 뵙겠어요. 드란의 사역마 드라미나라고 합니다."

드라미나가 보여준 일련의 우아한 동작, 또한 본인에게서 배어나는 더할 나위 없이 고귀한 분위기와 말씨를 몸소 체험한 페니아 씨는 심홍색 부채를 펼쳐서 놀라움으로 물든 자신의 입가를 가렸다.

"어머나, 드란 씨가 어떻게 당신과 같은 분을 사역마로 맞아들였는지 무척이나, 몹시 흥미롭군요. 드라미나 씨, 저는 편하게 페니아로 불러주세요. 전우이자 귀여운 후배인 드란 씨의 사역마이신데 이렇듯 격식을 차릴 이유는 없죠. ……그건 그렇고 인류 중에서도 최상위의 종족 중 하나로 손꼽히는 뱀파이어를 사역마로 들였을 뿐 아니라 그 뱀파이어분이 이렇게나 고귀한 숙녀이시라는 것은……. 그럼에도 『뭐, 드란 씨니까』라는 생각이 든단 말이죠. 역시나 드란 씨는 비범하기 짝이 없는 사람이에요."

드라미나의 소문을 미리 들어서 알고 있었던 모양인데 실물을 앞에 두고서 페니아 씨는 소문 이상이었음을 느꼈나 보다.

페니아 씨가 무심코 입 밖에 꺼내는 말을 들더니 세리나는 묘하게 기뻐하면서 동의의 뜻을 표시했다.

"『드란 씨라면』으로 납득할 수 있게 됐다면 페니아 씨도 완전히 드란 씨한테 익숙해진 거예요."

흐음, 이제껏 나 때문에 정말 많이도 놀랐기 때문일까. 세리나는 자신과 같은 심경에 이른 사람이 늘어나는 것을 환영하는 경향이 있다.

다만 저 반응은 정말 올바른 걸까?

아무튼 간에 뱀파이어인 드라미나를 기피하지 않고 받아들여 준다면 나로서는 고마울 따름이다.

"자, 계속 서서 이야기하지 말고 우선 앉죠. 주위의 시선이 조금 신경 쓰일지도 모르겠습니다만, 크리스티나 씨가 있는 이상은 자연의 섭리나 마찬가지이죠. 달게 감수합시다. 게다가 여러분이 웬만한 일로 동요하지 않는 담력의 소유자임을 저 페니아는 잘 알고 있으니까요."

우리가 의자에 앉은 뒤 대기하고 있던 마법학원의 고용인분들이 차를 내주실 때까지 기다리는 동안 페니아 씨가 새삼 입을 열었다.

"오늘 이 자리에 여러분을 모신 이유는 우선 오랜만에 여러분의 건강한 얼굴을 보고 싶었다는 것이 첫 번째. 특히 드란 씨 일행은 고향 베른 마을이 고블린들에게 습격을 받았잖아요? 이렇다 할 부상자도 없이 격퇴했다는 소식은 전해 들었습니다만, 직접 무사한 모습을 보고 나니 마음이 놓이는군요."

"레니아와 크리스티나 씨, 아울러 엔테의 숲 주민분들도 힘을 보태주신 덕분입니다. 괜히 심려를 끼친 듯합니다만, 사상자는 단 한 명도 발생하지 않았습니다."

마치 연극배우와 같은 화법이기는 한데 단순한 인사치레도 아유도 아닌 마음속에서 우러나온 염려임을 느끼게 되는 까닭은 페니아 씨에게 인덕이 있어서일까.

"역시 본인에게 말을 들으니 안심할 수 있군요. 자, 두 번째는……. 드디어 코앞까지 다가온 경마제에 대비해서 새삼 단합을 도모하고 사기를 올리기 위해서랍니다!"

경마제란 아크레스트 왕국에 있는 마법학원 다섯 곳에서 각각 대표를 선발하여 마법의 기량을 겨루는 행사이다. 우리 중 이번 대회에 가장 열렬하게 정열을 불태우고 있는 페니아 씨답게 무척 뜨거운 불길이 담긴 말이었다.

또한 네르도 이번 경마제에 예사롭지 않은 정열을 품고 있는데, 이 아이는 작년 자신을 격파했던 에쿠스를 쓰러뜨리기 위해 노력하고 있다.

"흠, 그렇다면 드디어 특훈을 재개하는 겁니까? 페니아 씨."

"맞아요, 또 슬슬 힘을 가다듬어야죠. 다만 여러분을 억지로 끌고 다니겠다는 말은 아니랍니다. 제게는 아무 권리가 없는걸요. 그러니 일정에 여유가 있는 범위에서 특훈 참가를 부탁드리고 싶어요. 오늘은 학원 영사실의 사용 허가도 받아 놓았으니, 그곳에서 저희가 대결하게 될 다른 학원의 정예들을 분석한 뒤 대책을 강구하면 어떨까 싶군요. 여러분, 오늘 일정은 괜찮으실까요?"

"저와 세리나, 드라미나는 문제없습니다. 다만 아직 바제와 루우에게 연락을 하지 않은지라 내일 이후에는 언제 시간을 낼 수 있을지는 모르겠군요. 두 사람의 일정을 확인할 때까지는 저희끼리 모의전을 해야 할 겁니다."

여름휴가 전에는 심홍룡 바제와 수룡황 류키츠의 딸 루우도 우리의 특훈을 거들어주고는 했다.

또한 류키츠 본인도 류 킷츠라는 가명을 써서 참가했더랬지.

"드란 씨의 지인이라는 인연에 기대어서 특훈 상대를 부탁드리는 셈이니 어쩔 수 없지요. 크리스티나 씨, 레니아 씨, 네르네시아 씨는 어떤가요?"

말없이 과자를 가득 물고서 먹고 있었던 레니아는 페니아 씨의 질문에 무척이나 씩씩한 표정으로 답했다.

"나는 드란 씨를 따를 뿐이야."

레니아의 아름답고 청아한 음색과 남자 못지않은 늠름한 태도에서 몹시 큰 차이가 느껴진다. 이런 목소리의 주인이라면 노랫소리로 뱃사람을 유혹하는 세이렌이라는 마물과 같이 달콤하고 아름다운 노래가 더욱 잘 어울린다고 모든 사람이 생각할 텐데, 정작 레니아의 발언은 이런 식이다.

이 아이와 마찬가지로 쭉 과자에 집중하던 크리스티나 씨와 네르도 차례차례 페니아 씨에게 대답했다.

"나는 특별히 할 일이 있지는 않아. 게다가 경마제의 관련 일정이라면 가능한 한 우선하는 것이 맞겠지."

단숨에 과자를 먹은 크리스티나 씨가 지극히 착실한 표정으로 말을 꺼냈고, 아직껏 볼이 부풀어 오른 네르도 역시 짤막하게 답하며 고개를 끄덕거렸다.

"이하 동문."

"모두 시간이 괜찮다니 정말 다행이에요. 그나저나 크리스티나 씨, 네르네시아 씨, 두 분은 똑같이 먹는 모습이 좀 많이 복스럽군요. 체면에도 신경을 조금 써주셔요."

"응, 알았어."

네르는 순순히 고개를 끄덕이고 컵을 기울여서 입속의 내용물을 꿀꺽 삼켰다.

페니아 씨는 그 장면을 보고 만족스러운 표정으로 영사실로 이동할 것을 제안했다.

"그럼 여러분, 차는 충분히 즐기셨겠지요. 이만 자리에서 일어나도록 할까요. 크리스티나 씨를 목적으로 하는 구경꾼들이 모이기 시작했답니다."

크리스티나 씨와 네르는 아직 과자에 미련이 남아 있는 눈치였지만, 페니아 씨가 말했듯 다른 테라스의 이용객 및 학원 건물의 창에 얼굴을 바짝 붙인 학생들이 이쪽에 뜨거운 시선을 보내고 있었다.

크리스티나 씨의 입장에서야 입학했을 때부터 쭉 이어지는 일상적인 광경에 불과하겠으나 경마제와 관련하여 의논하는 데 적절한 상황은 아니군.

우리는 크리스티나 씨의 미모에 놀라 주저앉아버린 학생들을 슬쩍 곁눈질하며 영사실로 향했다.

영사실은 여름휴가 전에 작년의 경마제 양상을 보기 위해서 사용했던 경험이 있다.

우리가 평소에 쓰는 교실과 같은 넓이의 공간에는 검은색 칠판 대신에 매직 아이템인 장방형 거울이 설치되어 있었다.

『관찰자의 기억』이라고 불리는 이 매직 아이템은 짝을 이루는 『관찰자의 눈동자』라는 이름의 손거울로 비춘 광경을 투영할 수 있다. 관찰자의 기억 옆쪽에 있는 받침대는 관찰자의 눈동자를 설치하기 위한 장치이며, 이미 페니아 씨가 손수 마법의 손거울을 올려놓았다.

이 매직 아이템의 우수한 점은 영상뿐 아니라 대기의 진동까지 기록해서 소리를 재현할 수 있다는 것이다.

"용케 최신 영상을 입수했군요. 지금 시기라면 모든 학원이 정보 유출에 무척 민감해졌을 텐데 말입니다."

"그 부분은 학원장님을 비롯한 여러 선생님들께서 교섭을 맡아 해결해주셨답니다. 서로 가지고 있지 않은 정보를 교환하거나 일부러 자신들의 정보를 내주거나 희귀한 마법 소재 및 연구 성과를 대가로 치르는 등 교섭 방법은 얼마든지 있었겠죠. 물론 정말로 숨겨야 할 부분은 숨겨 놓았겠지만 말이에요. 저희의 경우라면 올해 첫 참가를 하는 드란 씨와 레니아 씨의 실력을 다른 학원에 노출시키고 싶진 않거든요. 예선 경기 때 두 분의 결승전 영상 및 정보는 어지간한 사태가 아닌 한 다른 곳에 새어 나가지 않을 거예요."

"흠, 새어 나가도 딱히 문제가 될 것 같지는 않습니다만……. 그렇군요, 이미 경마제의 싸움은 물밑에서 시작된 셈이군요."

"그렇답니다. 자, 영상을 출력할게요. 동쪽의 엘레노아 마법학원, 남쪽의 지에르 마법학원, 서쪽의 탈다트 마법학원, 그리고 왕도에 있는 아크레스트 마법학원의 대표 선수들의 대략 1개월 전 모습이라더군요.”

평소부터 각 학원의 소문을 듣곤 했는데, 동쪽의 엘레노아 마법학원은 동방의 음양술 및 풍수술, 선술 따위를 도입해서 독특한 마법 연구가 활발하게 이루어지고 있는 이문화 교류의 땅이기도 하다.

남쪽의 지에르 마법학원은 작년 경마제를 제패했던 우승 학교이며 그때 최대의 원동력이 되었던 학생이 올해도 재적하고 있기 때문에 유력한 우승 후보라고 한다.

서쪽의 탈다트 마법학원에는 작년에 네르를 패배의 구렁텅이로 빠트린 천재 정령마법사 에쿠스가 재적하고 있다. 왕국 최대의 가상 적국인 로말 제국이 서편에 존재하는 이유도 있어 실전을 상정하는 마법 연구가 주류이다.

그리고 왕국의 이름을 쓰는 아크레스트 마법학원은 마법 전반의 연구가 두루 뛰어난 수준에 올라섰으며, 최근엔 부여 마법 및 창조 마법, 연금술 따위를 조합하여 개발한 마장 갑옷의 운용에 힘을 들이고 있다는 이야기를 들었다.

또한 아크레스트 마법학원은 재작년의 우승 학교이기도 하기에 올해야말로 꼭 우승하겠다며 집념을 불태우고 있다던가.

나는 출력되는 영상 속에서 주목할 가치가 있는 두 사람의 이름을 거론했다.

“역시 눈에 띄는 인물은 서쪽의 에쿠스와 남쪽의 하루트군요.”

전원 10대라는 사실을 고려하면 경마제 출전자는 모두 다 상당한 실력자라고 말할 수 있겠지만, 네르에게 패배를 안긴 에쿠스와 이도류의 마법 검사 하루트는 명백하게 더욱 빼어난 실력을 발휘하고 있다.

페니아 씨와 네르는 양쪽 다 정석에서 벗어나지 않는 한 분야의 특화형인지라 거의 모든 속성 정령의 힘을 높은 수준으로 다룰 줄 아는 에쿠스 같은 인물에게는 곧장 약점을 공략당하기에 상성이 좋지 않겠다.

영상 속 에쿠스는 총명하지만 성질이 강해 보이는 인상의 소년이다. 구불구불한 비취색 곱슬머리와 같은 색깔의 눈동자가 눈길을 끌고, 남자인지 여자인지 분간이 어려운 중성적인 용모를 가지고 있다.

내가 에쿠스와 맞서 싸운다면— 가볍게 상상을 하던 때 네르가 가증스럽다는 듯이 조용히 중얼거렸다.

“시건방진 꼬맹이. 작년보다 더 얄미운 낯짝이 됐어.”

“네르, 개인감정은 배제해야지.”

우선 달래주기는 했는데 작년보다 착실하게 더 강해진 숙적을 보고 『이래야 싸울 보람이 있지』라며 네르가 투쟁심을 불태운다는 것은 분위기로 알 수 있었다.

“네르는 말야~ 에쿠스 군을 진~짜로 싫어하거든.”

그런 친우의 모습을 보고 파티마가 드물게 난처해하는 표정으로 말한다.

작년 시합의 영상을 본 바로 상당한 접전을 벌인 끝에 패배한지라 네르가 이렇듯 단단히 벼르고 있는 이유는 알겠다. 시합 대진표는 시합 당일까지 알 수 없기에 만약 에쿠스와의 대결이 무산되면 네르의 사기는 곧장 밑바닥에 추락할 테지.

“하루트 씨와 크리스티나 씨가 맞붙으면 무척 볼만할 거예요. 화려한 공격 마법이 날아다니지는 않아도 좀처럼 보지 못할 검법 대결을 구경할 수 있을 테니까요. 게다가 크리스티나 씨도 최근에는 쌍검을 쓰게 되었거든요."

영상을 본 세리나의 감상에 페니아 씨가 의외라는 반응을 보인다. 그러고 보니 페니아 씨의 입장에서는 처음으로 듣는 정보가 포함되어 있군.

"어머나, 크리스티나 씨가 쌍검사로 길을 바꾸었다고요? 당연히 엘스파다 한 자루만 들고 대결에 나설 것이라 생각했었는데 말이죠."

"그래. 괜찮은 검을 손에 넣었거든. 이제부터는 두 검을 같이 쓸 생각이야. 검 두 자루를 동시에 쓰는 데 아직은 서투른 점이 있지만, 경마제까지 부끄럽지 않을 정도로는 훈련을 끝내도록 할게."

"경마제에서 무기 사용에는 딱히 제약이 없으니까요, 문제가 되진 않겠네요. 그나저나 크리스티나 씨의 엘스파다는 고위의 마검이잖아요? 그러면 두 번째 검도 같이 사용하기에 모자람이 없는 명검이겠군요?"

"맞아. 조금 사연이 있는 녀석인데 내 손에 딱 들어맞는 검을 손에 넣었거든."

"그랬군요. 크리스티나 씨가 이렇게 자신하신다면 더 이상 군소리는 필요 없겠죠. 경마제에서 보일 활약을 기대할 뿐이에요. 그건 그렇고 그 검은 이름이 어떻게 되나요?"

"아, 이름은 드레드노트야. 이전에는 다른 이름을 썼는데 유래가 조금 안 좋아서 내가 새로 붙여준 이름이지."

"드레드노트인가요. 들어본 적 없는 이름이군요. 신화나 전승과는 관계가 없는 이름인가 봐요?"

“맞아, 신들이나 영웅의 이름은 아니야. 내가 떠올려서 붙인 이름이니까 특별히 뜻이 있지도 않고 말이지.”

저렇게 둘러대기는 했는데, 드레드노트는 사실 크리스티나 씨의 어머니 쪽 가문에서 쭉 전승되어온 성씨다. 언젠가 드래곤을 죽인 죗값을 치를 때까지는 자칭을 금지했다는 경위가 있다.

나의 기억에도 존재하는 성씨였다.

나를 살해한 뒤 그 인과를 짊어졌던 용사 셈트도 드레드노트라는 성씨를 사용했던 만큼 그것이 새로운 이름이 되어 드래곤 슬레이어에 주어졌다는 것은 적잖은 감개를 불러일으킨다.

“걱정 마, 에쿠스나 하루트와 싸우게 된다면 엘스파다와 드레드노트로 단숨에 베어 쓰러뜨려줄 테니.”

흠, 그건 그렇고……. 우리 가로아 마법학원의 경마제 출진 인원들은 고신룡 드래곤인 나, 나와 대사신 카라비스에게 인자를 받은 신조마수의 환생체인 레니아, 용 살해의 인자를 가지고 있는 각성 초인종 크리스티나 씨, 불사조의 인자를 가지고 있는 페니아 씨에다가 펜리르와 계약을 맺은 네르인가.

이래서는 살짝만 힘 조절을 실수해도 공연히 약한 사람을 괴롭히는 행위가 되지 않으려나?

†

이렇듯 경마제에 대비하여 준비를 순조롭게 진행하는 동안에 따로 주의해야 할 문제는 드라미나의 처우였다.

드라미나는 여름휴가 중 마법학원에 소속되었으니까 학생들이 복귀한 학원에서 함께 지내야 하는 본격적인 생활은 이제부터이기 때문이다. 아울러 드라미나가 뱀파이어라는 것, 나의 사역마라는 것, 마법학원에서 체류를 인정했다는 것, 햇빛 아래에서도 활동이 가능하다는 것은 사전에 학생들에게 전달됐다.

라미아인 세리나와 함께 다니는 나는 평소부터 늘 주목의 대상이었지만, 눈에 띄는 붉은 의상을 입은 데다가 또한 목에는 사역마의 메달을 걸어 둔 드라미나가 더해짐에 따라 주위에서 쏟아지는 호기심 어린 시선에 다시 불이 붙었다.

낮 동안은 되도록 나의 그림자에 숨어있거나 방 안의 관 속에서 잠든 채 보내는 것이 드라미나의 몸에는 더 좋겠지만, 정작 본인이 가능한 한 나의 곁에서 함께하기를 바라는 터라 수업에 동석하는 등 학원 안팎을 같이 돌아다니고 있다.

그 밖에도 같은 사역마로서 이후의 학원 생활에 참고를 하고 싶다며 세리나가 받는 의뢰에도 동행하기를 희망했다. 참고로 세리나는 1학기 동안 쌓았던 실적과 신뢰 덕분에 사무국에서 받는 의뢰를 단독으로 수행할 때가 있다.

다만 드라미나는 뱀파이어의 특성상 더욱 큰 경계의 대상인 터라 반드시 나의 눈에 보이는 범위에 있어야 하기에 세리나와 드라미나가 단둘이 조를 이루어 행동하는 것은 허락되지 않았다.

드라미나가 잠시 상담을 하고 싶다며 말을 걸어온 것은 2학기에 들어서고 며칠이 지나 새로운 학원 생활에 익숙해지기 시작한 무렵이었다. 이른 오후에 수업을 마친 날, 사무국 경유로 의뢰받은 여러 신들의 석상 제작을 빠르게 마친 뒤 나는 그제야 드라미나의 절박한 모습을 알아볼 수 있었다.

우리는 주문에 맞춰 마무리한 석상을 납품하고 남자 기숙사의 개인실로 돌아와서 이야기를 듣기로 했다.

세리나도 이 같은 변화를 알고 있었는지 복잡한 얼굴로 방 중앙에 놓아둔 둥근 탁자에 둘러앉은 채 드라미나가 입을 열기를 기다리고 있다.

"드란, 세리나 씨, 저는 요 며칠 사이에 한 가지 사실을 깨달았습니다."

맨얼굴을 드러낸 드라미나의 표정에는 희미하게 수심의 빛이 떠올라 있고, 목소리에는 우울한 음색이 담겨 있었다.

세리나는 걱정스럽게 몸을 내밀며 드라미나의 말에 귀를 기울이고 있다.

"대체 무엇을 깨달은 거야? 분명 학생들이나 교사분들이 조금 어려워하는 분위기가 있기는 한데, 그 문제는 시간이 해결해줄 테지. 아니면 나와 세리나가 미처 못 봤던 곳에서 뭔가 너에게 상처가 될 만한 일이 있었던 걸까. 만약 그랬다면 먼저 알아주지 못했던 나 자신을 저주할 뿐이야."

"아뇨, 드란의 말처럼 이 학원에 계신 어떠한 분께 악의를 느낀 것은 아니에요. 단순하게 저 자신의 문제이지요."

만약 누군가의 악의로 인해 드라미나의 마음이 우울해졌다면, 그 자는 전 세계의 사람에게서 이 아름다운 여성을 괴롭힌 것이 네 녀석이냐며 저주를 받을 테지.

수심의 바다에 허리까지 잠긴 여왕 폐하는 전장에서 보여준 용맹과감함을 어딘가에 깜빡 놓아두고 왔는지 『문제』를 입에 담기를 망설였다.

"드란은 학생 신분이니까, 학업이 바로 할 일이며 본분이지요. 수업 중 보여주신 태도를 떠올리면 본인의 할 일을 잘 수행하고 계세요."

"고마운 말이야."

"세리나 씨 또한 사역마이기에 불편함이 있는 입장인데도 자신의 능력을 살려 드란에게 보탬이 되고자 힘껏 역량을 발휘하고 계시죠."

"네, 네에, 감사합니다."

글쎄, 드라미나는 무슨 말을 하려는 걸까— 나와 세리나는 얼굴을 마주 바라보면서 나란히 드라미나의 다음 발언을 기다린다. 다행히 썩 오래 기다리지는 않아도 됐다.

"……드란도 세리나 씨도 본인의 할 일을 제대로 갖고 계시는데 유독 저만은 특별히 뭔가 하는 게 없어요. 그래요, 이런 경험은 태어나서 정말 처음이에요. 좋은 뜻으로도 나쁜 뜻으로도 저는 언제나 어떠한 책무를 짊어지고, 목표를 수행하기 위해서 노력해야 하는 처지였으니까요. 드란, 세리나 씨, 아무쪼록 웃지 말아주세요. 저는, 저 드라미나는, 지금 이 순간 무직자…… 무직자입니다!"

드라미나는 이때 큭, 말을 끊더니 진심으로 분한 표정을 짓고 눈을 내리떴다.

이런 모습까지도 아름답구나, 라고 생각을 하며 나는 다시금 세리나와 시선을 주고받았다.

"흠……. 무직자? 관직이 없는 무직자인가?"

"그게 아니라, 아마 직업이 없는 무직자겠죠?"

당황하며 대답하는 세리나의 말을 여전히 고개를 숙인 드라미나가 긍정한다.

"네……. 해야 할 직무가 없이 끼니만 축내고 있는 드라미나예요. 지금은 단지 밥벌레가 된 자기 자신을 저주할 뿐. 미안해요, 드란……."

아니, 음, 아무리 생각해도 좀 지나치군.

세리나도 같은 생각인 듯 내가 하려는 말을 멋지게 대변해줬다.

"드라미나 씨, 너무 자신을 비하하지 말아주세요. 저는 우연히 라미아라는 태생을 활용할 만한 일거리가 있었던 덕에 열심히 할 뿐이거든요. 무엇보다 드라미나 씨는 드란 씨의 사역마라는 가장 중요한 책무를 수행하고 계시잖아요. 드라미나 씨가 사역마로서 할 일을 못 한다고 말하겠다면 저 또한 사역마로서는 실격의 낙인이 찍히는 셈이에요."

마법학원으로 돌아온 이후 별로 긴 시간이 지나지는 않았으나 사역마로서 봤을 때 드라미나는 전혀 문제가 될 만한 행동을 하지 않았다. 자신을 탓하는 것은 크나큰 착각이겠다.

"고마워요, 세리나 씨. 이렇게 따뜻한 말을 해주는군요. 하지만 세리나 씨는 저와 마찬가지로 드란의 사역마라는 책무를 다하면서도 학원의 업무에 참가해서 수입을 올릴 뿐 아니라 드란에게도 좋은 평가로 이어지는 실적을 쌓아 올리고 있는 거예요. 그에 비교하면 저따위는 너무나 모자라기만 하죠. 뱀파이어인지라 항상 드란이 제 곁에 가까이 있어야 하니 세리나 씨처럼 혼자 일하고 싶어도 뜻대로 되지 않아요."

곧이어 드라미나는 훌쩍훌쩍 울먹이는 표정을 지었다.

세리나도 덩달아 드라미나의 슬픔과 괴로움에 깊이 공감하며 눈가에 눈물까지 글썽거리고 있다.

똑같이 나의 사역마이며 혼약자라는 입장에 있는지라 강한 공감을 느꼈을 테지.

흐음, 드라미나가 말한 내용은 일부 사실이었다.

진성의 뱀파이어라는 종족 특성상 제약 없는 자유는 허락되지 않는다. 흡혈의 피해자가 다수 발생할 위험성을 간과해서는 안 되니까.

단적으로 말해서 나와 드라미나는 어디에 가도 서로의 눈에 보이고 손이 닿는 범위에서 있어야 할 의무가 부여된다.

"드라미나, 잘 들어주면 좋겠어."

"네……."

애써 대답하는 드라미나의 목소리에는 힘이 없었다.

이렇게까지 풀 죽은 모습은 처음으로 보는듯싶군.

이대로 두면 자기소개를 할 때마다 『드란의 사역마인데 직업이 없어서 아무 도움도 못 되는 드라미나예요』라고 말할 것 같은 분위기였다.

"먼저— 이것은 세리나도 마찬가지인데 사역마가 되면서까지 내 곁에 있어주는 것 하나로도 나는 두 사람에게 무한한 감사의 마음을 느끼고 있어. 주위 사람들의 호기심 어린 시선에 시달릴 뿐 아니라 행동에 제한을 받아 불편함을 감수해야 하는 처지인데도 이렇게 곁에 있어준다는 게 얼마나 고마운지 몰라. 그런데다가 일까지 해준다는 것은……. 솔직히 말하자면 무척이나 기뻐. 하지만 일 때문에 드라미나가 부담감을 느끼고 있다면 조금 경우가 달라지지. 세리나처럼 일을 못 한다는 이유로 마음앓이를 할 필요는 없어, 드라미나. 세리나는 세리나이고 드라미나는 드라미나잖아. 두 사람 모두 스스로는 깨닫지 못한 부분에서 나에게 정말이지 많은 보탬이 되고 있으니까."

내가 진지하게 마음을 담아 꾸밈없이 표현하자 두 사람은 몹시 감격한 표정으로 눈물을 글썽거렸다.

뭐랄까, 이렇게까지 열렬한 반응을 보이니까 조금 쑥스럽군. 흐음, 흠.

드라미나의 아름다운 얼굴에서 드디어 수심의 빛이 엷어지고, 활기가 돌기 시작했다.

"고마워요, 드란. 그렇죠, 같은 드란의 사역마이고 혼약자이긴 하지만요, 세리나 씨와 저는 가능한 일의 범위가 다른걸요. 그 사실을 잊고 있었어요."

"맞아요. 저랑 드라미나 씨는 다른 사람이니까 가능한 일도 서로 다르지만요, 그렇다고 해서 누가 더 우위에 있다거나 뛰어나다든가 그런 건 절대로 아니에요. 부디 앞으로는 방금 전처럼 슬픈 표정을 짓고 스스로를 괴롭히지 말아주세요. 게다가 우울해하는 드라미나 씨를 이겨서 드란 씨의 첫 번째 혼약자가 되더라도 저는 가슴을 펴고 기뻐할 수 없단 말이에요."

연적의 관계임에도 진심으로 드라미나를 아껴주는 세리나의 말 덕분에 드라미나의 눈물샘은 붕괴하기 직전이었다. 정말이지 나는 훌륭한 여성과 인연을 맺은 복 받은 녀석이구나.

드라미나는 맑게 갠 미소를 짓고 눈가의 눈물을 손수건으로 닦았다.

"그럼요, 맞아요, 그래야죠. 드란의 첫 번째 혼약자가 되고 싶다면 정정당당하게 여성으로서 승부를 한 다음이어야겠지요. 후후, 저는 세리나 씨가 더 많이 좋아져버렸어요."

"저도 드라미나 씨를 정말로 좋아해요! 연적이기는 해도 똑같이 드란 씨를 좋아하게 된 사이인걸요."

에헴, 가슴을 펴는 세리나에게 드라미나는 이제까지보다 더욱 가득히 친애가 담긴 눈동자를 향한다.

여왕으로서 쭉 고고한 입장에 있었을 여인인 만큼 이렇게까지 친근하게 대해주는 인물은 분명 없었을 테지. 그래서 드라미나가 세리나에게 커다란 호의를 가지게 된 것이 아닐까.

"드라미나가 다시 기운을 차려 다행이야. 흐음, 그나저나……. 또 불쑥 드라미나가 풀 죽으면 곤란하니— 아니, 무척 슬프니까 내 곁에 머무르면서 할만한 일을 고민해볼까."

"정말 미안해요, 드란. 제 어리광 때문에 괜히 귀찮게 굴었네요."

나는 민망해하는 드라미나에게 『전혀 귀찮지 않아』라고 웃으며 대답했다.

"나와 함께 지내면서 할 수 있는 일이라면……. 점심시간이나 방에 돌아온 다음이어야 할 텐데."

"그리고 드라미나 씨라서 할 수 있는 일이어야 가장 좋겠죠."

세리나도 진지한 표정으로 팔짱을 끼고 드라미나에게 어울릴 만한 일거리는 무엇이 있을까 고민하기 시작했다.

"흠, 우선 드라미나라는 사람을 다시 정리해볼까. 전대 여왕이고,

뱀파이어이고, 나의 사역마이고, 대륙 하나 정도는 날려버릴 수 있는 실력자이고…….”

나와 세리나는 손가락을 꼽아 헤아리면서 드라미나의 특징을 쭉 언급했다.

“이 세상의 사람 같지가 않은 미인이고, 무척 강하고, 무척 멋진 여성이고, 남쪽 대륙의 출신이시고……. 앗!”

그때 세리나는 뭔가 떠올렸다는 듯이 소리를 냈다.

때마침 나도 저 말에서 번뜩이는 느낌을 받았던 터라 세리나와 얼굴을 마주 바라보다가 드라미나에게로 시선을 옮겼다. 나와 세리나의 시선을 한 몸에 모은 드라미나는 심장을 부여잡듯이 두 손을 겹치고 반짝반짝 기대에 찬 눈동자로 우리를 본다.

“드라미나 씨는 다른 대륙의 출신이시니까요, 그쪽 대륙의 이야기나 전설을 책으로 만들어서 출판해보면 어떨까요?”

“아크레스트 왕국은 남쪽 지방의 여러 섬 국가와 교역을 하고 있지만, 더 멀리 남쪽에 있는 대륙과는 교역이 활발하다고 말하기 어렵지. 이곳 사람들에게는 드라미나가 태어나 자란 고향의 풍습과 문화, 설화가 무척 신선하게 느껴질 거야. 굳이 퍼뜨려서 좋을 게 없는 이야기는 넘어가거나 대강 얼버무려야 할 필요는 있겠지만. 어때? 사실 확인이 어려워서 진위에 의문을 표시하는 사람은 나오겠지만, 그럼에도 귀중한 자료로 취급해주지 않을까 싶어.”

“그렇군요, 작가의 일을 할 수 있겠군요. 아니면 번역가로서 뭔가 보탬이 될 분야가 있을지도 모르겠어요.”

드라미나의 얼굴에 안도와 희망의 빛이 새롭게 떠오른다.

"그나저나, 잠깐만 생각을 해도 이 정도는 떠올랐는데 드라미나는 여태 생각을 못 했던 거야?"

"부끄럽게도 스스로가 아무 도움이 못 되어드리는 것이 아닐까 하는 강박에 사로잡혀서 미처 생각이 미치지 못한 것 같아요. 그저 저 자신의 짧은 생각이 원망스럽네요. 맞아요, 먼저 어린아이가 읽을 동화를 써봐야겠어요. 그럼 독자층을 가리지 않을 테니까요."

"어린아이를 위한 이야기라면 파티마에게 지혜를 빌리는 게 좋겠어. 그 아이는 마법을 응용한 장난감이나 아동서 종류를 제작하는데 몰두하고 있거든. 이야기의 내용에 따라 여러모로 조언을 해줄 거야."

"후후, 그런 분이 계셨군요. 그러면 내일 파티마 씨에게 부탁해볼게요. 폐가 아니라면 좋을 텐데요."

"괜찮아, 파티마라면 본인이 더 기뻐하며 이야기를 들어줄 테니. 오히려 더 많은 이야기를 듣고 싶다며 졸라댈 것 같은데."

다음 날 아침 파티마와 얼굴을 마주하며 사정을 설명하자 곧바로 쾌히 승낙했을 뿐 아니라 예상 이상의 열의를 보여주었기에 내 말이 사실이었음이 증명되었다.

이렇듯 드라미나의 무직자 소동이 금세 해결되면서 이후에는 부지런히 집필 활동에 힘을 쏟게 되었다.

제2장　재앙은 여동생과 함께

류키츠와 루우, 바제에게 경마제 대비 특훈의 일정을 묻고 며칠 뒤.

그날 수업을 마친 나는 특훈의 장소로 쓰는 가로아 교외로 향하기 위해 세리나, 드라미나와 함께 마법학원에서 나가려 하고 있었는데, 사무국에 외출 신청서를 제출한 우리에게 뒤쪽에서 다가온 페니아 씨가 말을 걸어왔다.

"제가 도저히 빠질 수 없는 볼일이 생겨서요, 대단히 죄송하지만 오늘 특훈은 저를 제외하고 진행해주실 수 있을까요? 나중에 사죄의 뜻으로 꼭 맛있는 다과를 대접해드리겠어요. 그러면 이만 실례하죠, 오호호호호호호호호호호호!!"

페니아 씨는 이쪽에서는 입을 열 틈조차 없이 노도와 같은 기세로 재잘거리더니 황금빛 롤 머리를 휘날리며 마법학원의 복도를 달려 사라져 갔다.

폭풍이 지나간 뒤의 고요함이 감도는 와중에 내 옆에 있었던 세리나가 조용히 중얼거렸다.

"어어, 음, 그러면 훈련 장소로 갈까요?"

나에게는 『그렇게 하지』라고 답하는 것 이외에 다른 선택지는 없었다.

페니아 씨가 자리를 비운다면 바제에게 딱히 할 일이 주어지지 않아 심심할 수는 있겠으나 크리스티나 씨와 레니아 혹은 네르와 상대하는 것도 괜찮겠군.

계절은 가을로 접어들기 시작하여 해가 떨어지는 시각도 조금씩 빨라지고 있다. 그에 따라서 특훈에 할애할 수 있는 시간도 약간 짧아졌다. 학원은 경마제에 출전하는 우리를 배려해서 일부 수업 및 과제를 면제해주고 있다. 우리는 그렇게 짬짬이 모은 시간을 최대한 이용해서 특훈을 진행하고자 계획을 세워 놓았다.

가로아의 교외에 펼쳐져 있는 평원의 한 구역에 결계를 전개해서 모의전을 주체로 하는 특훈을 진행하는 것은 여름휴가 이전과 다를 바 없다.

여름 더위는 날마다 물러가고 있지만, 겨울의 발소리가 들려오려면 아직 몇 개월은 여유가 있다.

이제 곧 나무들의 가지 및 대지를 뒤덮고 있는 녹색의 옷이 노란색으로 물들기 시작할 테고 여름의 한창때와 함께했었던 생명의 약동은 서서히 수그러들 것이다. 우리는 뺨을 어루만져주는 따뜻한 바람과 함께 아직껏 초록빛 색채가 남아 있는 풀밭이 마치 바다처럼 바람에 나부끼는 곳을 걸어갔다.

결석의 뜻을 전한 페니아 씨를 제외하고 전원이 모여 있을까 생각했었는데 약속 장소에 와 있는 인물은 크리스티나 씨와 레니아뿐이었다.

레니아의 얼마 안 되는 친구인 이리나도 보이지 않는다.

"이런, 네르와 파티마, 이리나도 안 왔군. 전원이 같이 모이는 게 어려운 건가."

나는 조금 유감스러운 마음을 토로하며 레니아와 크리스티나 씨에게 다가갔다.

레니아는 평범한 교복 차림이고, 크리스티나 씨는 낯익은 남학생용 교복을 입은 채 좌우 허리에는 엘스파다와 드레드노트를 장비하고 있다.

"네르는 아직 수업이 남아 있다고 합니다. 파티마와 이리나도 같은 이유로 오지 못했습니다, 아버님."

레니아는 나의 모습을 발견하자마자 이제껏 피가 통하는 것인가 의문이 들 만큼 표정이 없던 얼굴에 만면의 미소를 띠고 가까이 걸어왔다.

레니아와 열 걸음 정도 거리를 두고 있었던 크리스티나 씨는 제자리에 가만히 서서 가볍게 손을 흔든다.

"조금 허전하지만 이곳에 모인 사람들끼리 모의전을 시작해볼까? 세리나와 드라미나 씨도 협력해줄 테니, 그렇다면 숫자는 충분할 거야. 아니면 드란 상대로 전원이 도전해보는 것도 충분히 훈련이 될 테고. 드란은 따분할지도 모르겠지만."

"훗, 확실히 아버님이 상대라면 우리가 총력을 쏟아 결집한들 비늘 한 장도 벗기지 못한 채 나가떨어지고 끝날 것이다. 너도 가끔은 현명한 말을 하는군."

결코 자랑거리는 못 되겠으나 밋밋한 가슴을 쭉 펴면서 의기양양하게 발언하는 레니아를 보고 크리스티나 씨는 항복이라는 듯이 쓴웃음만 지었다. 나를 숭경하는 감정이 너무 지나치다만, 유독 이 태도는 조금도 나아지려는 낌새가 안 보인다. 이대로 방치했다가는 레니아가 평생토록 오직 나에게 헌신할 것 같다. 부디 자신을 우선하여 삶을 살아주면 좋으련마는…….

흐음, 어쩌면 나의 이 염려는 부모의 마음인지도 모르겠군. 나 또한 레니아에게 완전히 정이 들어버렸나?

그런 생각을 하는 동안에 평소와 같이 베일로 얼굴을 가린 드라미나가 머리 위쪽을 올려다보더니 저 멀리서 이곳으로 가까워지고 있는 세 개의 존재에 대하여 입을 열었다.

"아무래도 드란이 저희 전원과 시합을 해주시는 수고는 덜 수 있겠네요. 북쪽에서 하나, 남쪽에서 둘, 급속도로 접근하는 존재가 느껴집니다. 북쪽은 불속성을 가진 용, 남쪽은 물속성을 가진 용이군요. 이전에 드란이 이야기를 들려주셨던 분들 같은데요?"

드라미나의 목소리에는 자신을 상회하는 힘의 소유주에 대한 두려움이 적잖이 섞여 있었다.

가을바람에 나부끼는 초원 복판에 선 드라미나에게 나는 고개를 위아래로 흔들어서 답했다.

다른 비행 생물과 조우하지 않게 상당히 높은 고도에서 날고 있는데, 지금 거리라면 이곳에 있는 전원이 접근 중인 세 사람을 포착할 수 있겠다.

"그래, 북쪽에서 오는 게 심홍룡 바제. 남쪽에서 오는 게 수룡황 수준의 힘을 보유한 류 킷츠라는 이름의 고룡과 그 딸인 루우야. 드라미나는 처음 얼굴을 보게 될 텐데 성격이 거친 바제는 어쨌든 간에 류 킷츠와 루우라면 마음이 잘 맞지 않을까?"

드라미나는 베일 안쪽으로 뭔가 의미심장한 미소를 짓고 답했다.

"글쎄요, 과연 마음이 맞으려나요. 드란과 세리나 씨의 이야기를 들어본 바로 세 분이 다 아마 저에 대해 생각하는 게 많으실 거예요. 드란도 아직 여자의 마음을 이해하려면 많이 멀었네요. 그렇죠? 세리나 씨."

세리나는『으음, 어른의 색기』라며 혼자서 중얼거리다가 드라미나가 자신에게 말을 걸었음을 깨달은 뒤 허둥지둥 머리를 몇 번이고 위아래로 흔들었다.

"그, 그러게요. 하지만 드라미나 씨뿐 아니라 저에 대해서도 이것저것 생각하는 게 많지 싶네요. 류키…… 류 킷츠 씨라면 여유롭게 미소를 지어주실 것 같기는 한데 루우 씨랑 바제 씨가 어떤 반응을 보일지는 좀 무섭기까지 해요."

참고로 세리나에게는 류 킷츠의 진짜 신분을 알려줬다.

아마도 둘은 오래도록 알고 지내야 할 테니 용의 속성을 획득하는 과정에 있는 세리나가 류 킷츠의 숨겨진 실력을 눈치채고 이상하게 의문을 갖거나 고민에 빠지기 전에 가르쳐주는 것이 좋겠다고 판단했기 때문이다.

"흐음? 류 킷츠는 미소를 지을지도 모르겠지만, 루우와 바제는 무서운 반응을 보일지도 모르겠다? 그리고 그 대상이 드라미나와 세리나인가……."

나는 턱에 손을 가져다 대고 세리나의 말을 되풀이했다.

아마도 크리스티나 씨도 세리나의 의도를 이해했는지 동감이야, 라고 한 마디를 중얼거리고는 자꾸 고개를 끄덕이기 시작했다.

"그렇군, 그런 이유라면 루우와 바제가 조금 무서운 반응을 보일 만하지. 드란, 너도 각별히 둔감한 사람은 아니니까 이미 깨닫지 않았어?"

"그래, 뭐. 세리나와 드라미나의 이름이 같이 언급됐다면 짚이는 것은 하나뿐이지. 다만 바제가 포함됐다는 게 솔직히 의외야. 뜻밖에도 많이 좋아해주는 것 같다는 느낌은 받았지만, 어디까지나 아버지나 오빠에게 보내는 종류의 감정이라고 생각했었거든."

"뭐, 평소 바제가 너를 대하며 트집 잡던 모습을 생각하면 그렇게 받아들이는 것도 어쩔 수 없는 것 같기는 한데……. 이야기하는 사이에 도착했군. 무척이나 빨라. 후후, 세 사람이 모두 들떠서 오지 않았을까. 대단한 바람둥이가 나타나셨군, 드란."

농담조로 말하는 크리스티나 씨에게 칭찬 고맙군, 이라고 짧게 대꾸한 뒤 어깨를 으쓱여주고 나는 고도를 낮추며 맹렬한 기세로 접근하고 있는 세 개의 그림자를 바라봤다.

세 명이 모두 용인으로 변화를 마친 모습이었고 하늘에 톡 나타났던 작은 흑점은 곧 순식간에 커다래졌다.

북쪽에서는 고르네브에서 구입한 진주 목걸이를 착용한 바제가, 남쪽에서는 청초한 인상을 주는 이국의 의상을 걸친 루우와 연보라색의 도복을 차려입은 류 킷츠 모녀가 각각 우리와 가까운 곳에 내려선다.

세 사람 모두 우선은 나에게, 이어서 세리나와 드라미나에게 차례차례 시선을 옮겼다가 곧 크리스티나 씨에게 시선이 닿았을 때 하나같이 놀라움을 드러냈다. 그런가, 나를 살해했던 인자가 사라지고 드레드노트를 손에 넣은 크리스티나 씨와 만나는 것은 모두들 처음이었던가.

그렇다면 크리스티나 씨의 영혼에 각인되었던 인자의 극적인 변화에 놀라는 것도 납득되는군.

"야, 드란, 이 녀석한테 무슨 짓 했냐?"

눈을 커다랗게 뜬 채로 캐묻는 바제의 말을 무례함으로 받아들인 레니아가 격노할 뻔했으나 드라미나와 세리나가 잘 달래서 막아주고 있다.

레니아야, 바제가 예전부터 쭉 나에게 이렇듯 거침없는 태도를 취했다는 것은 잘 알고 있잖니. 그러니까 조금은 인내심을 발휘해주렴, 넌 착한 아이니까.

"바제 씨, 너무 난폭한 말투는 삼가해달라고 계속 말씀드렸잖아요. ……그나저나, 드란 님, 저 또한 드물게도 바제 씨와 같은 감상을 받게 되는군요. 마지막에 만나 뵈었을 때와 비교해서 크리스티나 씨가 가지고 계신 인자가 너무나 많이 달라졌습니다."

평소의 루우라면 우선 얼굴을 처음 본 드라미나에게 인사부터 했을 텐데 본인도 곧장 이 같은 질문을 꺼냈으니까 얼마나 큰 충격을 받았는지 짐작할 수 있겠다.

아울러 류 킷츠는 크리스티나 씨의 인자가 변화한 것 이상으로 오른쪽 허리에 달아 둔 장검에 의식이 쏠려 있었다.

"짧게 한마디로 설명하기는 어려운 사정이 있었다만, 요점만 말하자면 크리스티나 씨가 먼 옛날 본인의 선조가 목숨을 빼앗았던 용의 환생체와 만나 과거의 죄를 용서받음으로써 용 살해의 인자가 축복 및 가호로 변화한 거야. 크리스티나 씨의 인상이 달라졌다고 느꼈다면 그게 이유지. 지금의 크리스티나 씨에게 혐오나 분노가 솟아오르지는 않겠지?"

내가 대강 간추려서 설명하자 바제는 곧이곧대로 납득한 듯 머리 꼭대기부터 발끝까지 크리스티나 씨를 구석구석 거듭 살펴봤다.

"확실히 느껴지는 인상이 전혀 다른데, 이렇게까지 바뀌는 건가……."

한편 루우는 내 말에 무엇인가 걸리는 게 있었는지 의아해하며 시선을 보내온다. 흠, 표현을 잘못 선택했나?

"크리스티나 씨의 선조가 목숨을 빼앗았던 용이 전생해서 과거의 죄를 용서했다고요? 드란 님은 전생한 용……. 그렇다면……."

슬슬 바제와 루우에게도 쭉 숨겼던 나의 정체를 이야기할 때가 온 것인가.

다행히 바제와 루우 이외에는 전원이 내 혼의 정체를 알고 있다. 설명이 필요한 것은 바제와 루우뿐이니까 수월하겠군. 나는 가만히 생각을 정리하면서 크리스티나 씨의 새로운 검에 대하여 묻는 시선을 보내고 있는 류 킷츠에게 오른손 집게손가락으로 자신의 심장을 가볍게 때리는 동작을 보여줬다.

"아!"

류 킷츠는 곧바로 저 검이 무엇인지를 이해한 뒤 표정을 바짝 굳혔다.

지당한 반응이다. 지금이야 나를 살해했던 인자가 비록 변화를 맞이했을지언정 드레드노트는 틀림없이 고신룡을 죽이는 데 사용된 검이니까.

그 사실에 대한 기피감은 손수 나를 죽였던 용사 셈트에 대한 감정에도 필적할 테지.

다만 류 킷츠는 드레드노트가 나를 죽였던 검이면서도 나의 가호를 받았다는 사실에서 대략의 경위를 알아차려준 것 같았다.

"자, 오랜만에 보는 얼굴도 있고 처음으로 보는 얼굴도 있겠지. 내가 소개해줄게. 루우, 바제, 류 킷츠 공, 이쪽은 드라미나. 나의 새 사역마가 되어준 여성이며 뱀파이어야. 무척 의지가 되는 사람이지."

바제와 루우는 뱀파이어인데도 용종인 자신들을 상회하는 드라미나의 힘을 느껴서일까— 아니면 나의 사역마라는 드라미나의 지금 입장이 마음에 안 들어서일까, 정도의 차이는 있을지언정 둘 다 경계심을 드러냈다.

그러나 류 킷츠만큼은 경계심도 긴장감도 느껴지지 않는 우아한 동작으로 드라미나에게 인사를 한다.

"처음으로 만나 뵙겠습니다, 드라미나 씨. 저는 류 킷츠. 인연이 닿아서 드란 공과 친분을 쌓게 된 고룡 여인이랍니다. 루우, 바제야, 너희도 인사드리려무나."

류 킷츠에게 재촉을 받아 루우와 바제가 퍼뜩 정신을 차리며 꾸벅 고개를 숙였다.

"이런, 실례했어요. 류 킷츠의 딸 루우라고 합니다. 아무쪼록 잘 부탁드리겠습니다, 드라미나 씨."

"드란의 사역마가 되다니 참 별난 녀석이군. 심홍룡 바제다."

용족들에게 인사를 받은 드라미나는 베일이 딸린 모자를 벗어 옆구리에 낀 다음 오른손으로 치맛자락을 잡아 올리고 살짝 머리를 숙이면서 류 킷츠의 인사에 절대 뒤떨어지지 않는 우아한 자태를 선보였다.

"드란이 방금 소개를 해주었습니다만, 다시금 인사 올리겠습니다. 얼마 전 새롭게 드란의 사역마가 된 뱀파이어 드라미나입니다. 여러분의 이야기는 언제나 드란에게 들어서 알고 있었답니다. 이렇게 만나 뵐 기회가 찾아오기를 진심으로 기다렸습니다."

류 킷츠는 드라미나의 동작 하나하나를 살피고 마치 며느리에게 점수 매기는 시어머니를 연상케 하는 분위기로 고개를 끄덕거리다가 내게 말했다.

"후후, 정말이지 드란 공은 죄가 많은 분이세요. 잠시 못 뵈었던 동안에 또 새로운 여성을 곁에 두시다니요."

흠, 류 킷츠의 시선이 살짝 따갑군. 루우와 바제는 아예 대놓고 나를 째려보는구나.

"이제는 웬만하면 늘어나지 않을 거야. 특훈 때문에 바빠질 테니."

이쯤에서 나는 이야기를 일단락 짓고 서로에게만 들릴 정도로 음량을 낮춰 류키츠에게 물었다.

"그나저나, 한 가지 확인을 하고 싶다만. 예의 사안은 다른 용왕들에게 이제 전달이 됐나?"

내가 용계로 돌아갔을 때 제안했던 것, 바하무트와 리바이어던을 비롯한 시원(始原)의 일곱 용이 지상 세계를 방문하겠다는 뜻을 전했었다.

"예, 그렇게까지 아연실색한 모두의 얼굴을 저는 처음으로 봤습니다. 역시 드란 공의 형제분께서는 저희에게 그만큼 큰 존재임을 절절히 통감했지요. 사전에 연락 없이 내방하신다면 저희는 틀림없이 심장이 터질 거예요."

“연락을 잊지 않도록 신경 쓸 테고, 용계에서 이쪽으로 건너오는 낌새가 느껴지면 곧장 확인할 수 있도록 주의도 하지. 가능한 한 너희 마음의 안녕을 지켜주고 싶으니까.”

“그렇게 해주시면 대단히 감사하겠습니다. 드란 님께 이렇게 수고를 끼쳐드리는 방식이 되어버려서 정말 죄송할 따름입니다…….”

“아니, 괜찮아. 이미 난 너희에게 큰 소동의 씨앗을 떠안겼으니까 말이지. 아무튼 그쪽에 연락은 다 끝났다고 생각하면 되나? 나중에 바하무트와 리바이어던에게 언제쯤 올 생각인지 물어보도록 할게.”

“모쪼록 잘 부탁드리겠습니다. 그러면 슬슬 특훈을 시작할까요? 바제 양과 루우는 크리스티나 양에게 온 정신이 쏠렸습니다만, 레니아 양의 변화도 정말 놀라워요. 이래서는 저따위는 더 이상 발밑에도 못 미치겠어요. 드라미나 씨도, 바제 양과 루우는 도저히 당할 수 없는 강자이고요. 게다가 조금뿐입니다만 드란 님의 기세가 드라미나 양과 세리나 양에게서도 느껴지는 듯하니 방심은 할 수 없겠습니다.”

오호, 레니아의 혼과 육체가 조화를 이루었다는 것뿐 아니라 세리나와 드라미나가 나의 힘에 숙달되고 있다는 것까지 감지했나. 과연 수룡황이다. 지각 능력의 예민함은 무척 훌륭하다고 말할 수 있겠군.

“방심하지 않고 싸워준다면 우리는 물론 고맙지. 자, 루우, 바제, 드라미나, 세리나, 나누고 싶은 이야기가 더 많을 텐데 미안하지만 슬슬 모의전을 시작하자. 해 떨어지는 때가 빨라져서 시간이 아깝군. 바제는 어쨌든 간에 루우와 류 킷츠는 숙박을 하고 갈 처지가 아니니까.”

용궁성에서 이곳에 날아오는 정도라면 괜찮겠으나 숙박까지 하는 것은 류 킷츠와 루우의 입장상 많이 어려울 테지.

시선이 잠시 이쪽으로 모이는 때에 맞춰서 나는【그림자 상자(섀도 박스)】마법을 써서 자신의 그림자에 넣어 두었던 결계 전개 장치 네 기와 배리어 골렘 여덟 개체를 꺼내 놓았다. 여름휴가를 거치며 레니아와 크리스티나 씨의 전투 능력은 극적으로 증대되었고, 드라미나가 더해졌다는 요소도 감안하면 1학기와는 특훈의 방식을 조금 달리하는 것이 좋을지도 모르겠다.

이 특훈의 주안점은 어디까지나 경마제 출전자를 단련하는 데 있다. 요컨대 지금 이 자리에 있는 인원들 중 단련이 필요한 자는 나, 레니아, 크리스티나 씨까지 세 명. 다만 나와 레니아는 더 이상 단련을 할 필요가 거의 없었다. 그렇다면 오늘은 크리스티나 씨 한 명을 철저하게 훈련시켜야 할 테지.

나와 똑같은 결론에 다다른 류 킷츠와 드라미나의 시선이 쏟아지자 크리스티나 씨는 티가 나도록 어깨를 부들거렸다. 철두철미한 훈련에 고생을 하는 장면을 상상하자니 담대한 크리스티나 씨도 조금은 기가 질리는가 보다.

“왜 나를 쳐다보냐고 물어봐도 소용은 없나. 부디 적당히 해주기를 부탁하겠어.”

그렇게 대답하는 크리스티나 씨의 목소리가 떨리지 않은 이유는 자기 나름의 의지 덕분이었는지도 모르겠다.

“드레드노트의 힘을 끌어낸다면 류 킷츠 공이 상대여도 호각 이상으로 싸울 수 있을 거야. 검과 잘 대화해보는 것이 좋겠군."

나의 발언을 듣고 바제가 흠칫거렸다.

크리스티나 씨가 수룡왕조차 넘어설 수 있다는 뜻의 말이니 지당한 반응이겠다.

"야, 대체, 이 녀석이 어떻게 류— 류 킷츠 님과 호각으로 싸울 수 있겠냐. 말이 좀 지나치잖아."

바제는 노발대발하며 나에게 따져 물었다.

"드레드노트의 힘을 끌어내야 한다는 조건이 붙어 있잖아. 크리스티나 씨의 왼손에 있는 저 검은 그만큼 터무니없는 물건이야. 바제도 루우도 납득을 못 하는 분위기인데 정작 류 킷츠 공 본인은 생각이 다른 것 같군?"

"어머님?"

부정해주기를 바라는 마음을 담아 루우는 자기 어머니에게 시선을 보냈으나 결국 듣게 된 대답은 원한 내용이 아니었다.

"드란 공의 말대로 크리스티나 씨가 새롭게 손에 넣은 검에는 그만한 힘이 있습니다. 저 검의 앞에서는 삼룡제, 삼룡황일지라도 베여 쓰러질 수 있다는 각오를 해야겠죠. 크리스티나 씨의 인품이라면 힘에 취해서 허우적거릴 일은 없을 것이라 믿습니다만……. 본래라면 결코 가만히 놓아둘 수 없는 물건이에요."

"하하하, 과분한 평가를 내려주시니 머리가 저절로 수그러집니다. 이 검은 저에게 물론 과분한 물건입니다만, 깊은 인연이 있는지라 손에서 놓을 수도 없기에 이렇듯 갖고 다니게 되었습니다. 애당초 손에서 놓을 생각이 없긴 합니다만."

류 킷츠와 크리스티나 씨의 대화를 듣고 바제와 루우는『아무래도 정말인 것 같다』라며 서로의 얼굴을 마주 바라보고 표정을 굳혔다. 저 아이들의 입장에서는 자신들의 종족 중 정점에 서는 류 킷츠가 인간 소녀에게 — 엄밀하게는 초인종이다만 — 질 수도 있다는 사실은 인정하고 싶지 않겠지.

그동안에도 류 킷츠는 휴대하고 온 양날검을 뽑았고, 크리스티나 씨는 두 손에 마검을 쥐었다.

레니아와 드라미나, 세리나는 자연스럽게 내 주위로 모여들었는데, 우선은 저 둘의 모의전을 관전하려는 듯싶다. 주위 환경을 지켜주는 결계를 전개하고자 배리어 골렘과 결계 발생 장치의 배치를 마쳤을 때 나는 불현듯 머리 위쪽을 올려다봤다.

아무 특별할 것 없는 하늘에서 발생한『이변의 조짐』을 느껴서였다.

나의 움직임을 따라 전원이 똑같이 푸른 하늘을 우러러본다.

“드란 씨, 무슨 일 있어요?”

세리나가 내 팔꿈치를 잡고 의아해하며 물었다.

나는 약간의 당혹감과 가슴을 가득 채우는 미안함이 뒤섞인 목소리로 대답했다.

사죄의 감정은 주로 류 킷츠에게 보내는 마음이었지만, 아마도 이제 곧 일어나게 될 사태는 세리나와 드라미나와 또한 레니아와도 관계가 없지 않았으니까.

“조금 난처한 일이 벌어졌다고 말해야 할까. 류 킷츠…… 아니, 류 키츠. 왔군, 와버렸어. 이런, 음…….”

그렇다, 와버렸다. 형과 아우, 어쩌면 누이가, 우리 시원의 일곱 용

의 형제들이!

류키츠는 내가 갑자기 가명으로 부르기를 그만두자 일순간 눈을 휘둥그레지게 떴다가 곧 내가 말하고자 하는 바를 이해한 뒤 안색이 창백해졌다.

"세상에, 설마. 어째서 하필 이 시기에?!"

"흐음…… 변덕이려나?"

"그 말씀은, 분명 일리가 있습니다만, 있기는 한데……."

내가 생각해봐도 참 뜬금없는 답이다.

내가 올려다보는 저 너머의 공간이 지금 막 수면에 파문이 일듯 흔들리기 시작했다.

나와 류키츠만이 통하는 대화였다만, 세리나 등 다른 사람들은 질투보다도 오히려 불안감을 느끼고 있는 기색이었다.

아마도 나의 말속에 담긴 불온한 울림을 민감하게 알아차렸기 때문일 테지.

"온다……. 왔다."

나는 즉각 반응하여 지금 이곳에 있는 우리를 제외하고는 이 현상이 감지되지 않도록 결계를 전개해서 은폐했다. 그 직후, 한층 더 커다란 파문이 생겨나면서 강렬한 빛과 함께 분명하게 실체를 가진 거대한 용의 그림자가 출현했다.

그것은 은빛의 비늘과 금빛의 눈동자를 지닌 용.

모두 혹여나 적이 출현했을까 봐 경계하는 한편 내가 요격 태세를 갖추지 않음을 보아 공격은 자제하는 모습이다.

"세리나, 드라미나, 바제, 루우, 레니아, 나와 아는 사이야. 적은 아니다."

그렇다, 적은 아니다.

다만…… 무턱대고 싸움을 거는 문제아이기는 하다만.

흡사 잎사귀 위에 고였던 아침 이슬이 지면에 떨어지듯이 은빛 비늘의 용은 눈부신 광채를 쏟아 내면서 나를 목표로 곧장 낙하하고 있다.

흐음? 저 녀석, 눈을 감고 있구나. 게다가 뭔가 무척이나 고민을 하는 듯한 표정인데…….

저 모습은, 혹시 이 자리에 나 이외의 다른 사람들이 있다는 사실을 깨닫지 못한 게 아닌가?

또 다른 목격자가 있진 않으나 나중에 꿀밤 한 대는 때려줘야겠군.

일단 결심을 하면 쭉 내달리는지라 나쁘게 말하자면 시야가 확 좁아지는 것이 저 녀석의 특징이니……. 대체 무엇을 할 작정이란 말인가.

"드란 님, 저분은!"

다른 사람의 시선이 있음에도 불구하고 류키츠는 경칭을 붙여서 나를 불렀다.

이렇게 된 이상 숨겨왔던 여러 사실을 이곳에 있는 모두에게 전부 알려줄 수밖에 없는 흐름이 되었구나.

"나의 여동생 알렉산더가 틀림없군. 틀림없다만, 대체 왜 하필이면 저 녀석이? 바하무트와 리바이어던이라면 그나마 이해가 될 터인데……."

나의 의문은 해결되지 않은 채 장엄한 빛에 감싸인 알렉산더가 거대한 용의 신체를 용계에서 만났을 때와 똑같이 인간 소녀의 모습으로 바꾼다. 고신룡의 위광과 풍격을 쏟아내면서 내려오는 소녀에게 의식이 쏠려 모두들 차마 입을 열지 못하고 있었다.

무리도 아니겠다. 나에게 알렉산더는 손 많이 가는 귀찮은 여동생이라는 인식에 불과하지만, 세리나와 드라미나 등 다른 사람들에게는 괴물이라는 개념을 뛰어넘은 진정한 괴물, 규격 외, 초월자이자 상위 존재이니.

알렉산더 녀석, 지상 세계에서 고신룡의 중압감을 당당하게 쏟아내다니……. 어떤 영향이 발생할지 몰랐단 말은 안 들어줄 테다? 꿀밤을 한 대가 아니라 백 대는 때려줘야겠구나. 전력으로 때려야 하나, 아니면 횟수가 많을 만큼 한 대의 위력을 조금 낮춰줘야 하나—그렇게 고민을 하는 사이에 알렉산더는 내 정면에 내려서더니 심호흡을 했다.

눈앞에 선 알렉산더는 긴 머리카락과 같은 은색의 천 하나를 몸에 헐겁게 감은 게 전부인 간소한 의복을 입고 있었다만, 모두가 찬양하고 싶어질 만큼 훌륭한 용모와 맵시가 잘 어우러졌기에 그야말로 아름다움의 여신과 같은 미소녀라고 말할 수 있겠다.

다만 입을 열어서는 안 된다는 말을 덧붙여야 할 테지.

숨을 죽이는 모두와 마찬가지로 나도 입을 다물고 기다리고 있으려니까 심호흡을 마친 알렉산더의 눈꺼풀과 입이 조용히 벌어졌다.

자, 어떤 망발이 튀어나오려나?

"드래곤, 아니, **오빠야**—."

흠? 뭐지? 알렉산더의 입에서 이제껏 들어본 적 없는 단어가 나온 것 같다만?

나의 귀가 이상해졌는가, 아니면 알렉산더의 정신에 심각한 장해가 발생했는가……. 도대체 어찌 된 일이더냐, 나의 여동생아?! 평소 같았다면 오기가 가득했을 황금빛 눈동자는 연약하게 눈꼬리가 내려갔고, 눈동자는 눈물에 살짝 젖어서 흐릿해졌다.

그뿐 아니라 마치 신에게 참회하는 경건한 신자와 같이 호리호리한 두 손의 손가락을 가슴 앞쪽에 깍지까지 끼고 있었다.

나를 속이려는 것인가 의문이 먼저 들었지만, 나쁜 뜻은 없어 보이는 모습이 오히려 나를 불안케 했다. 알렉산더의 진짜 의도를 알 수 없었기에 나는 태어나서 처음이라고도 표현할 수 있을 만큼 큰 혼란에 빠져 있었다.

알렉산더가 말을 잇는다.

"—지금까지 못된 소리만 해서 미안해. 그치만 말야, 사실은 나쁜 말 하려는 게 아니었어. 알렉산더, 사실은 말야, 그때 오빠야가 구해줬을 때부터 쭉 사과하고 싶었고, 쭉 고맙다고 말하고 싶었어. 언제나 시비 거는 말만 했었지만 사실은, 사실은, 알렉산더는 오빠야가 정말 좋……."

이때 뒤늦게나마 주위에 제삼자가 있다는 사실을 깨달은 알렉산더는 돌덩이가 된 것처럼 몸이 굳어졌다.

마치 관절이 녹슬어 철이 되었나 싶을 만큼 어색한 움직임으로 주위를 둘러보고 — 아마 부끄러움 때문에 — 온몸을 새빨갛게 물들이며 소리쳤다!

"삐야아아아아~~~~~~~?!"

아무 연락도 없이 지상에 내려와서 이게 웬 촌극인가.

어찌 된 영문인지 내가 고민을 거듭하던 때 누군가의 손이 알렉산더의 뒤통수로 날아들어 힘껏 가격했다.

"흐갸앗?!"

"무얼 잘했다고 소리는 지르는 게냐, 알렉산더. 경망한 짓은 삼가라고 평소에 늘 일러주었을 텐데. 벌써 잊어버렸느냐?"

고신룡에게 어울리는 강건함을 지닌 알렉산더가 아픔을 느낄 만큼 강력한 일격을 날린 인물은 내가 이 사태에 정신이 쏠린 사이에 강림했던 리바이어던이었다.

알렉산더와 마찬가지로 인간의 모습을 취한 리바이어던은 나를 돌아보더니 손칼의 형태로 만들었던 왼손을 들어 가볍게 흔들었다.

"오, 드래곤. 연락도 없이 방문하여 미안하구나. 알렉산더가 못 참고 뛰쳐나갔기에 서둘러 쫓아왔다만, 결국 수고를 끼쳐버렸군."

인사 대신에 왼손을 쥐었다 폈다가 하는 리바이어던의 발밑에서는 알렉산더가 머리 꼭대기에 생긴 근사한 혹을 부여잡으며 몸을 웅크리고 있었다.

"으으으으으으으으~~~."

이런, 오늘은 대체 어찌 된 날인가. 나는 이제까지 느껴본 적 없는 피로감과 함께 한숨을 내뱉었다.

……벌써 지쳐버렸어.

†

고신룡 리바이어던, 알렉산더가 이 혹성에 강림했다는 전대미문의 사태가 아무도 알지 못하는 곳에서 발생하고 있는 동안에 본래라면 그 자리에 함께 서 있었어야 했을 네 명의 소녀들이 『어떠한 주제』에 대해 이야기하기 위하여 모여 있었다.

모인 사람은 페니아, 네르네시아, 아울러 파티마와 그 사역마인 시에라이다.

네 사람은 드란이 마법학원의 부지 안쪽에다가 세운 욕탕에 설치된 테라스로 모여서 다른 사람들의 이목을 피하고자 목소리를 낮추며 주위를 한껏 경계하고 있다.

먼저 말문을 연 사람은 이번 모임을 주최한 페니아였다.

페니아는 반짝이는 황금빛 롤 머리에 뒤지지 않는 호기심의 광채를 띤 눈동자로 세 사람을 둘러보다가 불쾌하지는 않을 정도로 히쭉 웃음을 띠고 애용하는 부채로 입가를 가린 채 재잘거리기 시작했다.

"네르네시아 씨, 파티마 씨, 드란 씨에게 특훈에 참가할 수 없는 사정은 전달하셨나요?"

"응. 수업 더 있다고 말해놨어."

네르네시아는 짧게 답하면서도 오늘은 다과가 따로 준비되어 있지 않아서 유감스러워하는 몸짓을 보였다.

마법을 행사할 때 드는 방대한 마력과 정신력 소모를 감당하기 위하여 마법사는 대식가이거나— 또는 고칼로리의 과자류 및 주류를 즐겨 섭취하는 인물이 많다만, 그런 요소를 빼고 보더라도 이 여자아이는 무척이나 많이 먹는다.

“그렇다면 아무 문제도 없겠군요. 자, 경마제 대비 특훈을 건너뛰면서까지 이렇게 모이도록 부탁을 드린 이유는 미리 여기에 계신 분들에게만 살짝 알려드렸던 문제 때문이에요.”

이전부터 드란과 크리스티나, 레니아 몰래 넷이서 모여 페니아는 어떤 문제에 대하여 의견을 주고받아왔다.

“크리스티나 선배 얘기죠~. 여름휴가 전보다 많이 밝아지기도 했고요, 베른 마을에 다녀왔다는 이야기는 들었으니까…….”

평소의 멍한 분위기는 변함없이 파티마가 턱 끝에 손가락을 얹고는 잠시 생각에 잠긴다.

친우의 발언에 네르네시아가 말을 보탰다.

“여름휴가 동안에 짧지 않은 기간을 드란과 함께 지낸 건 틀림없어.”

두 사람의 진술을 들은 페니아는 소리를 내며 부채를 접은 뒤 허리의 벨트에 부착해놓은 홀더에 수납하고 늠름한 표정으로 고개를 끄덕거렸다. 평소에는 용모와 정신에서 이중으로 쏟아지는 화려한 광채에 가려지는 때가 많았으나 지금 네르와 파티마는 이 소녀가 가지고 있는 순수한 아름다움에 적잖이 감탄한다.

다만 페니아의 진지한 표정이 유지된 것은 지극히 짧은 시간뿐이었다.

또다시 히죽거리는 웃음을 띠고 페니아는 호기심을 미처 다 숨기지 못하는 목소리로 이렇게 말했다.

“그럼요, 그럼요. 역시 크리스티나 씨는? 드란을? 이성으로 보고 계시는 걸까요?"

요컨대 페니아가 드란에게는 비밀로 하고 모임을 가진 이유는 무척이나 좋아하는 친구인 크리스티나와 든든한 후배 드란의 연애 진도가 못 견디게 궁금하고 또 궁금했기 때문이었다.

페니아 또한 경마제가 코앞까지 닥친 이런 때에 학우들의 연애 이야기로 꽃을 피우는 것은 성실하지 못한 행동이라는 생각은 한다.

그러나 이야기의 주제가 하필이면 크리스티나의 연애잖은가. 마법 학원의 역사에서 가장 많은 학생들 및 학원 관계자들을 매료했고, 혹시 사교계에 얼굴을 비춘다면 온 왕국의 귀족들을 신봉자로 거느릴 수 있을 것이라고 모두가 인정하는 미의 화신이다.

페니아의 머릿속에서는 이미 두 사람의 혼약자를 가진 드란과 크리스티나의 밀통과 다를 바 없는 연애담이 눈 깜짝할 사이에 만들어지며 혼자 멋대로 불타오르고 있는 참상이 벌어졌다.

"네르 씨, 파티마 씨, 역시 크리스티나 씨는 드란 씨를 사모하는 게 맞을까요? 하지만 드란 씨는 이미 세리나 씨랑 드라미나 씨랑 혼약을 맺었잖아요? 꺄~ 정말 괜찮은 걸까요? 유혈 사태가 일어나면 어쩌죠?"

이 이야기를 시작하면 페니아는 언제나 뜨거워져서 주위가 안 보이게 된다. 거칠게 씩씩 콧김을 뿜는 페니아를 진정시키고자 끼어들어서 입을 연 사람은 네르네시아였다.

"아크레스트 왕국에서는 라미아와 뱀파이어를 인간종으로 정의하지 않으니까 본인들이 부부를 자처해도 법률상으로는 부부로 인정해주지 않아. 그러니까 드란이 두 사람 이외에 다른 인간과 결혼해도 죄를 추궁당하지는 않을 거야. 하지만 세리나와 드라미나의 마음은 별개니까. 그러니까 페니아 선배의 말처럼 최악의 경우는 유혈 사태가 벌어질지도 몰라."

"어머, 어머어머, 그러면 대체 어떻게 하죠. 저는요, 혹시 친구들이 치정 싸움 때문에 다칠까 봐 상상만 해도 너무나 무섭거든요! 게다가 드란 씨와 세리나 씨, 드라미나 씨는 사이도 무척 좋으시잖아요. 크리스티나 씨도 마찬가지고요. 그런데…… 그 네 사람이 으르렁거리게 되다면, 아으아아, 아으아아아, 아으아아아아아……."

자신이 이야기를 꺼내고도 몹시 허둥지둥하는 페니아에게 시에라가 웃음을 꾹 참으며 말을 건넸다.

"네르네시아 님, 괜히 페니아 님을 놀리지 않으시는 게 좋겠습니다. 드란 씨도 다른 분들도 진지하게 대화를 나눠 해결할 수 있는 분들이니 설마 칼부림이 일어나지는 않겠죠. 게다가 제가 보기에 크리스티나 님은 아마도 연애 관련에는 많이 서툰 분 같더군요. 이미 세리나 님과 드라미나 님이 계시는 만큼 아마도 사양을 하실 겁니다."

이제 시에라도 평상시 파티마에게는 본래의 말투와 태도로 대할 수 있게 되었지만, 여전히 파티마 이외의 다른 사람에게는 자신은 어디까지나 사역마임을 깍듯한 태도로 나타내고 있다.

"그, 그그그, 그럴까요? 아아, 모두가 행복할 수 있도록 잘 해결이 되면 좋겠지만요. 그런 방법이 과연 있기는 할까 모르겠단 말이죠……. 어떻게 될지 앞날이 너무 걱정돼서 도저히 가만히 있질 못하겠어요. 하지만 저 따위 외부인이 뭐라 떠들어 봤자 쓸데없는 참견질— 그야말로 괜한 오지랖이고 민폐에 불과하겠지만요!"

일단 쓸데없는 참견이라는 자각은 있는 것 같아서 내심 안도하고 네르네시아는 진지하게 중얼거렸다.

"그 말에 전적으로 동감이야. 그나저나 경마제도 코앞으로 온 시기에 이렇게 잡담이나 하는 건 슬슬 관둬야 하지 않을까. 페니아 선배랑 차를 마시는 게 싫진 않지만, 우선순위는 분명하게 하는 게 좋아."

"일의 순서야 물론 잘 알고 있답니다! 경마제 본선은 온 왕국의 귀족과 마법사단, 그리고 스페리온 왕태자 전하께 저희의 힘을 증명하기 위한 절호의 기회인걸요. 요란하게— 아니요, 아주 사납게 시끌벅적 날뛰어서 온 시선을 사로잡을 거예요. 오늘 특훈을 건너뛴 만큼 다음 특훈은 두 배, 세 배의 밀도로 소화해서 훈련량을 꽉꽉 채워주겠어요!"

페니아는 방금 전까지 크리스티나와 드란의 불온한 미래를 상상하며 안색이 핼쑥해졌었는데도 화제가 경마제로 바뀌자마자 곧장 기운을 차려서 뺨에 홍조를 띠고 게다가 온몸으로 고열을 쏟아 내며 주위의 기온을 올린다. 고조된 감정이 페니아의 마력 변환 체질에 의하여 열량으로 바뀐 결과였다.

그렇다 해도 이렇게까지 의욕을 불태우고 있는 페니아가 하필 이 시기에 연애 이야기를 꺼낸 까닭은 자신이 바로 가로아의 대표이며 중재자라는 자부심을 가지고 있고, 또한 크리스티나와 드란의 관계가 연애 문제로 꼬이게 될 것을 염려하면서 친구 사이가 악화되지는 않을까 하는 불안감으로 노심초사하고 있었기 때문이다. 좋은 뜻으로도 나쁜 뜻으로도 페니아는 강한 책임감과 성실한 기질이 있는 소녀였다.

이렇듯 네르네시아 및 파티마가 새삼 드란의 여성 문제는 괜찮으리라고 다짐을 해줌으로써 겨우 페니아도 경마제에 집중할 수 있는 정신 상태로 돌아온 셈이겠다.

"페니아 씨는 변함없이 마음 다잡는 게 빠르구나~."

멋지게 휙 달라지는 모습을 보고 파티마는 무심코 말을 꺼냈으나 그와 동시에 페니아의 마음속에서 스멀거리고 있던 불안의 그림자가 사라진 것을 느끼고 내심 안도했다.

그렇게 시끌벅적한 네 사람이 있는 자리를 수업이 끝나 우연히 근처를 지나가던 디아드라가 발견하고 『저 아이들은 정말 사이가 좋네. 기운이 무척 넘쳐나는구나』라며 혼자서 미소 지었다.

아가씨들의 마음은 참으로 평온했다.

지금 이 순간에 전 세계 용종의 정점에서 군림하는 존재가 둘이나 강림하여 드란과 이야기를 나누고 있었을 줄은 절대로 상상조차 하지 못했을 테니까.

한편 이곳에 있는 아가씨들과는 정반대로 도저히 평온할 수 없었던 인물들은—.

†

살다 보면 언젠가는 눈을 돌리고 도망치고 싶어지는 현실과 마주치는 법이다.

나는 누군가가 괴로운 현실로부터 도피하는 것을 선택하더라도 결코 잘못된 처신이라며 탓하고 싶지는 않다. 현실에서 눈을 돌리는 데도, 아니면 반대로 맞서 나아가는 데도 선택에는 용기가 필요하다고 생각하기 때문이다. 어떠한 길을 선택하든 간에 앞에는 공포가 기다리고 있다.

현 상황을 타파하지 못하고 더욱 큰 곤경에 처하는 것이 아닌가 하는 공포. 문제를 뒤로 미룬 채 마음속 불안감에 끝없이 시달려야 하는 공포.

다른 사람이 어떠한 길을 선택하든 본인의 자유이다만, 나 개인적으로는 달갑지 않은 상황이 장기화되는 것을 기피하는 마음이 더욱 크기에 이제까지는 눈을 돌리고 싶은 현실과 마주쳐도 곧바로 맞서 나아가는 길을 선택해왔다.

대지모신 마이라르 및 전신 알데스, 대사신 카라비스 등 다수의 신이 지상에 강림하여 함께 자리하는 사태가 발생했을 때도 — 약간 마음의 준비가 필요하기는 했으나 — 맞서 나아가기를 포기하지 않았다.

나의 앞에는 인간으로 변화한 리바이어던과 머리에 난 혹을 부여잡으며 쪼그려 앉은 알렉산더. 나는 어떻게든 기력을 끌어올려서 이 현실로부터 눈을 돌리지 않고 대응하고자 각오를 다졌다.

감사하는 마음은 들지 않으나 전라의 알데스가 방문했던 경험이 조금이나마 도움이 되었는지도 모르겠다.

"리바이어던……. 가능하면 알렉산더가 용계에서 나오기 전에 말려주면 좋았을 터이다."

루우가 착용하고 있는 기모노와 비슷한 의상을 입은 리바이어던은 입가에 놀림조의 웃음을 띠고 대답했다.

"거듭 사죄하마, 나의 동생아. 그러나 피눈물을 흘리는 듯한 알렉산더의 노력을 생각하면 말리고 싶어도 말릴 수 없었느니라. 결실을 맺지 못하여 아쉽기는 하나, 뭐, 대략 9할은 어차피 이리되리라 예상은 했으니 말이다."

리바이어던이 유쾌하게 웃지만, 눈동자 안쪽에는 미처 숨기지 못한 연민의 정이 떠올라 있음을 나는 놓치지 않았다.

그래, 알렉산더는 부단하게 노력을 하면서까지 지상에 내려오고자 했고…… 아울러 실패했다는 말인가.

그렇다면 방금 전 비명 비슷하게 포효를 지르기 전 말했던 『오빠』 운운했던 언동이 목적이었나.

"나를 오빠라고 부른 것 말이군."

"그렇다, 그것이다. 내가 심심풀이로 지도를 맡아주었지. 네 녀석을 똑바로 『오빠앙』이라 부를 수 있도록 연습을 거듭했느니라. 네가 용계에 돌아왔을 때 나와 바하무트가 알렉산더의 이야기로 말을 흐리지 않았더냐? 그때는 『알렉산더가 스스로 솔직해지거나, 네가 알아차려 주는 것이 최선의 길』이라고 말을 했는데 결과는 이런 꼴이군."

그래, 분명히 기억이 나기는 난다. 그나저나, 『오빠앙』이라니. 흐음.

이런 표현은 알렉산더에게는 미안한데 아무리 생각해도 많이 징그럽다. 정말 알렉산더는 제정신이 맞는가?

나는 도저히 의구심을 떨칠 수 없었다.

그러는 동안 쪼그려 앉아있었던 알렉산더가 눈가에 눈물을 글썽거리며 분노로 가득 찬 표정을 짓고 일어섰다. 다만 거칠게 높인 목소리로 리바이어던에게 내뱉은 처음 한마디는 다시금 내게 두통을 가져다줬다.

"오빠앙 아니거든! 오빠야거든!"

오빠야라니……. 시조룡에게서 갈라져 나와 오늘에 이르기까지 알렉산더에게 오빠라고 불린 기억은 없었다만, 진정 나를 저러한 호칭으로 부르고 싶었다는 말인가?

"오냐오냐, 알렉산더야. 네 말이 맞다. 오빠앙이 아니라 오빠야였지. 후후후후. 그런데 괜찮겠느냐, 드래곤이 전부 듣고 있다만? 그런 소리는 제대로 드래곤과 정면에서 마주 선 다음 눈을 똑바로 보면서 말해주는 것이 좋다고 생각되는구나.",

가족에게만 보여주는 놀리는 듯한 웃음을 띤 리바이어던이 지적하자 알렉산더는 호들갑스럽게 몸을 움찔 떨었다.

"흐엥?!"

흐엥? 나야말로『흐엥』이라고 말해주고 싶구나.

거의 무의식중에 입가를 부여잡은 듯한 알렉산더가 흠칫흠칫하며 나를 돌아보더니 또『흐에엥』이라며 허둥거렸다.

"흐엥, 저, 저기……. 이게 아닌데, 진짜로 아닌 건 아니고, 그러니까, 있잖아, 으으……."

"큭큭큭, 웃음이 나오는구나. 드래곤, 알렉산더는 말이다, 아주 옛날부터 너에게 여동생처럼 다가가고 싶어 했단다. 평소에는 큰소리를 떵떵 치는 녀석이 너와 얽힐 때마다 패기가 사라져서 우물쭈물하는 사이에 그대가 덜컥 죽어버렸더랬지. 그때는 꽤 난동을 부렸었다만, 이제야 네가 전생을 해서 이번에야말로 꼭 친하게 지내겠다며 분발한 게다. 잃고 나서야 얼마나 소중했는지를 깨달을 수 있음은 우리 시원의 일곱 용에게도 통하는 이치더구나. 당연한 말인 듯싶기도 하군. ……뭐, 결과는 이런 꼬락서니이니 웃음만 나오는구나. 알렉산더는 애초부터 너를 오빠야라고 부를 수 없도록 만들어졌나 보다."

놀리는 말 안에 측은지심을 내비치며 미소 짓는 리바이어던과 달리 알렉산더는 입술을 삐죽거리며, 게다가 뺨도 뾰록거리며 고개를 휙 돌렸다.

이런 반응은 과거에 봤던 전례가 아주 없지는 않으나 알렉산더의 심정을 알게 된 지금 와서는 조금 관점이 달라지는구나.

"흠, 솔직히 말하자면 믿기 어렵다만, 뭐, 일단 마음에 새겨 두도록 하마. 그나저나, 알렉산더가 설마 이러한 생각을 갖고 있었다니. ……정말인가?"

"으으으, 으으~."

의구심을 담아 쳐다보자 여전히 얼굴을 돌리고 있는 알렉산더의 안면이 다시 빨갛게 달아오르기 시작한다.

"믿기 어렵다만 정말인 것 같군. 믿기 어렵다만……."

"그렇게 믿기 어렵다, 믿기 어렵다, 자꾸 되풀이하지 말거라. 똑같은 말을 거푸 들어야 하는 알렉산더가 불쌍하지도 않더냐."

"똑같이 반복할 수밖에 없는 나의 심정도 이해할 테지?"

"너희의 헛웃음 나오는 촌극이야 수없이 봐왔으니 말이다. 뭐, 이렇게 될 만은 하지. 아무튼 간에, 동생아. 깜빡 예절을 갖추기를 게을리하여 부끄러운 따름이다만, 그쪽에 계신 여인분들을 소개해주겠느냐. 우리의 동포는 넘어가더라도 모두 다 예사롭지 않은 인물들이구나."

용계에 돌아갔을 때 소식은 전해주었지만, 확실히 이렇게 대면한 이상 정식으로 소개하는 것이 좋겠지.

갑작스럽게 등장한 알렉산더, 리바이어던과 대화 나누는 동안 세리나와 크리스티나 씨는 가만히 추이를 지켜보고 있었지만, 슬슬 대화에 끼어주면 좋겠군.

우선은 같은 동포인 류키츠를 시작으로— 그렇게 생각을 하던 중 나는 알렉산더의 기세가 확 바뀌었음을 깨달았다. 이제까지 나와 리바이어던밖에 의식하지 않았던 터라 알렉산더는 미처 크리스티나 씨와 레니아의 존재를 분명하게 인식하지 못했다가 지금 막 명확하게 적의를 품은 셈이다.

"잠깐, 알렉산더. 성급히 행동하지 마라."

한 발짝 내디디고자 했던 알렉산더의 어깨를 뒤에서 뻗어 나온 리바이어던의 손이 잡아 세웠고, 아울러 나도 나서서 같이 제지했다.

"알렉산더, 왜 이런 반응인지는 알겠으나 일단 멈춰라. 더 이상 행동을 하면 나 또한 상응하는 대응에 나서야 할 테니."

역시 귀찮은 일을 터뜨려주는군— 나는 한숨을 꾹 눌러 삼키고 알렉산더를 주시했다.

그러자 나의 여동생은 이제껏 본 적이 없는 당황한 모습으로 질문을 했다.

"어째서 저 둘을 감싸주는 거야?"

그동안 들어본 적 없는 연약한 음색의 목소리는 나에게 의문과 당혹감을 가득 드러내고 있었다.

"오호, 이전이었다면 마구 고함부터 질렀을 터인데 특훈이 쓸모없지는 않았어. 오빠야 호칭뿐 아니라 온순한 태도도 취할 수 있게 되었구나."

리바이어던은 감탄한 모습으로 고개를 살짝 끄덕거렸다.

……너는 굉장히 침착하구나. 결국은 남 일이기 때문인가?

"알렉산더, 어째서 두 사람에게 적의를 드러내는……. 음, 물을 필요도 없나."

알렉산더는 크리스티나 씨와 레니아를 손가락질하며 말투에 힘을 주고 나에게 거듭 물었다.

"그치만, 저 녀석이 가지고 있는 건 오빠야를 죽인 검이고, 저쪽 인간한테는 카라비스의 인자가 있어! 어째서 저런 녀석들을 곁에 둔 거야?!"

평소의 알렉산더는 대체 어디에 갔나. 이 또한 나는 알지 못하는 반응이었다.

최근 비슷비슷한 질문에 막 답했던 듯싶기도 한데 어쩔 수 없군.

"카라비스의 인자를 가지고 있는 소녀라면 용계에서 분명히 이야기를 했군. 일단 저 아이는 레니아다. 금생의 양친께서 붙여주신 훌륭한 이름이지. 레니아는 확실히 카라비스를 창조주로 두었으나 그 녀석처럼 사악하지는 않을뿐더러 딱히 악행을 거듭한 전적도 없다. 게다가 의외로 선한 측면도 있고, 나 또한 천진하게 경애해주는 상대를 소홀히 대우할 수는 없구나."

알렉산더는 아직껏 납득한 기색을 보여주지 않고, 리바이어던은 품평을 하듯 레니아를 바라보고 있다.

한편 레니아는 불평을 늘어놓지도 않고 평소의 성격과는 달리 드물게 긴장하는 모습이었다. 으음?

“확실히, 옳군……. 혼은 사악함의 형상을 갖고 있으나 그것을 드래곤의 인자가 대폭 억제하고 있군. 네 곁에 쭉 둔다면 악행을 저지르지는 않을 것 같아. 다만 바하무트는 저 아이의 태생에 이미 난색을 표시한 바 있으며 나 또한 가만히 보아 넘기기에는 힘이 꽤 강하구나. 아무튼 간에 말이다, 레니아라는 아이는 네게 맡기면 된다고 치고, 그쪽에 계신 아름다운 여인은 설명이 더 필요하지 않겠느냐?”

리바이어던의 시선은 몸을 잔뜩 굳힌 크리스티나 씨에게 쏠려 있었다. 세리나와 드라미나가 걱정스럽게 지켜본다.

“그래그래, 리바 언니의 말이 맞아, 오빠야!”

으음, 이렇게 오빠 소리를 들으니 살갗에 소름이 돋는다고 할까, 등줄기가 으슬으슬 차가워진다고 할까……. 알렉산더 녀석, 어차피 이곳에 있는 다른 사람들에게 목격당했으니 모든 부끄러움을 떨치고 당당해진 것인가?

나는 오히려 위화감이 격하게 솟아 어색하다만.

“설명하기를 꺼릴 이유는 없으나 다른 형제들에게도 나중에 말을 전해주면 고맙겠군.”

“확실히, 우리들이 내려올 때마다 같은 설명을 반복하자면 수고로울 테지. 내가 알아서 바하무트와 다른 녀석들에게 전해주마. 대강 짐작은 하고 있다만…….”

흠, 과연 리바이어던이다.

알렉산더도 머리에 피가 솟구치지 않았다면 이 정도는 깨달을 수 있었을 텐데, 뭐, 무리인가.

설명해야 할 사안은 산더미이나 우선은 까다로운 문제부터 해결하도록 할까.

"크리스티나 씨."

내가 이름 부르자 크리스티나 씨는 각오를 다진 얼굴로 고개를 끄덕여서 답한 뒤 리바이어던과 알렉산더의 앞으로 걸어 나왔다.

"그래, 알았어. 저는 크리스티나 맥시우스 아르마디아, 또한 크리스티나 드레드노트라고 합니다. 과거에 고신룡 드래곤을 살해했던 일곱 명의 인류종 중 하나, 셈트의 말예에 해당되는 인간입니다."

저 아름다운 얼굴에 비장한 의지를 덧칠하며 말을 꺼내는 크리스티나 씨에게 리바이어던은 납득의 한 마디를 들려주었고, 알렉산더는 한 번만 뺨을 실룩 경련한 뒤 분노한 표정을 내비쳤다.

이 고백에는 시원의 일곱 용을 앞에 두고 석상처럼 몸이 굳어져버린 루우와 바제도 끝내 반응을 나타냈다.

류키츠는 이미 크리스티나 씨의 내력을 알고 있었지만, 아무 사실도 알지 못했던 다른 두 명에게는 청천벽력같은 정보였음이 분명하겠다.

이 세상의 모든 용종들에게는 자신들의 정점에 선 존재를 살해했던 대죄인의 피를 잇는 인간이잖은가. 몹시 한탄스러우나 지상의 용종 중에는 저 사실 하나만으로도 크리스티나 씨에게 들끓는 증오를 쏟아내는 자조차 적지 않을 것이다.

"이것은 또 별난 인연이구나. 드래곤이 인간으로 전생한 곳에서 자신을 죽였던 용사의— 게다가 인자까지 이어받은 직계 자손과 만나게 될 줄이야. 그건 그렇고 셈트 본인이라면 모를까 자손에게까지 용 살해의 인자가 계승되다니……. 이렇듯 눈앞에 두고 보자니 업(業)은 정녕 심오함을 느끼게 되는구나. 뭐, 언뜻 보아도 드래곤과 친밀한 관계를 쌓은 듯싶군. 알렉산더야, 너무 노려보지 말거라. 너의 적의를 계속 중화해주자니 수고롭구나. 크리스티나라는 이 여아가 직접 드래곤을 죽인 것도 아니잖느냐."

"흥! 바하 오빠랑 리바 언니한테 질리게 잔소리 들었으니까 나도 알아! 오빠야가 죽었던 건 오빠야가 바랐기 때문이었고, 용사 녀석들도 무척 후회했다면서! 이 여자가 용사 본인도 아닌 데다가 오빠야가 축복을 내려준 의미도 알고……. 그치만 자꾸 화가 나는데 어떡해!"

"그러한가. 마음만큼은 우리도 어찌할 도리가 없는 법이지. 하물며 공허함 때문에 자기 자신을 갈랐던 시조룡에게서 탄생한 존재가 바로 우리들이잖느냐. 크리스티나, 그대의 선조에게 살해당했던 드래곤 본인이 그대를 곁에 두기로 한 이상 나는 그대를 탓하고 싶지 않구나. 형제가 죽음을 맞이하였던 것은 분명하니 푸념 몇 마디는 하고 싶은 심정이나 그대에게 토로한들 무슨 소용일까. 애당초 우리는 드래곤이 조만간에 알아서 되살아나리라 생각했던 만큼 별 충격을 받진 않았었느니라. 여기 알렉산더와 같이 격하게 반응을 나타내는 자가 용계나 우리 형제들 중에서는 오히려 드문 편이지."

"그렇……습니까?"

크리스티나 씨는 내가 선조의 행위를 원망하지 않는다고 말했을 때와 매우 비슷하게 당혹감을 드러냈다.

원망의 말이 백 마디, 이백 마디는 쏟아질 것이라 각오를 다졌을 테니 이러한 리바이어던의 반응은 분명 의외였겠지. 알렉산더는 불만의 기색이 짙지만, 나와 리바이어던이 달랜 덕분에 노골적으로 적의를 표시하지는 않고 꾹 참는 모습이다.

"히페리온도 요르문간드도 바하무트도 브리트라도, 그대에게 저주를 내리는 섣부른 짓은 저지르지 않으리라. 여기 알렉산더는 제외하고 말이지. 게다가 그대와 그 드래곤을 죽인 검에는 드래곤의 축복과 가호가 깃들어 있군. 그렇다면 드래곤은 그대와 검을 단순히 용서했을 뿐 아니라 비호하겠다는 의사를 표명한 셈이니라. 그럼에도 위해를 가하겠다면 드래곤과 적대하는 행위와 마찬가지. 나로서는 이제 와서 드래곤과 남매 싸움을 하고 싶지는 않군. 어떠한가? 드래곤."

"그렇게 이해해주면 나도 고맙겠군. 형제를 상대한다는 게 보통 고생이어야 말이지."

"옳거니, 나 또한 동감이니라."

리바이어던은 까르르 기분 좋게 웃고는 보란 듯이 뺨을 볼록거리며 한껏 불만의 뜻을 드러내고 있는 알렉산더를 끌어안아 머리를 쓰다듬어주기 시작했다.

"그리 삐치지 말거라, 알렉산더. 비록 큰 창피를 당하였으나 마침내 염원을 이루어 드래곤을 오빠라고 부를 수 있게 되었잖느냐. 이제부터는 네가 소망했던 대로 친하게 지내보려무나. 투정은 그만 부리고."

"흥이다."

또다시 알렉산더가 얼굴을 휙 돌렸지만, 행동만큼 기분이 상한 것 같지는 않았다.

이런, 맙소사.

크리스티나 씨에게 눈을 돌렸더니 이쪽은 또 이쪽대로 맥 빠진 표정을 짓고 정말 이래도 되는 것이냐며 나에게 묻는다.

"드란, 뭐라 말해야 할까, 예전에 너도 마찬가지였다만……. 좀 반응이 너무 과하게 무던하지 않나? 훨씬 더 책망을 당할 각오였는데……."

"모두들 내가 조만간에 다시 되살아나리라 생각했었을 테고, 살해당했을 때 나의 심정을 미루어 짐작했던 것도 이유일 테지. 예전부터 말했던 대로 크리스티나 씨는 딱히 당사자가 아니니 굳이 신경을 쓰지 않아도 괜찮아."

"으음, 대대로 일족이 자손에게 전해왔던 죄를 이렇게나 가볍게 『신경 쓰지 마』라는 말 하나로 잊으라는 것도 조금은 어렵군."

그렇게 말한 뒤 크리스티나 씨는 살짝 곤란해하는 얼굴로 웃었다.

흠, 이런 모습이라면 마음 정리가 끝나는 것도 시간문제이려나.

자, 이렇게 하나의 문제는 해결되었다만, 세리나와 류키츠 등 우리 쪽 소개를 아직 못 해주었군.

"그나저나, 리바이어던. 당초와는 예정이 대폭 달라져버렸다만, 너희에게 소개해주고자 생각을 했던 지상의 동포들이 마침 이곳에 있다."

혼약자의 관계이기도 한 세리나와 드라미나는 마지막, 정말 마지막 차례까지 미뤄두도록 하고 나는 고개를 돌리면서 말을 꺼냈다.

"이 별의 용종을 다스리는 삼룡제와 삼룡황 중 하나, 수룡황 류키츠과 그 딸인 루우. 아울러 나의 제자 비슷한 입장이 되는 셈인가? 심홍룡 바제다."

"오오, 언젠가 꼭 방문하자는 이야기를 얼마 전 나누었더랬지. 사전에 연락도 없이 얼굴을 마주하게 되어버렸으나 별 상관은 없으리라. 그나저나―."

일단 말을 끊은 뒤 리바이어던은 드물게도 아주 살짝이나마 눈동자에 당혹감의 빛을 드러내면서 시선을 비스듬히 아래로 내려뜨렸다.

"굳이 머리를 숙일 필요는 없다 생각하네만. 이것이 지상에 있는 동포들의 일반적인 대응이라면 확실히 문제가 있군."

그 시선을 따라가면 지면에 무릎을 꿇고 머리를 몹시도 깊이 조아리고 있는 자세의 류키츠, 루우, 바제, 세 명이 보인다. 나도 이때까지 리바이어던과 알렉산더에게만 의식이 쏠려 있었던 터라 깨닫는 시기가 늦어졌다만, 아무래도 얼마 전부터 줄곧 이러한 자세였던 것 같았다.

"류키츠여, 무척 오랜만이구나. 나는 그대가 무척 어렸을 시절에 딱 한 번 만났던 적이 있단다. 그때 본 어렸던 용이 이렇게나 크게 자랐고 게다가 딸까지 낳아 길렀을 줄이야. 후후, 시간의 흐름이 느껴지는구나. 자, 류키츠여, 루우여, 바제여, 어서 나에게 그대들의 얼굴을 보여다오."

리바이어던의 자비가 생생하게 전해지는 다정한 음성을 듣고 나서야 세 사람은 드디어 푹 수그리고 있던 얼굴을 들어 올렸다.

류키츠는 나와의 접촉으로 익숙해졌기 때문인지 막힘없이 유려한 동작이었다만, 루우는 너무나 긴장한 탓에 몸을 부들부들 떨었고,

심지어 바제는 심홍룡이 아닌 백룡이라 생각될 만큼 낯빛이 몹시 창백했다.

“우리의 위대한 선조, 리바이어던 님과 아울러 여동생분 되시는 알렉산더 님. 방금 드래곤 님께서 소개해주신 류키츠라고 하옵니다. 이쪽에 있는 아이는 저의 못난 딸 루우. 그리고 루우의 벗 바제. 황공하게도 이렇듯 지존의 존재 되시는 두 분의 존안을 배알하는 영광을 누리게 되어 더할 나위 없는 기쁨이옵니다.”

“오오, 참으로 아리따운 여룡이구나. 류키츠여, 그대처럼 아름다운 용을 나는 알지 못하느니라. 루우라고 했던가, 딸아이도 무척 어여쁘군. 쏙 빼닮은 모녀로다. 이후의 성장이 기대되는구나. 바제, 그대는 눈이 부시도록 활력으로 가득하구나. 나와 알렉산더는 그대의 선조가 아닌지라 조금 실망하지는 않았더냐? 아무튼 간에, 루우와 바제는 긴장이 조금 지나치니 옥에 티로다. 이렇게까지 긴장을 하면 우리가 오히려 더 난감하단다. 오호라, 드래곤의 말이 맞았어. 이럴 줄 알았다면 더욱 옛날부터 그대들과 교류를 가져야 했군. 자, 언제까지 무릎을 꿇고 있을 셈인가. 어서 일어나거라.”

“넷, 말씀에 따르겠습니다. 자, 루우, 바제 양.”

흠, 내심 대체 얼마나 큰 경악의 파도에 시달리고 있을지 알 수 없으나 과연 류키츠는 배짱이 두둑하구나. 이제 표면상으로는 완전히 침착해 보이는 모습이다. 루우도 심중의 놀라움을 전혀 숨기지 못할지언정 제 어머니의 존재가 제법 의지되는 듯하니 일단 괜찮겠군.

자, 바제는 상태가 어떠할까. 류키츠와 루우가 리바이어던의 재촉에 따라 일어서는 반면에 두 손과 두 무릎을 지면에 붙이고 머리를 숙인 자세에서 여전히 미동조차 않는구나. 루우가 바짝 엎드린 채 자세가 달라지지 않는 친구를 보며 자기 일처럼 허둥지둥 말을 건네고 어깨를 흔들어봐도 바제는 아무 반응이 없군.

"바, 바제 씨, 빨리 일어나시……. 바제 씨? 기, 기절하신 거예요?!"

어떡해, 어떡해, 몹시 당황하는 루우의 말처럼 아무래도 정말 바제는 엎드린 자세에서 결국 기절해버렸나 보다.

흐음, 리바이어던과 알렉산더의 강림이라는 사태에 정신이 차마 견디질 못한 것인가.

아, 이제까지 실컷 막말을 퍼부었던 상대가 고신룡 드래곤이었다는 충격도 추가되었겠군.

상위 용종에게 강한 경의를 가지고 있는 바제라면 확실히 의식을 끊고 현실에서 도피하기에 충분한 사실이었을 테지.

"흠, 이대로 눕혀두도록 하지. 곧 정신을 차려 깨어날 테니. 자, 루우, 빨리 일어나려무나."

"어, 앗, 드란 님, 아니, 으, 드래곤 님……."

간신히 평정심을 유지하고 있었던 루우도 지금 막 기절해버린 바제를 목격하며 정신의 균형이 위태로워졌나 보다.

나는 관절이 녹슬어버린 기계마냥 굳은 바제의 두 팔과 다리를 펴고 똑바로 지면에 눕혀주며 대답을 했다.

"루우, 나는 나란다. 너무 긴장하지 말거라. 이제껏 말을 안 해줘서 미안하구나. 이런 분위기가 되는 게 싫어서 미처 말을 못 해줬어."

"아, 아뇨, 아녜요, 드란…… 드래곤 님은 아무것도 잘못하지 않으셨습니다. 다만, 다만 좀 많이 놀라서, 저는 무엇이 어떻게 된 일인지……."

나는 당황하면서 일어서는 루우의 머리를 가볍게 쓰다듬어줬다. 그러자 루우는 내가 드래곤임을 의식하면서도 안심하고 어깨에서 힘을 빼내주었다.

"뭐냐, 드래곤. 너는 이 여아들에게 본인이 고신룡이었음을 말해주지 않았던 게냐? 크리스티나와 류키츠, 그쪽에 라미아와 뱀파이어 아가씨는 놀라지 않은 모습이다만, 대체 어떠한 기준이더냐?"

흐음, 듣고 보니 대부분 어쩌다 보니 이야기를 하게 되었던가.

본래 세리나와 드라미나에게는 내가 드래곤이라는 사실을 밝힐 생각이 없기도 했고, 류키츠의 경우는 본인이 먼저 알아차렸다는 경위도 있다.

리바이어던의 지적을 들은 루우가 퍼뜩 놀라며 얼굴을 들어 올리고 제 어머니에게 묻는다.

"아, 그러고 보니 어머님은 예전부터 드란 님께서 드래곤 님이셨다는 사실을 알고 계셨던 거예요?"

"어미가 예전에 드래곤 님을 직접 만나 뵈었던 경험이 있다는 것을 잊어버렸나요, 루우. 다행히 드래곤 님의 혼을 알아보았던 덕에 이후부터 단둘이 있을 때는 드래곤 님으로 모실 수 있었답니다."

"그, 그랬군요. 어머님과 드래곤 님만……."

흠, 루우는 조금 불만이 있어 보이는군. 나와 류키츠만 아는 비밀이었다는 것이 마음에 안 들어서인가?

리바이어던은 대화 나누는 류키츠와 루우를 지켜보다가 키득키득 유쾌하게 웃음 짓는다.

"후후후, 참 사이가 좋은 모녀로구나. 그건 그렇고 드래곤, 너는 바람둥이 기질이 더 심해졌군? 주위에 여자뿐이잖느냐. 이런, 알렉산더야, 삐치지 마라, 삐치지 마라. 저들은 나의 귀여운 자손이란다."

"나 하나도 안 삐쳤거든!"

그렇게 말은 할지언정 알렉산더는 뺨을 무척이나 뾰록거리고 있다.

"이러고도 삐치지 않았다면 대체 세상의 누구를 보고 삐쳤다고 말할 수 있겠느냐."

리바이어던은 쓴웃음 지으며 말을 잇는다.

"자, 류키츠여, 이미 드래곤에게 말은 들었을 터이나 사실 우리들 사이에서 지상에 있는 동포들의 터전을 방문해보자는 이야기가 나왔단다. 본래 예정은 더욱 나중에 찾아올 생각이었다만, 알렉산더의 변덕 때문에 이리되었구나. 그대들을 불필요하게 놀라게 했다. 미안하구나."

"아닙니다, 리바이어던 님. 언제 어느 때에도 저희는 위대한 선조님의 강림을 고대하고 있습니다. 아무쪼록 앞으로도 가벼운 마음으로 찾아와주십시오."

"그렇게 말해주니 고맙구나. 하지만…… 지금 그대들의 반응을 보건대 제대로 연락을 하지 않으면 상황이 난처해질 것 같군."

리바이어던과 류키츠, 둘 모두의 시선이 의식을 잃은 채 평원 위쪽에 드러누워 있는 바제에게 향했다.

류키츠가 여전히 난처한 표정을 짓고 부정의 말을 꺼내지 못한 까닭은 지상의 동포 다수가 바제와 똑같이 반응할 것을 잘 알았기 때문일 테지.

"음, 이 소식은 바하무트에게도 똑똑히 전해줘야겠군. 특히 브리트라에게는 더 단단히 일러야겠어. 자, 제법 오래도록 차례를 기다리게 했군. 미안하네, 그쪽에 있는 라미아 아가씨가 드란이 말한 세리나 양인가? 뱀파이어 여성의 이야기는 듣지 못했다만……. 역시 드래곤과 관계가 있는 인물이겠군?"

"네, 제, 제가 세리나입니다. 처음 뵙겠습니다! 어, 어, 으, 으음, 리바이어던 님, 알렉산더 님."

류키츠, 루우와는 다른 이유로 긴장하고 있는 세리나와 드라미나의 모습은 베른 마을에서 아버지와 어머니에게 혼약을 보고했던 날을 연상케 했다.

흐음. 두 사람의 입장에서는 시누이가 불쑥 찾아온 것과 마찬가지이니까 긴장할 테지. 이리 말하는 나 또한 조금은 긴장하고 있다.

너무나 긴장해서 꼬리를 쫑긋 세우고 있는 세리나에 이어서 베일이 딸린 모자를 벗은 드라미나가 적어도 표면상으로는 긴장했음이 느껴지지 않는 우아한 동작으로 머리 숙였다.

두둑한 배짱은 류키츠와 거의 비슷한 수준이려나. 정말이지 든든한 여성이다.

"처음으로 만나 뵙습니다. 리바이어던 님, 알렉산더 님. 세리나 씨와 마찬가지로 드란의 사역마로 지내고 있습니다. 드라미나라고 합니다."

"오호, 이것은 또 무슨 일인가. 뱀파이어의 시조— 아니, 그 이상의 영격을 가진 분이시군. 게다가 혼을 보건대 드래곤도 한 몫을 거든 모양이야. 그건 그렇고, 세리나 양과 드라미나 양도 하필이면 내 동생의 사역마 노릇을 하자니 고생이 끊이질 않을 테지? 무엇이든 견디기 어려운 처사를 당하거든 사양하지 말고 알려주게. 내가 나서서 드래곤에게 벌을 주도록 하지."

"아니에요, 드란 씨는 무척 잘 대해주시는걸요. 게다가 저희는 드란 씨와 함께 지내고 싶어서 사역마가 되기를 선택한 거예요. 저도 드라미나 씨도 드란 씨의 곁에서 같이 지낼 수 있는 것만으로도 정말 행복해요. 그러니 벌이라는 말씀은 하지 마셔요."

"네, 저희는 드란과 함께하는 것이 비할 데 없는 행복이니까요. 후후."

흐음, 이렇게까지 말을 해주니 못내 쑥스럽구나.

세리나와 드라미나가 달콤한 분위기를 연출함에 따라 리바이어던과 류키츠의 눈살이 꿈틀 움직였고, 루우와 알렉산더는 가만히 보고 넘어가지 않겠다는 듯이 굳어진 표정을 지었다.

"여봐라, 드래곤. 아무래도 세리나 양, 드라미나 양과 너의 관계는 사역마와 주인, 친밀한 벗이라고 말하기에는 조금 문제가 있는 듯 여겨지는군. 그래, 실상은 어떠한 게냐?"

흠, 아주 날카롭게 들어오는군. 다만 이대로 마냥 입을 다물 수 있는 문제는 아니기도 하고, 이제는 류키츠와 루우에게도 사실을 알려줄 생각이었다.

지금은 분명하게 말을 꺼내야 할 때다.

나는 세리나와 드라미나의 허리에 팔을 둘러서 가까이 끌어안은 뒤 나의 누이들과 류키츠, 루우에게 사랑하는 사람을 당당하게 자랑하면서 입을 열었다. 레니아와 크리스티나 씨가 어쩐지 부러워하는 시선으로 세리나와 드라미나를 보는 모습이 눈에 들어온다만 나중에 생각하자.

"그 문제 말이다만, 나는 용계에서 이쪽에 돌아온 뒤 여기 있는 세리나, 드라미나와 혼약을 했다. 장래에는 두 사람을 아내로 맞아들일 생각이야. 즉 세리나와 드라미나는 너희에게 올케가 되는 셈이군. 부디 앞으로도 잘 부탁하……."

그러나 역시라고 말해야 할까, 내가 마지막까지 말을 마치기 전에 알렉산더가 엄니를 드러내며 결국 고함질렀다.

"뭐, 뭐라고오오오~~~~?! 잠깐, 오빠야가, 혼야— 혼야아악?!"

내가 즉각 알렉산더의 노호를 상쇄하는 것과 동시에 든든한 누이 리바이어던이 재빨리 뒤쪽에서 꼼짝 못 하게 붙잡아 움직임을 봉했다.

방금 전 큰 창피를 당했을 때와 마찬가지로 알렉산더는 힘을 억제하는 것을 잊어버린 터라 수많은 차원을 파괴— 혹은 반대로 발생시켜버리는 강력한 힘을 발산하고 있다.

리바이어던이 다른 세계에 끼칠 영향을 막아주지 않았다면, 내가 나서서 대처해야 할 상황이었다.

다른 사람들에게는 단순히 알렉산더가 당황해서 크게 고함을 지른 장면으로만 보였을 터이나 실상은 수많은 세계의 존망이 걸린 사태가 일어났던 셈이다.

"리리리리, 리바 언니, 놓, 놓아, 놓아줘! 오오, 오빠, 오빠, 오빠야가, 혼, 혼약, 혼약이라니!"

알렉산더는 딱딱 이빨을 부딪쳐 소리를 내며 맹렬하게 항의했다만, 리바이어던은 나의 혼약 발언에 놀라면서도 여동생을 붙든 손에서 전혀 힘을 빼지 않았다.

“우리의 막내 여동생아. 너의 심정은 아프도록 잘 안다만, 그렇다고 해도 너무나 지나치게 당황하는구나. 또 힘의 억제를 잊어버렸잖느냐. 매번 네 힘의 여파를 제어해줘야 하는 나와 드래곤의 고생도 좀 알아주거라.”

리바이어던은 여기에서 한 차례 말을 멈췄다가 놀란 류키츠와 완전히 핼쑥해진 루우에게로 눈을 돌렸다.

“흐음……. 글쎄다, 우선 결혼하여 가정을 꾸리고자 하는 동생을 축하해줘야 할 터이나 나도 알렉산더만큼은 아닐지언정 꽤 놀랐단다. 언뜻 보자니 류키츠와 루우도 알지 못했다는 표정을 짓고 있구나.”

이전에 류키츠에게서 루우와 자신을 같이 데려가달라며 농담조의 말을 들었던 적은 있었다만, 지금 반응을 보건대 진심이었던가.

“불과 1개월 전에 결정을 한 사안이라서 말이지. 마침 좋은 기회이니 이 자리에서 알려주고자 생각을 하고 있었다만……. 그때 너희가 딱 나타났구나.”

“그랬던 겐가, 시기를 잘못 맞췄군. 그나저나, 네가 여인과 사랑에 빠질 것이라고는 꿈에도 생각지 못했구나. 게다가 두 명을 동시에……. 나는 이 나라의 관습이나 법률을 알지 못하는데, 문제는 없는 게냐?”

“그래, 확인해봤더니 문제는 없더군. 이 나라에서는 라미아, 뱀파이어와 인간의 혼인을 관할하는 법제도가 마련되어 있지 않다. 라미아와 뱀파이어는 숫자가 적어 희귀한 만큼 두 종족을 국가에 소속시킨다는 발상 및 필요성이 건국 이후부터 지금에 이를 때까지 없었던 터라 당연하다고도 말할 수 있겠지. 다만 이것은 두 사람이 이 나라의 법에 보호를 받지 못함과 같은 의미이기도 할뿐더러 라미아와 뱀파이어라는 종족을 두려워하여 온당하지 않은 생각을 갖는 인물이 나타날지도 모른다. 언젠가는 손을 쓸 계획이다."

"오호? 아무 생각도 없는 것은 아니었나. 너는 분명히 『인간으로서 살겠다』라고 말을 했었지. 그러니 견실하게 인간의 방식에 따라 행동하려는 겐가? 고신룡의 힘이나 신들과의 연을 사용하면 손쉽게 뜯어고칠 수 있을 터인데……. 뭐, 스스로 족쇄를 차고 고생을 자처하겠다면 마음대로 고생을 겪어보도록 해라. 다만 그럼으로써 두 사람에게 고초를 강제하는 상황이 벌어진다면 나는 송구함과 분노 때문에 네게 어떠한 조치를 취할지 알 수 없구나. 결코 그러한 사태가 벌어지지 않도록 명심하도록 하라."

"그래, 사정을 봐줄 필요는 없다. 무섭고 무서운 누이의 벌을 각오해야 한다면 한층 더 분발할 수 있는 힘이 될 테니."

내가 저 발언을 진심이라고 느꼈듯이 리바이어던 또한 내가 진심이라고 판단한 것 같다. 일단은 아슬아슬하게나마 합격 점수를 주겠다는 표정으로 고개를 끄덕거렸다. 혼인 관계의 이야깃거리는 용계에서도 그다지 들을 기회가 없는지라 리바이어던의 반응은 이런 정도일 테지.

다만 문제는 절대 『이런 정도』로 끝나지 않는 반응을 보여주고 있는 나의 여동생인가.

알렉산더는 지금도 변함없이 리바이어던의 두 팔 안에서 허둥지둥 당황하는 표정을 지은 채 나와 세리나, 드라미나를 눈물이 맺힌 눈으로 둘러보고 있다.

"으으으으으으, 그, 니, 까! 어째서 리바 언니는 이렇게, 간단, 하게! 오빠야가! 혼약했다는 소리를! 납득할 수 있는 거야?!"

"이상한가? 너 이외의 동포들 또한 놀라움은 느낄지언정 모두 축복의 말을 건네리라 생각하는데 말이다. 네가 납득하지 못하는 이유를 알지 못하는 것은 아니란다. 이제야 염원을 이루어 드래곤을 오빠야라고 부를 수 있게 되었으니 내심 덩실거리며 춤추고 싶을 만큼 기뻤을 텐데 하필이면 이때 갑작스럽게도 혼약 발표잖느냐. 나의 입장에서는 너의 편도 드래곤의 편도 들어주고 싶은 마음이다만……. 아무튼 간에 너는 감정과 힘을 억제하지 않고 발산하는 버릇을 고치거라. 무엇을 하든 간에 우선은 침착하게 굴어야 하지 않겠느냐?"

리바이어던도 이제는 슬슬 정신적인 피로가 제법 느껴지는 듯 지긋지긋하다는 표정으로 알렉산더에게 조곤조곤 훈계를 했다. 우리 형제들 중 가장 성질이 급한 녀석이 알렉산더이다만, 친언니가 이렇듯 타일러주면 머리에 왈칵 솟구쳤던 피도 가라앉는 법이다. 이제 조금씩 호흡을 진정시키기 시작했다.

"후~?! 후~! 후~. 후으읏~."

으음, 나의 여동생아. 이래서는 마치 숨소리로 대화를 나누는 것처럼 보이지 않느냐.

조금 더, 뭐랄까……. 여인답게 행동하라고 말하면 눈살을 찌푸리는 분도 계실지 모르겠으나 품위 있게 처신할 수는 없는 것이더냐.

다소 과하게 방정맞다고 할까, 지성이 없는 짐승을 달래는 기분이 드는구나.

"후우, 아이고, 난처한 여동생과 남동생을 두었군. 미안하구나, 세리나 양, 드라미나 양. 너희 시누이는 다소 혈기가 넘치는 데다가 오라비에게 자꾸 감정이 격해지는 터라 가족인데도 매사에 이렇게나 애를 먹는단다. 못 살겠군……. 장래의 올케과 첫 대면을 하는 자리에서 어찌 가족이 이리도 창피하게 군단 말인가."

나도 난처한 남동생이라는 말을 들어버렸다만, 가족이 창피하게 군다는 말에는 같은 의견이다.

류키츠와 루우에게서 명백한 낙담 및 환멸의 감정이 보이지는 않을지언정 시원의 일곱 용이 이러한 존재였음을 알게 된 이상 지난날처럼 마냥 동경의 뜻을 표시하지는 못할 터이다. 가벼운 마음으로 대해준다면 물론 환영하겠다만, 그동안 쭉 품었을 동경에 흙칠을 하여 낙담하는 모습도 굳이 보고 싶지는 않구나.

그럼에도 이것이 우리의 본디 모습이다.

만약 강림한 것이 리바이어던과 바하무트, 요르문간드였다면 지상에 있는 동포들의 기대를 배신하지는 않았을 텐데.

내가 마음속으로 갈등하고 있는 동안에 세리나와 드라미나는 리바이어던과 말을 주고받고 있었다.

세리나와 드라미나는 평소부터 늘 나와 함께하고 있는 사이이고, 바로 얼마 전에는 베른 마을에서 최고신들과 뜻밖의 대면을 한 경험도 있기 때문에 어깨의 힘이 적당히 빠진 모습이었다.

"가족의 창피라니 그런 말씀은 하지 말아주셔요. 그리고 저희는 편하게 이름만 불러주셔도 괜찮아요. 그렇죠? 드라미나 씨."

"물론이에요. 본래 시원의 일곱 용이신 두 분께서는 저희가 그림자를 보는 것조차 허락되지 않는 지고의 존재시죠. 그런 분께서 이렇게나 마음을 써주시니 저희가 오히려 난처한 심정입니다."

"그렇게 말해주면 나도 대하기가 편하여 좋구나. 그나저나, 실례인 줄은 알고도 구태여 말을 하겠다만, 너희는 정말이지 취향이 별난 여인들이구나. 드래곤의 사역마가 되었을 뿐 아니라 혼약까지 맺을 줄이야. 드래곤 저 녀석도 인간으로 다시 태어나면서 마음의 향방이 꽤 많이 달라진 것 같군."

"드란 씨한테는 언제나 신세를 지고 있으니까요. 저기요, 그럼 리바이어던 님, 저희와 드란 씨의 혼약을 인정해주시는 건가요?"

그렇게 말한 뒤 세리나는 나의 귀에도 들릴 만큼 커다랗게 소리를 내며 마른침을 꿀꺽 삼키고 몹시 진지한 눈빛으로 리바이어던을 바라본다. 드라미나도 똑같이 진지한 표정으로 리바이어던의 답을 기다렸다. 역시 시누이가 상대인지라 과도하게 긴장해버린 것 같다.

"되었네, 인정은 무슨, 오히려 내가 머리를 숙여야 할 입장이거늘. 드래곤은 조금 얼빠진 구석이 있고, 이따금 뜬금없는 짓을 저지르는 녀석이니까 같이 지내자면 이래저래 고생이 많을 것이다. 그럼에도 인내가 되는 동안이나마 나의 못난 동생과 함께 살아준다면 가족으로서 이보다 더 고마울 수는 없겠지."

리바이어던은 형제들에게 지어줄 때와는 또 다른 따뜻한 웃음을 머금으며 세리나와 드라미나에게 살짝 고개를 숙였다.

"머리를 들어주세요! 저희야말로, 앞으로 잘 부탁드리겠습니다. 드란 씨를 꼭, 반드시 행복하게 만들어줄 거예요."

나를 행복하게 만들어주겠다며 열을 올리는 세리나에 이어서 드라미나도 힘껏 고개를 끄덕거리며 동의의 뜻을 표시했다. 굳이 따지자면 남성이 혼약자의 양친을 만났을 때 할 대사라고 생각한다만……. 서로가 서로를 행복하게 만들어주고 싶다 바라는 것은 중요하지. 흠흠.

"세리나 씨와 마찬가지로 저도 드란을 행복하게 만들어 보이겠어요. 드란에게는 차마 다 갚지도 못할 은혜를 받기도 했고요, 이렇게 곁에 지낼 수 있다는 것만으로도 저는 행복하답니다. 그러니 리바이어던 님. 부디 두 분을 언니라고 부르는 것을 허락해주시면 안 되겠습니까?"

"후훗, 뭘, 동생의 아내가 되어주실 분들이잖은가. 괜찮으니 아무 부담도 없이 언니라 불러주게나. 설마 종족이 다른 가족이 늘어날 줄은 예상치 못했다만, 이렇게 된 이상 기쁘게 받아들여야지."

다행히도 리바이어던은 생긋 미소를 짓고 드라미나의 요청을 승낙했다.

"정말 잘됐어요, 드라미나 씨. 저기, 아직은 많이 모자란 사람이지만 잘 부탁드려요, 언니."

"세리나 씨와 함께 잘 부탁드리겠습니다, 언니."

"그래, 나야말로 잘 부탁하마."

시누이와의 첫 대면은 이렇듯 쌍방이 푸근한 분위기로 끝을 맞이했……다면 만만세였을 텐데 당연하게도 현실은 무척 달랐다.

리바이어던에게 꽉 붙들린 채 가만히 신음만 내던 알렉산더가 결국 인내의 한계에 도달하여 다시 또 입을 열었으니까.

"뭐, 가, 잘 부탁드립니다, 냐! 리바 언니, 너무 간단히 받아주잖아! 인간으로 전생했다지만 시원의 일곱 용의 아내가 지상 종족의 여자여도 되는 거야?!"

격앙하는 알렉산더와 달리 리바이어던은 철저하게 침착한 태도를 견지하면서 자신의 의견을 말했다.

나도 필요하다면 리바이어던의 말을 거들어줄 생각을 갖고 말다툼의 추이를 지켜보고자 했다.

"네 녀석은 자꾸 따진다만, 우리는 딱히 혼인에 관한 규칙을 정해두지는 않았잖느냐. 당사자 세 사람의 마음도 이미 굳어진 듯하고, 나 또한 쓸데없이 참견을 할 생각은 들지 않는군. 네 마음도 모르는 바는 아닌지라 강하게 말은 못 하겠으나 저 셋을 막아서는 것은 불가능하리라. 우리에게는 아무 자격도 권리도 없거늘."

떼쓰는 여동생을 어떻게든 달래보고자 리바이어던은 말을 거듭했다만, 알렉산더는 더욱더 심기가 악화되어 간다.

"으으으으으, 끄으으으으으으으으."

신음만 할 뿐 이렇다 할 반론을 하지 못하는 알렉산더를 세리나와 드라미나가 불안해하며 보고 있었다.

흐음, 슬슬 폭발할 것 같군. 섣불리 자극하면 곧장 폭발할 테니 취급하는 데 더없이 신중을 기해야 할 테지, 이 사태는.

어떠한 말로 대화를 시작해야 원만하게 알렉산더를 달래줄 수 있으려나— 그렇게 고민하던 나보다 먼저 이제껏 침묵을 지키고 있던 레니아가 움직인 것은 나를 포함하는 전원에게 뜻밖의 사건이었다.

"외람되오나, 알렉산더 고모님."

"고, 고모, 고모, 님…… 이라고……?"

뭐, 나의 딸임을 자처하는 레니아가 봤을 때 알렉산더는 아버지의 여동생이니까 고모가 맞기는 하군.

알렉산더가 고모 소리를 들은 충격에서 회복되기보다 빨리 레니아는 세리나와 드라미나를 감싸주듯 앞에 나섰다.

"고모님께서는 불만이 있는 모습이십니다만, 이 둘은 아버님이 고신룡 드래곤이라는 사실을 알기 이전부터 아버님을 사모하였고 마음을 바쳐왔던 제법 기특한 여인들입니다. 말할 필요도 없이 아버님과 고모님께서 보았을 때는 저는 물론이며 세리나와 드라미나도 티끌과 마찬가지로 보잘것없는 존재입니다만, 그럼에도, 두 사람은 이곳 지상 세계에서는 충분히 강자이오며 아버님께 도움이 되어드리고자 하는 마음가짐도 갸륵하지요. 아버님의 아내를 자칭하기에 부족함이 없다는 말씀은 드리지 못하겠으나 이곳 지상 세계에서는 분명 찾기 어려운 귀한 여인들입니다. 부디 크나큰 자비의 마음을 베풀어주셔서 두 사람의 마음을 인정해주시면 안 되겠습니까?"

레니아의 입에서 나온 뜻밖의 말에 놀란 우리는 정도의 차이는 있을지언정 허를 찔리고 복잡한 기분에 빠져들었다.

다만 고모님이라는 소리를 들은 알렉산더는 도저히 받아들일 수 없었는지 드디어 리바이어던의 안색이 바뀌도록 드센 힘으로 날뛰기 시작하는 계기가 되어버렸다.

"누, 누가, 누가 고모님이냐! 그 젠장맞을 가증스러운 카라비스 덕에 태어난 너 같은 여자애한테 고모 소리를 들을 이유는 요만큼도 없단 말이야~!! 백억 보 양보해서 오오오오, 오빠, 오빠, 오빠야랑 쟤네 둘이랑 혼약은 눈을 감아주더라도— 아니, 역시 못 감아주겠지만?! 이 녀석한테 고모 소리는 절대 못 들어주겠어!! 애당초 나는 고모님 소리를 들을 나이도 아니란 말야!"

"촌수는 분명 고모가 맞으니까 나이는 관계가 없지 않느냐."

시끌벅적하게 목소리를 높여 외치는 알렉산더에게 리바이어던이 조용히 중얼거렸다.

"흠? 리바이어던, 너는 레니아에게 고모라 불려도 괜찮은 건가?"

"그렇다만? 명확하게 혈족 대우를 하기에는 좀 애매하다는 생각도 든다만, 너는 아버지라고 부르는 것을 받아들여준 듯하니 나 또한 고모라고 불리는 정도야 상관없구나. 레니아라는 아이가 카라비스를 연상케 하는 성격이었다면 생각이 조금 달라졌을 터이나 지금 보기에는 조금 기겁할 만큼 너를 숭배하고 있을 뿐이니 굳이 쌍심지를 켤 까닭은 없지 않겠나. 알렉산더는— 음, 욘석아, 날뛰지 마라. 왜 이리 꼴사납게 군단 말이냐."

"그~니~까~ 어째서 리바 언니는 세리나나 드라미나도 그렇고 왜 전부다 다 받아주는 건데?! 나는 인정하지 않아, 인정하지 않아, 인정하지 않아, 인정하지 않아아아앗! 이, 이, 이, 이 녀석들한테 오빠야를 도둑맞을 바에야, 내, 내, 내가, 내가 오빠야의 신부가 될 거야!!"

아아, 더할 나위가 없이 얼굴을 빨갛게 붉힌 알렉산더의 입에서 나온 말이 고막을 흔들었을 때 나는 무의식중에 하늘을 우러러봤다.

나와 알렉산더, 아울러 절찬리에 기절하고 있는 바제를 제외한 모두가 나와 알렉산더를 번갈아 쳐다본다.

"이 녀석, 알렉산더야. 나는 드래곤이 아내를 둘 가지고자 하는 것이나 카라비스의 신조마수를 딸로 받아준 것을 문제라고 생각하지는 않는다만……. 그래도 이건 좀, 서로의 분신이라도 말할 수 있는 관계의 가족끼리 혼인을 맺는다는 것은, 글쎄다, 거부감이 좀 앞서는 기분이구나……."

으아, 무심코 중얼거린 리바이어던의 반응에 알렉산더는 자신이 무슨 이상한 말을 꺼냈는지를 깨닫고 몹시 당황하며 고개를 좌우로 흔들어 늦게나마 부정했으나 도무지 설득력이 없었다.

"지지지, 진짜로 하는 말 아니야! 아니, 거짓말은 아닌 게— 아닌데, 아니지 않아! 다른 여자한테 빼앗기는 게 그만큼 싫다는, 으음, 아무튼, 대충 좀 알아들어!!"

"음?!"

리바이어던의 허를 찔러 구속을 풀고 탈출한 알렉산더는 날카로운 눈으로 레니아와 세리나, 드라미나를 노려보면서 작은 입술을 벌리고 송곳니를 드러내고 있다.

곧장 험악한 분위기가 감돌기 시작했고 세 사람이 움찔 몸을 떨면서 전신을 긴장시켰다.

어중간하게 붙잡아 약해졌던 리바이어던의 힘만큼 알렉산더 본인의 자제력도 애매해졌던 것인가.

나는 만에 하나의 사태를 대비해서 세리나와 드라미나를 뒤로 물리고 알렉산더의 다음 행동을 주시했다.

리바이어던도 여동생이 무슨 만행을 저지를까 알 수 없다는 판단을 하고 어떻게 행동하든 대처가 가능하도록 대비하고 있다.

미련한 생각을 하진 말거라, 알렉산더. 오빠도 언니도 여동생에게 거칠게 손을 쓰고 싶은 생각은 티끌만큼도 가지고 있지 않으니까.

"으으으으."

"흠."

알렉산더가 감정과 이성의 사이에서 이리저리 흔들리고 있음을 간파한 나는 리바이어던과 눈을 마주친 뒤 선불리 자극하지 않으면 폭발은 억제할 수 있겠다고 의견을 교환했다.

흐음, 여러모로 불의의 사태가 겹쳐버렸던 결과로 알렉산더의 마음이 몹시 어지럽게 뒤흔들려버렸다만, 저 녀석 또한 이 같은 상황은 바라는 바가 아니었겠지.

눈물을 글썽거리며 침음하는 알렉산더를 보고 있자니 차츰 연민의 감정이 강해졌다.

이 여동생은 오늘이야말로 자신의 본심을 꼭 전해주겠다고 왔을 텐데도 나 이외의 다른 사람들에게 제 본심을 드러내는 순간을 목격당했고, 게다가 내가 느닷없이 혼약 이야기를 꺼냈으니까 얼마나 혼란스러웠겠는가.

"흠, 알렉산더, 잠시 단둘이 이야기를 나누도록 할까."

내가 리바이어던 및 다른 사람들에게 눈짓을 하자 모두들 내 뜻을 짐작하고 누가 먼저라고 할 것도 없이 이곳에서 이동을 시작했다.

여전히 정신을 잃은 바제는 루우가 짊어져서 데려가줬다.

알렉산더를 어떻게 해결하고 나면 다음은 루우와 바제에게도 제대로 설명을 해야겠구나……. 나도 참 바빠지겠군.

알렉산더는 딱히 승낙의 답을 하지는 않았으나 나와 단둘이 이야기할 수 있는 환경은 이 녀석도 바라 마지않을 테니까 잠자코 이곳에 남아 있었다.

평원의 초목이 바람에 흔들리는 소리가 싸락싸락 우리 두 사람을 감싸주는 가운데 알렉산더는 몹시 긴장한 모습으로 내 말을 기다린다.

"생각해보면 이렇게 둘이 이야기를 나누는 것은 꽤 오랜만이구나."

다른 사람들이 이쪽에 귀를 기울이는 것은 어쩔 수 없나……. 그렇게 생각하면서 나는 눈물을 글썽거리고 있는 여동생에게 말을 건넸다.

내가 최대한 따뜻하게 말하고자 애쓰자 알렉산더도 드디어 침음하던 입을 다물고 어린아이와 같은 동작으로 고개를 살짝 위아래로 움직인다.

"으으……응."

"미안하구나. 여러모로 소란스러웠지. 너에게는 전부 뜻밖의 사건이었을 테니 무척이나 당황했을 거야."

"응."

가능한 알렉산더의 심정을 배려해가며 말을 골랐던 것이 효과를 거두었을까. 조금이나마 이 녀석은 분명하게 알아볼 수 있을 만큼 침착한 모습으로 돌아오기 시작했다. 아직 정면에서 내 얼굴을 봐주지는 않지만, 힐끔힐끔 나의 심기를 살피는 동작은 하고 있으니 이야기를 나눌 생각은 들었다고 간주해도 괜찮을 테지.

"사실은 제대로 격식을 갖춘 자리에서 세리나와 드라미나의 이야기를 나눠야 했다. 그랬다면 너도 이렇게까지 놀라지는 않았을 테니."

"그건…… 마음에 안 들지만, 괜찮아. 사과는 됐어. 그런데 오빠야는 어째서 저 둘을 선택한 거야? 이상해. 인간이 되기 전에는 누군가와 부부가 된다거나 하는 소리는 한 번도 꺼냈던 적 없었잖아. 역시 인간으로 다시 태어난 탓에 뭔가가 달라져버린 거야? 응? 어째서……."

알렉산더의 목소리에 비난하는 음색은 거의 없었고 단지 당혹감만이 느껴졌다.

난감하군. 이런 식으로 연약해진 모습을 보는 것은 처음이다.

아니, 내가 알지 못했을 뿐 이것이 알렉산더의 본모습 중 하나였겠구나.

그렇다면 오라비로서 여동생의 본심을 도망치지 말고 정면에서 들어주어야 할 필요가 있다. 지금 이때가 나와 알렉산더의 관계를 결정하는 분수령이려나.

"그렇, 군. 나 자신은 잘 모르겠다만, 역시 인간으로 다시 태어나면서 다시 한번 새로운 삶을 살아보자는 마음을 먹은 것이 큰 계기가 되었음은 분명하구나. 또한 세리나와 드라미나와 만나서 함께 지내는 동안 두 사람과 줄곧 함께 살아가고 싶다고…… 그런 생각이 들게 되었지. 나 스스로도 기묘하다고 느낀다. 육체는 인간이어도 혼은 고신룡이건만 나는 종족이 전혀 다른 두 사람을 분명하게 사랑하고 있어. 세리나와 드라미나가 말을 했더랬지, 나를 행복하게 만들어주겠다고. 나도 두 사람을 행복하게 만들어주고 싶은 마음이다. 너로서는 듣고 싶지 않은 말일지도 모르겠지만, 이것이 거짓 없는 나의 진심이란다. 거짓 없이, 얼버무림 없이 너에게 전하는 것이 나에게는 최대한의 성의구나."

"그래, 그래……. 괜찮아, 알았어. 듣고 싶지는 않았는데 오빠야가 진심이라는 건 알겠어. 알고 싶지 않지만, 알겠어. 저 라미아랑 뱀파이어가 진심이라는 것도……. 진심으로 저 둘을 사랑하는구나. 사랑 따위, 오빠야는 관심 없을 줄 알았는데……."

"그것은 뜻밖의 말이군. 나는 전생하기 이전에도 알렉산더 너를 분명히 사랑했다. 물론 지금도."

"아니야, 그건 가족이랑 동족에게 표시하는 애정이야. 이성에게 보내는 애정은 오빠야랑 관계없다고 생각했을 뿐이고. 그치만, 지금 한 말이 진심이라면 기쁠 거야. 왜냐면 난 오빠야한테 못된 소리만 잔뜩 했는걸. 미움받을 짓 잔뜩 했으니까."

알렉산더는 아직 믿기지 않는다는 듯이 몹시도 불안해하는 표정으로 내 얼굴을 올려다보고 있다.

"너를 사랑한다는 말에 거짓은 없단다. 분명 이제껏 알렉산더 너로 인하여 곤란할 때가 많았고, 보통은 흘려듣고 잊어버리기가 어려운 말도 많았지. 그럼에도 미워하지는 않았다. 답답하다거나 귀찮다는 생각은 종종 했다만, 그 이유는 네가 스스로 깨달을 수 있겠지."

"으, 응. 미안해."

"후후, 알렉산더 너야말로 더는 사과하지 않아도 된다. 솔직히 많이 당황했다만 네가 나를 미워하지 않았다는 것은 잘 알았다. 나 또한 알렉산더를 무척이나 놀라게 만들어버렸지. 이 문제는 서로 실수했다고 치고 넘어가주면 고맙겠군."

"응, 알았어. 나, 오빠야한테 미움받긴 싫어. 진짜로, 오빠야를 진짜 좋아하니까."

으음, 이러한 모습 또한 알렉산더임을 이해는 하나 뭐라고 할까……. 위화감은 변함없는지라 자꾸 등줄기 주변이 근질근질해지는군.

"이런저런 일이 많아서 혼란스러웠지만, 오빠야의 마음을 진지하게 들은 덕분에 조금은 납득이 되는 것 같아, 아마도."

"아마도인가. 아니, 지금은 그 정도면 충분하다."

스스로도 자신이 없다는 모습으로 답하는 알렉산더의 말을 듣고서 나는 입가에 살짝 미소가 지어졌음을 의식했다.

이런 반응이면 알렉산더가 상당히 양보했다고 간주해야 할 테지.

"아직 세리나와 드라미나를 오빠의 아내로 인정하기는 조금 어려울 것 같고, 레니아한테 고모님 호칭을 허락하려는 마음은 전혀 없지만, 없긴 하지만."

"두 번이나 되풀이하지 않아도 될 터인데. 레니아에게 나쁜 뜻은 없다만— 아니, 오히려 경의만 가득할 텐데 말이다. 천진난만하게 고모라고 호칭한 것이 알렉산더에게는 더 문제였던가. 알렉산더, 네가 조금씩이나마 세 사람을 인정해줄 수 있게 된다면 나는 무척이나 기뻐할 것임을 부디 기억해다오."

알렉산더는 끄덕하고 고개를 움직였다.

정말이지, 자신에게 솔직해진 알렉산더는 놀랄 만큼 고분고분해지는구나…….

나는 이 아이를 가볍게 끌어안아서 머리를 다정하게 쓰다듬어줬다. 용계에서 쓰다듬었을 때보다 훨씬 더 다정하게 친애의 정을 담아서.

"어, 흐앗, 오빠야?!"

"이것은 지금까지 너를 괴롭게 했던 과거와 오늘 너를 놀라게 만들었던 사죄다. 그리고 앞으로는 진심을 다하여 너와 마주할 것을 약속하마. 매일 찾아온다면 조금 곤란하겠으나 가끔은 놀러 오너라."

거짓 없는 지금의 마음을 전해주자 나의 여동생은 희색을 가득 띠면서— 나의 가슴까지 따뜻해지는 웃음을 짓고는 들뜬 목소리로 답했다.

"응. 있잖아, 오빠야, 다시 말해줄게. 나는…… 알렉산더는, 오빠야가 정~말로 좋아!"

†

바제는 지평선에 아침 해가 나타나듯이 굳게 닫혀 있었던 눈꺼풀을 천천히 열었다.

아무래도 자신은 방금 전 초원에서 똑바로 누워 있었던 것 같다— 그렇게 바제는 시야에 훅 들어온 풍경과 냄새, 소리로 판단했다. 아울러 젊은 심홍룡의 시야 안쪽에는 걱정스럽게 얼굴을 들여다보는 수룡 루우와 위대한 수룡황의 아름다운 용모가 있었다.

루우는 졸도한 바제를 진심으로 염려했었는지 무사히 의식을 되찾았음을 깨닫자 후유, 자그맣게 안도의 숨을 내쉰다. 루우가 수룡황의 딸임을 알고 나서도 두 사람은 얼굴을 마주하면 싸움이 끊임없었으니 그야말로 싸움을 할 만큼 친하게 지낸다는 말의 견본과 같은 사이였다.

"바제 씨, 드디어 정신을 차렸군요. 어때요? 혹시 머리가 어지럽다거나 하진 않나요?"

루우가 묻자 바제는 천천히 상반신을 일으켰을지언정 아직 의식이 분명하지는 않았는지 어딘가 멍한 음성으로 답했다.

"으으, 아니, 괜찮아. 어딘가 특별히 아픈 곳은 없어."

바제는 상반신뿐 아니라 꼬리로도 몸을 받치며 일어섰다.

“으으, 어째서 내가 잠들어 있었던 거냐? ……훗, 그런가, 그랬었지. 후후후후후.”

불쑥 웃음을 터뜨리는 바제를 보고 루우는 『설마 머리가 아예 이상해진 건가요?!』라고 말하려다 꾹 참고 가만히 친구의 마음속 뜻을 물어보고자 엷은 담홍색 입술로 말을 읊었다.

“바제 씨, 무슨 이유로 이렇게 웃는 건가요?”

걱정이 많은 세리나도 조금 떨어져 있는 곳에서 안절부절못하며 대화 나누는 두 사람을 지켜보는 와중에 바제는 시원스럽게 미소를 짓고 루우를 돌아봤다. 너무나 시원시원한 미소인 터라 평소의 오만하고 과하게 당찬 바제밖에 알지 못했던 루우는 역시 어딘가 이상해져버린 것이 아닌가 하는 의혹만 더욱 깊어진다.

“후후후, 아니, 나도 참 터무니없는 꿈을 꾸었다는 생각이 들어서 말이야. 루우, 마음껏 나를 비웃어도 좋다. 놀랍게도 시원의 일곱 용이신 리바이어던 님과 알렉산더 님이 우리의 눈앞에 몸소 강림하시더군. 그뿐 아니라 드란 녀석은 『하나이자 전부』인 드래곤 님께서 전생하신 인간이라지 않던가. 후후, 백일몽이라지만 정말이지 송구하고도 황당무계한 꿈을 꾸고 말았구나. 드래곤 님의 혼은 천상천하의 전 세계 어디에서도 확인되지 않았다는 보고를 이미 들었는데 어째서 하필 인간으로 전생하셨다는 황당한 꿈으로 이어진다는 말인가……. 거참, 나의 상상력도 의외로 대단한 면이 있었군. 아하하하하하하하하하.”

아아, 어쩜 이리도 허망하며 마음이 담기지 않아 텅 비어버린 웃음소리가 있을까. 소리를 듣는 사람의 마음에 흐린 하늘의 아래 황야를 연상케 할 만큼 서늘하다.

메마른 웃음을 울려 퍼뜨리는 바제를 보고 루우와 세리나는 무의식중에 눈물을 뚝 떨어뜨릴 뻔했다.

엄연한 현실에서 눈을 돌리고 낮잠 자던 중 꾼 꿈이라고 착각을 하는 바제가 몹시 가엾었기 때문이었다.

"아하하하하, 뭐 하나, 루우, 웃어라. 이번만큼은 나를 비웃어도 화내지 않으마. 나 또한 어이가 없을 지경이니까. 아하하하하."

"바제 씨, 정말 안타까워요. 제가 이렇게 동정을 하게 될 줄은 몰랐어요. 바제 씨, 저쪽을……. 부디 마음을 강하게 먹고 보아주세요."

마치 사형 집행을 명령하는 것처럼 가슴이 미어지도록 아팠지만, 그럼에도 루우는 마음을 다잡고 바제를 현실에 다시 돌려놓기를 선택했다.

"응? 저쪽? 어딘데? 이쪽인가? 저쪽인가? 하하, 아, 이쪽인……가……. 이……쪽, 이군……."

바제는 능청맞게 대답을 하고 루우가 손짓으로 가리킨 방향을 돌아본다.

—이것이 정녕 꿈이었다면 얼마나 좋을까!!

바제의 마음속에서는 똑같은 말이 끊임없이 되풀이되고 있었다.

저쪽을 보면 안 된다, 보면 안 된다, 보면 안 된다, 현실을 인정해서는 안 된다!

그렇게 있는 힘껏 목소리를 높여서 외치는 마음의 간청이 허망하게도 바제는 자기방어 본능이 눈을 돌렸던 현실과 마주해야 하는 처지로 몰렸다.

생글생글 웃음을 띠고 오라비와 팔짱을 낀 알렉산더, 그 반대편에 위풍당당하게 서 있는 리바이어던, 아울러 두 사람 사이에서 평소와 같이 태연자약한 모습으로 서 있는 드란이라는 현실과.

†

"흠, 드디어 깨어났구나. 바제여. 네 입장에서는 받아들이기 어려운 사건이었으리라 생각은 드나 구태여 졸도까지 하진 않아도 되었을 텐데."

나는 고집쟁이 딸을 상대하는 아버지와 같은 말투로 중얼거린 뒤 바제를 따뜻한 시선으로 바라봤다.

다행히 알렉산더는 가엾은 심홍룡 한 명은 안중에 없었는지 생글생글 기분 좋게 웃기만 할 뿐 입을 열고자 하는 낌새는 안 보였다. 오라비밖에 머리에 없는 여동생과 달리 리바이어던은 바제에게 이해의 뜻을 표시하며 나를 가볍게 나무랐다.

"드래곤— 아니, 이제는 드란이라 불러야 하나. 그래, 드란이여, 말이야 쉽게 할 수 있겠으나 줄곧 진실을 숨겨왔으니 잘못은 네 몫도 제법 있으리라. 그리 젊은이를 탓하는 것은 가혹함을 알거라."

강하게 말하지 않는 이유는 리바이어던 본인을 포함하여 용계의 존재들이 지상에 있는 동포들과 이제껏 별 교류를 갖지 않았던 터라 쌍방에게 의식의 차이가 발생해버린 데 대한 책임감을 느끼고 있기 때문이려나.

"탓하고자 한 말은 아니었다만, 혹여 탓하는 말로 들렸다면 미안하구나. 바제, 신경 쓰지 말도록 해라."

"어, 아……. 네…… 아, 으."

나는 가능한 한 온화한 목소리와 분위기로 말을 건넸음에도 바제는 숨 쉬는 방법을 잊어버린 것처럼 입만 뻐끔거리기를 반복한다.

나의 분위기 자체는 이미 꽤 친숙할 텐데 좌우에 서 있는 알렉산더와 리바이어던에게서 전해지는 초월자의 기세가 바제의 심신을 구속하고 있는 모양이었다.

그런 알렉산더, 리바이어던을 마치 가족처럼 친근하게 — 실제 피붙이이며 더욱 가까운 관계이기도 하니 — 대하고 있는 나를 보자니 설령 바제가 아무리 둔하더라도 나의 정체를 인정할 수밖에 없겠다. 조금 대단한 백룡의 전생자라고 생각했던 내가 실상은 전설 속에서나 간간이 일컬어지는 존재, 시원의 일곱 용 중 하나인 드래곤이었음을.

"아으으으……."

"바제 씨, 진정해요, 진정하세요. 드란 님은 아무것도 마음에 담아 두신 게 없으시니까요, 어서 정신을 차리세요."

심홍색의 눈동자에 눈물을 방울방울 머금고 다시 졸도할 듯한 상태가 된 바제를 부축하며 루우가 거듭 격려해준다.

그러던 중 보다 못한 류키츠도 가까이 와서 바제의 어깨를 살며시 끌어안고 위로해주기 시작했다.

아무리 종족의 원점이자 정점에 서는 시원의 일곱 용을 앞에 두었을지언정 너무나 과한 바제의 반응을 보고 난처해하며 리바이어던이 나를 돌아본다.

"여봐라, 드래곤. 지상의 동포들은 우리를 앞에 두었을 때 저리 반응하는 것이 보통인 게냐? 바제가 당장에라도 기절을 해버릴 것 같구나. 이렇게까지 긴장을 강제하게 될 줄은 미처 상상하지 못했느니라."

전세를 포함하여 딱히 지상의 동포들과 적극적으로 교류를 가지지는 않았다만, 시원의 일곱 용 중에서 가장 오래도록 지상 세계에서 지냈던 것이 나임은 틀림없는지라 지난 경험을 돌이켜보며 나는 대답했다.

"지상의 동포에게 있어 우리는 평범한 인간들이 쓰는 표현으로 궁궐의 황족에 해당하니까 말이지. 모두 비슷한 반응을 보일 듯하군. 류키츠를 앞에 두었을 때조차 바제는 상당히 긴장하는 모습이었다. 나도 졸도까지 할 줄은 생각지 못했다만."

"흠, 지상의 동포들과 교류를 깊이 가지려 하더라도 단계를 밟아나가는 것이 좋겠구나. 이번 만남은 이미 이루어져버렸지만 말이다. 바제여, 너무 긴장하지 말거라. 류키츠와 루우는 이제 나에게 꽤 익숙해졌잖느냐?"

"네헷?!"

리바이어던이 직접 말을 건네자 바제는 또다시 숨 쉬기를 잊어버릴 뻔했으나 류키츠가 등을 문질러준 덕택에 간신히 숨이 막히지는 않고 정신을 붙들었다.

흐음, 루우는 어머니의 존재에 의지를 하는 이유도 있겠지만, 자신보다 훨씬 더 당황하는 바제를 보고 오히려 침착해졌는지도 모르겠군.

자, 어떻게 해야 바제를 진정시킬 수 있을까— 가만히 궁리하던 중 루우와 류키츠에게 부축을 받은 바제가 거듭 딸꾹질을 하며 흠칫흠칫 나의 얼굴을 올려다봤다.

"저, 저, 저는, 그게, 드, 드래, 드래고……온 님……."

등의 날개는 작게 접어놓았고 꼬리는 다리에 사이에 끼여있다. 용종이 완전히 겁먹었을 때 보이는 모습이다.

흐음, 이렇게까지 바제가 무서워할 줄이야.

"이, 이제까, 지, 귀하께 저질렀던 터무니없는 무례를, 느, 늦게, 늦게나마, 사죄, 사죄를…… 드리옵니다. 저 하나의, 목숨만으로는 도저히 갚을 수 없는 죄, 입니다만, 달리 죗값을 치를 방법도, 없어……."

결국에 가장 질색하는 방향으로 바제의 사고가 기울어지고 있음을 깨닫고 나는 바제가 말을 다 마치기 전에 나서서 제지했다. 용종이라는 것을 자랑으로 여기는 이 소녀가 하필이면 같은 종족의 정점에게 내뱉어왔던 수많은 폭언을 떠올리며 어떤 생각을 가졌을지 추측하기는 쉽다.

"바제, 거기까지만 하거라. 더 이상 입을 놀려서는 안된다. 고신룡 드래곤임을 알려주지 않았던 것은 나의 의지다. 나를 드래곤이라 알지 못한 채 대하였을 때의 태도를 탓하려는 뜻은 티끌만큼도 없을뿐더러 다른 누구도 너를 탓하도록 허락하지 않겠다. 게다가 오늘에 이를 때까지 입이 험한 것 이외에 특별히 주의를 하지 않은 까닭은 나 또한 이대로 괜찮다고 생각했기 때문임을 알아주거라."

"아으, 네, 네엣."

이제까지 본 사례가 없을 만큼 위축된 바제에게 나는 거듭하여 말했다.

이 아이가 이후에도 쭉 이런 태도를 취한다면 너무나 섭섭하다는 것이 나의 거짓 없는 본심이었다.

"루우가 류키츠의 딸임을 안 다음에도 너는 이전과 똑같이 대하였을 테지? 루우에게도 한 말이다만 내가 드래곤임을 알게 되었더라도 부디 이제까지와 똑같이 행동해주면 좋겠다는 것이 나의 진심 어린 부탁이란다. 물론 그것이 간단하지 않음은 충분히 잘 파악하고 있다. 지금 당장을 바라지는 않으니 천천히 적응해주면 좋겠구나."

바제는 나의 발언을 곧장 믿을 수는 없었는지 정말 이래도 되는 것이냐며 류키츠와 루우에게 시선을 보내 확인한다.

수룡 모녀는 나란히 고개를 위아래로 흔들어서 내 말이 진실임을 보증했다.

"어, 아, 그래도, 드래곤 님은, 드래곤 님, 이시니까요……. 그게."

"흠. 뭐, 보통 갑작스러운 얘기가 아닐 테니까 무리는 하지 않아도 된다. 그렇군……. 파티마와 네르와 함께 놀면서 기분 전환이라도 하고 생각해다오."

바제는 변함없이 잔뜩 위축된 모습으로 나와 리바이어던이 시선을 보낼 때마다 움찔움찔 호들갑스럽게 몸을 부들거린다만, 머지않아 익숙해지기를 기대하고 싶군.

아울러 나 또한 바제가 긴장감에서 해방될 수 있도록 모종의 노력을 해야 할 테지.

"슬슬 이야기는 끝났으려나?"

그때 새로운 등장인물이 말을 걸어왔다.

담당 수업이 끝난 디아드라다.

바제가 기절한 동안에 내가 염화로 불러내서 온 것이다.

혼약자 소개를 하는 대화의 자리에서 얼마 전 당당하게 나에게 호의를 표시해줬던 디아드라를 빼놓는 것은 옳지 않다고 생각해서였다. 그리고 의외가 아닌 기대했던 대로 디아드라는 리바이어던과 알렉산더를 앞에 두고도 평소와 거의 다를 바 없는 태도를 보여줬다.

물론 전세의 내 가족이자 글자 그대로 차원이 다른 존재를 대하려니까 약간의 긴장은 피할 수 없었던 것 같지만, 그럼에도 바제와 루우처럼 잔뜩 위축되지는 않는다. 디아드라가 진정 경의를 표시하는 대상은 어디까지나 위그드라실 등 지고한 수목 및 초화 관련의 창조신으로 한정되는 듯싶다.

나로서는 이상적인 대응이었다.

"흐음. 뭐, 바제는 어떻게든 힘내주기를 바랄 수밖에 없나. 그건 그렇고 미안하게 됐군, 디아드라. 바쁜 와중에 이런 곳까지 찾아와 줘서 고마워."

"어머, 별로 대단한 수고는 아니잖니. 오늘 수업은 이미 다 끝났고 말야. 게다가 네 누이분들과 대면을 하는 자리인데 나를 빼놓았다면 이런 말 하기는 좀 민망한데— 삐칠 자신이 있어. 그러니까 불러줘서 고맙다고 오히려 인사를 하고 싶어. 드란이 나를 제대로 의식해주고 있다는 걸 다시 확인하게 된 셈인걸."

그렇게 말한 디아드라의 아리따운 웃음은 뜻밖에도 날카롭게 내 가슴을 꿰뚫었다.

라미아에 뱀파이어, 그리고 흑장미의 정령, 서로 다른 세 종족의 여성들이 호의를 보내주는구나. 내가 생각해도 절조가 없군.

리바이어던은 디아드라를 빤히 바라보면서 나의 마음을 읽어 냈는지 이러한 말을 꺼냈다.

"연애나 사랑과는 인연이 멀다 생각했었던 동생에게 혼약자가 생겼음을 안 직후에 달리 연인이 더 있음을 듣게 될 줄이야……. 드란은 내가 생각했던 것 이상으로 바람둥이였다고 생각해야 되느냐, 아니면 세리나 양과 디아드라 양과 드라미나 양에게 남자를 보는 눈이 없다고 한탄해야 하느냐."

으으음, 리바이어던의 시선이 아프다.

반려자를 한 명으로 딱 잘라 정하지 못한 나의 우유부단함을 불쾌하게 느끼는 사람은 많을 테고, 그렇지 않은 사람들 또한 이렇게까지 숫자가 늘어나면 분명 어이없어하리라.

그러나 디아드라는 여유작작한 태도를 무너뜨리지 않은 채 미소 지었다.

"후후. 우리가 반한 상대를 너무 깎아내리지 않아주면 좋겠네요, 언니. 이 기회에 분명하게 말씀을 드리겠는데 드란에게 호의를 가지고 있는 사람이 저와 세리나와 드라미나뿐은 아니랍니다. 크리스티나, 너도 드란에게 마음이 꽤 있잖니? 이제는 좀 자기 진심에 솔직해지렴. 네 선조와 전세의 드란이 얽힌 인연은 들어서 알고 있지만, 그런 건 사모하는 마음 앞에서는 관계없는걸."

갑자기 무슨 이야기를 하나 싶어서 나는 놀라움을 금할 수 없었다만, 세리나와 드라미나와 게다가 레니아는 전혀 동요하지 않았다.

입을 떡 벌리고 있는 바제는 넘어가더라도 류키츠와 루우까지도 당연하다는 듯한 표정을 짓지 않는가.

설마 모두들 크리스티나 씨가 나에게 호의를 갖고 있었음을 이미 알았다는 말인가? 나 자신도 최근 들어서야 혹시나 하며 위화감을 느낄 기회가 드문드문 있었다만…….

"어?! 아, 아니, 나는 말이지, 그게……."

글쎄, 당사자인 크리스티나 씨의 반응은, 하얀 피부를 귀 끝까지 빨갛게 물들인 채 당황하고 있군.

역시 디아드라의 지적이 정곡을 찔렀나?

크리스티나 씨는 나에게 가진 부채감을 미처 다 떨치지 못했다고 생각했었는데 이러한 태도는 말보다 더한 웅변으로 답을 알려주고 있구나. 이제까지 생글생글 웃음을 띠며 나와 팔짱을 끼고 있었던 알렉산더의 분위기가 금세 험악해지더니 팔에도 힘이 들어간다.

……아, 조금 아프군.

"아~ 뭐~ 드란과 가장 사이좋은 이성이라는 점은 인정하지. 신뢰할 수 있고 의지할 만한 남자라는 생각도 갖고 있지만, 그렇다고 해서, 그게 곧 호의로 이어지냐고 묻는다면 좀, 쉽게 대답하기는 어렵다고 할까—."

일단은 어떻게든 넘겨보겠다는 듯이 횡설수설하는 크리스티나 씨에게 순진무구한 소녀의 반응을 즐기는 듯이 웃음을 지은 디아드라가 또 질문을 꺼내 몰아붙인다.

"그럼 단도직입적으로 물을게. 드란이 좋아? 아니면 싫어? 둘 중 하나야. 설마 대답을 망설이지는 않겠지. 참고로 나는 『정말 좋아』란다."

크리스티나 씨를 뚫어져라 바라보는 사람은 디아드라 한 명이 아

니었다.

세리나, 드라미나, 류키츠, 루우, 바제, 리바이어던, 레니아, 알렉산더……. 모두에게 일제히 시선을 받게 된 크리스티나 씨는 마치 뱀 앞의 개구리와 같았다.

여성들에게서 쏟아지는 이런 종류의 말없는 압박감은 본래 종족과 신분에 관계없이 단지 여성이라는 것만으로도 무시무시한 법이다.

"좋다, 싫다에 아주 좋다까지 셋밖에 없잖아. ……아니, 응, 뭐, 답을 하자면……. 드란은, 좋아, 합니다, 네."

결국 체념한 크리스티나 씨가 우물쭈물 부끄러워하며 결정적인 말을 입에 담았다.

얼굴을 붉히고 내게 시선을 보내는 크리스티나 씨는 평소의 늠름했던 분위기와는 달리 귀여운 구석이 있어 무척이나 볼만했다.

확실히 마법학원에서 크리스티나 씨와 가장 친하게 지내고 있는 남자는 나이며, 다른 사람이 알지 못하는 비밀도 공유하고 있기는 하다. 그런데 어느 틈에 이렇게까지 친애의 정이 쌓였던 것인가.

오늘 이 만남은 주위 사람들의 감정에 더욱 신경을 써야 했음을 정말 철저하게 가르쳐주는구나.

이때 나는 앞으로 크리스티나 씨를 과연 어떻게 대해야 할지 새로운 문제와 직면함으로써 완전히 방심했다고도 말할 수 있겠다.

설마 이 이상 새로운 문제가 발생하지는 않으리라 생각했었다.

리바이어던과 알렉산더는 일단 용계로 돌아간 뒤 다시 시기를 정해 지상에 강림하자는 계획을 검토할 테고, 크리스티나 씨의 문제는 이제부터 차분히 마주할 만한 여유가 있다.

그러한 나의 방심을 쭉 베어 갈랐던 것은 참으로 매력적인 미소를 띤 류키츠의— 좋은 생각을 떠올렸다고 말하는 듯한 대사였다.

"마침 잘됐다기에는 조금 민망한 말입니다만, 이대로 가면 출발이 아예 늦어져버릴 테니 이 기회에 분명하게 아뢰어야겠군요. 리바이어던 님, 알렉산더 님, 사실은 저와 루우도 드란 님께 출가하려는 생각을 갖고 있답니다. 일찍부터 태도로 뜻은 표시했어도 명확하게 말로써 부탁을 드리지는 않았습니다만, 저는 드란 님을 남성으로서 사모하고 있습니다. 죽은 남편에게 뭐라 원망의 말을 들어도 달게 감수할 각오입니다. 또한 딸 루우도 역시 드란 님을 진심으로 사모하고 있지요."

"어어어어, 어머님?! 무, 무, 무, 무슨 말씀을 하시는 거예요!"

"흐에에에엥?!"

죽은 남편 이외에는 아무것도 무서울 게 없다며 가슴을 펴고 류키츠가 선언하자 딸 루우도, 몸을 부축받고 있었던 바제도 똑같이 얼이 빠져서 소리 높였다.

특히 친어머니가 고신룡 드래곤이라 알면서도 망설임 없이 호의를 고백하는 장면을 직접 목격한 루우의 놀라움은 정말 예사롭지 않았다.

"무슨 말이긴요, 이전부터 쭉 갖고 있었던 생각이에요. 나는 예전부터 드란 님을 쭉 사모했고요, 은근히 태도로 뜻을 표시하기도 했어요. 설마하니 이런 형태가 될 줄은 예상도 하지 못했습니다만, 지금 입을 다물었다간 여자 노릇은 영영 못 하겠죠. 루우, 루우는 자신이 드란 님을 아버지나 오라비처럼 좋아할 뿐이라고 생각하고 있는 것 같은데요, 이미 그게 전부는 아님을 어렴풋이나마 깨닫지 않았나요? 하지만 드란 님께는 세리나 양과 드라미나 양이 있으니까—그리고 자기 자신의 입장도 있어서 모른 척했다, 틀린가요?"

모든 것을 꿰뚫어보는 어머니의 말 앞에서 루우는 애원하듯이 내게 시선을 보냈다가 곧 눈을 돌렸다.

방금 전 크리스티나 씨와 비슷하게 일순간에 얼굴을 새빨갛게 물들이는 덤을 붙여서다.

흠, 아무래도 나는, 뭐냐……. 리바이어던의 말처럼 바람둥이가 맞았나 보군.

"그것은, 저는……. 하지만, 드란 님은 드래곤 님이시잖아요. 너무나 황송한 분이신데……."

"어머, 드래곤 님은 언제나 특별 취급은 말아달라며 공언하는 분이신걸요? 우리에게는 단지 간절히 사모하는 남성분이시랍니다. 게다가 모순되는 것 같습니다만, 루우는 자기 신분과 입장을 신경 쓸 필요가 없어요. 황송하게도 그동안은 백룡의 전생자에 불과하셨기에 드란 님을 용궁국의 공주 상대로 어울리지 않다고 반대하는 자도 있었을 테지만, 이제 반대로 저희가 오히려 엎드려 절을 올려야 하는 귀인이심이 분명해졌으니까요."

흠. 류키츠가 이렇게까지 분명하게 사랑을 입에 담으리라 생각하지는 못했던 만큼 나도 약간의 당혹감을 느끼고 있는 와중이다.

루우는 방금 전 크리스티나 씨와 똑같은 상태에 빠져 힐끔힐끔 조심스럽게 시선을 보내고 있다.

한편 이 상황을 만들어 낸 디아드라는 몹시도 즐겁다는 듯이 추이를 지켜보고 있었는데 연적이 늘어났다는 사실에 대한 위기감 따위 일절 느끼지 않는 듯했다.

세리나와 드라미나도 마치 이미 다 알고 있었다는 눈치군. 아니, 드라미나는 초대면이잖나? 도대체 뭔가, 사랑에 빠진 여성의 날카로운 감? 그런 종류의 능력인가. 흐으음, 체념 같기도 하고, 달관 같기도 하고……. 또한 조용히 투쟁심을 불태우는 듯 보이기도 한다.

잠재적인 연적에서 명확한 연적으로 바뀜에 따라 경쟁심을 자극당했다고 해석하면 되려나?

으음, 여성의 마음은 도무지 알 수가 없군.

내가 혼자서 비관하는 동안에도 사태는 계속 진전되었고, 이 자리의 흐름을 점점 지배하고 있는 류키츠가 입을 열었다.

"드란 님, 저는 특별히 서두르지는 않아요. 데려가주시는 날이 10년 후여도 100년 후여도 차분하게 기다릴 각오이니까요. 후후, 다만 루우와 바제 양은 젊어서 지금 당장에 드란 님과 인연을 맺고 싶어할지도 모르겠군요."

"어머님!"

"아아아아, 아뇨, 저, 저는, 드란 따위는, 별로……. 아, 아으, 드래곤 님, 죄, 죄송합니다, 말이 헛나왔, 그게 아니라, 으읍, 그러니까!"

혼란에 빠진 루우와 바제가 동시에 소리 지른다.

이런……. 류키츠에게 마구 휘둘리고 있구나, 다들.

그러나 지금 바제의 발언과 태도……. 나를 대하는 경의 이상으로 호의가 느껴진다.

이것을 『깨닫지 못했다』라고 넘겨버리면 둔감하다는 비난을 면치 못하겠군.

흠, 나에게도 충격적인 사실이 자꾸 연속으로 밝혀지고 있는 상황이다만……. 크리스티나 씨, 류키츠, 루우에 이어서 바제까지 나에게 호의를 갖고 있었다고?

도통 안 믿기는지라 이런 때 의지가 되는 세리나에게 시선을 보내자 끄덕끄덕 고개를 위아래로 움직였다.

흠. 이 중에서는 바제와 가장 긴 시간을 알고 지낸 세리나가 긍정의 판단을 내렸다면 정말 맞음을 의미할 테지.

솔직히 말하자면 소리를 내서 놀라고 싶었다.

나로서는 알렉산더가 사실은 나를 좋아했음을 알았을 때와 버금가는 충격이니까.

여동생은 물론이며 바제도 마찬가지로 정말 여성의 마음은 이렇게나 난해하구나. 이해하고 싶어서 노력을 제법 기울였는데도 나의 노력은 아직 결실을 맺을 기미가 없다.

그럼에도 어찌어찌 표면이나마 읽고 파악하는 재주는 생긴 것 같은데 더욱 깊숙한 곳에 있는 복잡기괴함은 도무지…….

고신룡이라 불리며 외경을 받는 입장임에도 여심 하나조차 제대로 이해하지 못하는 것이 나의 실상이었다.

이토록 매력적인 여성들에게 호의를 받는다는 것은 남자로서 대단히 기쁜 일이지만, 동시에 더할 나위가 없이 고민스럽기도 하다.

"흐음."

무의식중에 평소의 입버릇을 반복하자 나와는 정반대로 활짝 미소를 지은 레니아가 몹시 기뻐하면서 말을 걸어왔다.

"정말이지 경사스럽습니다, 아버님. 아버님의 매력을 알아본 여자들이 드디어 이렇게나 나타났군요. 딸로서 자랑스럽기 그지없습니다."

이 아이는 나의 반려가 될 여성이 자신에게 어머니인 양 행세하거나 딸 취급을 하지 않는 한 전면적으로 찬성인가 보다. 내가 몇 명의 여성과 교제하더라도 화를 내기는커녕 나에게 반할 만큼 안목이 있는 여성이라며 기뻐하는 꼴이었다.

"그렇군. 레니아의 말처럼 그만큼 내게 매력이 있다고 생각하니 자신감이 생기는걸. 다들 나에게는 너무 아까울 만큼 훌륭한 여성들이니까. 그래, 맞아, 진심으로 드는 생각이야."

이렇게 말은 했을지언정 나의 얼굴이 고민에 차서 찡그려지는 것을 누이는 놓치지 않았다.

"이래저래 고민거리가 많을 터인데. 드란, 미안하구나. 나는 한숨을 쉬고 싶단다."

"리바이어던 고모님, 그 이유는 무엇이온지요? 아버님의 진정한 실력과 매력을 알아보는 여자는 많으면 많을수록 좋지 않겠습니까."

무척이나 기막혀하는 모습의 리바이어던을 보고 레니아가 의아해하며 묻는다.

"으음, 레니아야, 딸인 너는 그렇게 생각하느냐. 하지만 아버지를 너무 오냐오냐해주면 서로에게 도움이 되지 않는단다."

나의 곁에 선 누님은 하고 싶은 말이 잔뜩 있다는 눈동자로 나를 물끄러미 보고 있었다.

흠, 그렇군. 리바이어던의 성격이라면 그리 생각할 테지.

"리바이어던. 네가 하려는 말은 짐작할 수 있다만, 지금은 그냥 넘어가주지."

"오호, 그런가. 그렇다면 꼭 말을 해줘야겠군. 말로 표현하면 이 형용하기 어려운 심정을 조금은 달랠 수 있을 테니까. 세리나 양, 드라미나 양과 혼약을 맺은 것에서 이미 놀랐건마는 디아드라 양, 크리스티나, 류키츠, 루우, 바제……. 거의 곧이어 너에게 호의를 가진 여인이 다섯 명이나 더 늘어나버렸으니 어이가 없어 말도 안 나오는구나. 양손에 꽃이라는 말이 있다만, 이런 경우는 뭐라 표현하면 된단 말이더냐?"

리바이어던은 아무 꾸밈이 없이 진심을 담은 눈빛으로 엄숙하게 목소리를 높여서 계속 말했다.

"다만 말이다, 이 한마디는 분명하게 들려주겠다. 누군가 한 명이라도 눈물을 흘리게 만드는 짓을 저질렀다가는 설령 같은 근원을 가진 동생일지라도— 아니, 동생이기에 더더욱 죽여달라며 애원할 만큼 호되게 벌을 내려주마."

흠, 일단 입 밖에 꺼낸 이상은 리바이어던이 철회할 리 없다.

내가 누구든 한 명이라도 상처 입혀서 슬피 눈물을 흘리도록 잘못을 저지른다면 리바이어던은 가지고 있는 모든 능력을 동원하여 제재를 가할 것이다.

"그렇게까지 단호하게 못 박지 않아도 잘 알고 있다. 오늘 하루 동안에 대상이 무척이나 늘어났다만, 어쨌든 온 힘을 다하여 받아들여줌으로써 남자의 도량을 증명해야겠지."

"음, 진심으로 하는 말 같구나. 가슴을 펴고 책임을 입에 담을 수 있는 동생을 두어 일단은 안심이다만, 연인에 대한 남자의 도량을 보였다면 이제는 여동생에 대한 오라비의 도량을 보여주는 것이 어떻겠느냐."

……그래, 알고 있다. 알고말고.

얼마 전부터 내 팔을 부여잡는 알렉산더의 힘은 계속해서 불어나기만 하는지라 대신급의 존재가 아니라면 벌써 팔이 뜯어져 나갔을 테지.

"오빠야, 잠깐 가슴을 터놓고 이야기해볼까? 응?"

그렇게 말하며 나를 올려다보는 알렉산더는 언뜻 가련해 보이는 가면 안쪽으로 『가슴을 열어서 나의 심장을 뽑아 먹어주겠다』라고 말하는 듯이 무시무시한 미소를 짓고 있었다.

그 후 나는 알렉산더와 길고 긴 대화를 나누며 몹시 피로에 시달리는 처지에 빠져버렸다만, 전부 자업자득이니 감수할 수밖에 없겠다.

결국 리바이어던과 알렉산더는 오늘 당장에 지상의 동포들이 있는 곳으로 가지는 않고 일단 용계로 복귀한 뒤 다시 방문 일시를 결정하기로 했다. 류키츠와 동포들 또한 이대로 곧장 리바이어던을 용궁성에 안내해야 하는 상황이 벌어졌더라면 도저히 침착하게 대응할 수 없었을 테지.

또한 시종일관 부들부들 떨기만 하던 바제를 혼자 모레스 산맥의 둥지로 돌려보내기는 다소 걱정스러웠던지라 류키츠와 루우에게 잠시간 돌봄을 부탁했다. 분신체여도 괜찮을 테니 바제와 루우의 거처를 몇 번인가 방문해서 나에게, 드래곤에게 익숙해지도록 조처하지 않으면 앞으로 알고 지내는 데 지장에 발생할 것은 명백했다.

물론 두 소녀의 입장에서는 디아드라의 발언 때문에 내게 가지고 있던 호의를 폭로당했다는 것이 내 혼의 정체가 드래곤이었다는 사실 이상으로 더욱 큰 문제였을지도 모르겠다만.

제3장 호적수와의 해후

다행히 알렉산더는 며칠 뒤에는 다시 차분한 모습으로 돌아왔다만, 당황스럽게도 드란과 일행들이 수행하고 있는 특훈을 도와주겠다고 제안하며 빈번히 지상을 찾아오고는 했다. 그뿐 아니라 리바이어던 및 다른 시원의 일곱 용들도 이따금 가로아에 와서 정체를 숨긴 채 레니아와 페니아 등등의 상대를 해주고 있다.

드란은『내난하군, 터무니없이 호화로운 특훈 상대를 확보했어』라면서 태연하게 감상의 말을 입에 담았다만.

그러던 어느 날, 드란은 호출을 받아 가로아 총독부를 방문했다.

이유는 경마제의 개최에 맞춰 뱀파이어인 드라미나를 왕도로 데려가려는 것에 총독부 측이 위험성이 있음을 우려하여 당사자인 드란과 드라미나를 조사하고자 불러냈기 때문이었다.

드라미나는 사역마 계약을 맺음에 따라 드란이 동반한다면 가로아의 시가지 및 마법학원 내부의 이동이 허락된다만, 그럼에도 왕도에 직접 들어가게 된다면 사정이 달라지기 마련이었다. 게다가 경마제에는 왕족이 출석하기 때문에 사태를 중대하게 본 총독부 측이 다시금 드라미나의 존재를 문제시했던 셈이다.

드란이 세리나와 드라미나를 데리고 총독부에 출석하여 마법학원을 비운 동안에 크리스티나, 페니아, 네르네시아, 파티마, 이리나, 시에라는 마법학원의 부지 내부에 건설된 드란표 욕탕의 테라스에 모여 있었다.

마법학원의 고용인들에게 부탁하지 않고 자기들끼리 다과 따위를 챙겨서 모인 뒤 욕탕에 새로 증설된 간이 부엌에서 물을 끓여다가 차를 준비하고 있다. 류키츠와 루우, 바제는 — 주로 후자의 두 사람이 — 정신적 충격에서 회복되는 데 시간을 필요로 하는지라 요즘 들어서는 특훈 중 얼굴을 볼 기회가 줄어들었기에 이 자리에는 없다.

그 대신 알렉산드라라는 가명을 쓰는 알렉산더가 레니아를 상대해주고, 함께 찾아온 다른 한 사람이 크리스티나 및 페니아를 상대해주고 있다. 지금은 마침 다 같이 휴식을 취하고 있는 중이다.

알렉산더와 함께 온 10대 초반의 소년인지 소녀인지 종잡을 수 없는 중성적인 외모의 소유주는 자신을 히페라고 소개했는데, 지금은 예절 따위 아랑곳 않은 채 떡갈나무제 둥근 탁자에 상반신을 아무렇게나 푹 엎어 놓고 있었다. 히페의 본래 이름이 고신룡중 하나인 히페리온이라는 사실을 아는 것은 테라스에서 휴식을 취하고 있는 인물 중에서 크리스티나뿐이다.

페니아와 네르네시아 등은 바제나 류키츠와 똑같이 인간으로 변화한 고위의 고룡일지도 모른다는 정도의 생각은 하고 있겠지만, 설마하니 최고신조차 능가하는 초월자가 눈앞에 나타났다는 생각은 못 했다.

물론 그렇게 말하자면 본인들의 학우인 드란도 마찬가지였다만.

알렉산더의 감독자 역할을 맡아서 지상 세계로 함께 내려온 히페리온은 훈련이라는 명목으로 크리스티나 및 페니아를 적당히 상대해준 뒤 이렇듯 멍하니 앉아 있을 뿐.

"그건 그렇고 히페 씨는 정말 강하시네요. 드란 씨의 지인분들은 다들 파격적인 강자뿐이에요."

바제 및 루우에 이어서 전혀 손쓸 도리가 없는 실력의 강자와 마주함에 따라 페니아는 평소의 자신감을 잃었는지 살짝은 기가 죽은 모습이었다.

히페리온은 말이 훈련이었을 뿐 단지 멍하게 우두커니 서 있기만 했음에도 페니아와 크리스티나, 네르네시아가 날린 혼신의 공격은 전혀 유효한 타격을 주지 못했으니까 어찌할 도리가 없는 실력의 차이를 절감해야만 했다.

"나도 그 지인 중 한 명이니까 드란의 친구들을 상대로 멋없는 모습을 보여주면 안 되잖아~."

둥근 탁자 위쪽에 엎드린 히페리온은 졸음기가 잔뜩 묻어나는 목소리로 웅얼웅얼 입을 움직여 페니아에게 대답했다.

히페리온은 단순하게 감독자 역할만 맡아 따라왔을 뿐이라 훈련 상대를 할 마음은 전혀 없었다만, 전생한 형제와 사이좋게 지내주고 있는 인간들인 만큼 잠깐은 도와줘도 괜찮겠다는 생각이 들어 이렇듯 훈련을 수락했다.

지금 히페리온의 옆에는 파티마가 편하게 앉아있었는데, 분위기도 말투도 조용조용한 두 사람이 나란히 곁에 있으니 진짜 남매와 같아 보인다. 다만 느긋한 표정을 짓는 히페리온과 달리 파티마는 평소의 부드러운 분위기가 아닌 근심에 잠긴 표정을 짓고 있었다.

"그건 그렇고~ 드란은 괜찮으려나? 총독부에 호출을 받아 갔잖아, 걱정이야~."

네르네시아가 살짝 눈살을 찌푸리며 억양이 희미한 목소리로 말한다.

"드라미나 씨 혼자 감시를 붙여 가로아에 남겨 두게 될지도 모르잖아. 하지만 드란과 세리나가 그런 조치를 절대 용납할 것 같지는 않고, 학원장님도 분명히 힘을 써주실 테니까 그 문제로 충돌할 가능성은 있어."

"으으, 역시나? 드라미나 씨는 정말 좋은 사람인데, 단지 뱀파이어라는 이유 때문에……."

이전에 하필 뱀파이어에게 위해를 입을 뻔했는데도 파티마는 안 좋은 감정을 가진 흔적이 전혀 없었다.

시에라를 사역마로 들인 것도 이유 중 하나이겠으나 이러한 반응은 역시 파티마가 날 때부터 큰 도량을 가진 덕분이라고 말할 수밖에 없겠다. 유감스럽게도 시에라는 친여동생처럼 아끼고 어여뻐하는 주인을 안심시켜주기 위한 말을 건네줄 수 없었다.

각박한 현실을 곧장 알려주지 못하고 망설이는 것이 시에라의 다정함이자 모자람이었다.

"파티마, 유감이지만 뱀파이어의 증식성은 다른 모든 종족에게 최대의 경계 대상이야. 거듭 확인과 검증을 하지 않으면 본인의 뜻과 관계없이 절대로 안심하지 못할걸."

"으~ 그렇긴 한데~."

드물게도 살짝 삐쳐서 말을 흐리는 까닭은 파티마가 시에라에게 무척 의지하고 있다는 증거이기도 할 것이다. 그런 파티마와 시에라의 대화는 흐뭇하다는 한마디로 표현할 수 있겠지만, 드라미나의 처우에 관한 문제는 별개였다.

조금 어두움이 드리운 분위기를 떨쳐 내고자 페니아가 손에 든 홍차를 힘차게 쭉 들이켜더니 가능한 한 밝은 목소리로 외쳤다.

"여기서 끙끙거려도 심의 결과가 뒤집히는 것은 아니랍니다. 저 페니아는— 아니죠, 이 자리에 있는 여러분은 모두 친구를 위해서라면 총독부에 쳐들어가는 위험도 무릅쓸 수 있음을 잘 알아요. 왕국 북부의 경제와 군사, 정치의 핵심이 되는 총독부에 쳐들어간다면 어쩔 수 없이 엄중한 질책을 받겠지요. 그럼에도 여차할 때를 대비하여 다 같이 각오만큼은 다져놓읍시다. 저는 이미 단단히 마음을 먹었답니다."

만약 드란과 드라미나에게 해를 끼치려는 결정이 내려진다면 기꺼이 귀족의 특권을 사용하겠다고 말한 셈이다. 그럼으로써 감수해야 할 불명예며 빈축 및 갖가지 손해를 이미 잘 알면서도 페니아는 망설임 없이 단언했다.

정이 많으며 무모하다고도 과감하다고도 말할 수 있는 판단력과 실행력을 보유한 페니아답게 문제가 넘쳐나는 발언이었다만, 여차할 때 행동에 나서기를 반대할 인물은 이 자리에 없었다.

페니아 및 네르네시아와 비교해서 말단 귀족에 불과한 이리나는 흐에엥, 소리를 내며 얼굴이 핼쑥하게 질렸다. 그럼에도 이리나는 드란이 해를 입게 된다면 레니아가 미쳐 날뛰게 될 것을 뻔히 알았으며, 또한 자신도 레니아의 뒤를 쫓아가리라고 확신했던 터라 이 자리에 있는 모두와 운명을 공유하게 되었음을 이미 이해하고 있었다.

"후후후, 고마워라, 드란은 참 좋은 친구들을 두었구나. 나도 기뻐."

히페리온은 드란의 친구들이 하는 걱정은 전부 기우에 불과함을 알고 있었지만, 그럼에도 드란을 위해 자신의 몸을 아끼지 않겠다고 결단을 내린 인간들을 보면서 정말 기쁘다는 듯이 웃었다.

심의장에서 신에게 심판의 기적을 요청한다면 신들은 분명 전면적으로 드란을 편들어줄 것이다.

히페리온은 오히려 신들이 드래곤에게 너무 관심을 쏟진 않을까 하고 그쪽을 더 걱정했다.

특히 마이라르는 드래곤을 과보호하는 경향이 있단 말이지— 히페리온은 마음속으로 가만히 중얼거린다.

본래 히페리온은 알렉산더의 감독자 역할 겸 드래곤이 살아가는 세계는 어떤 곳일까, 기분 좋은 잠에 들 만한 장소가 있을까 궁금해하는 마음으로 강림했을 뿐이다. 다만 이렇게 겪어보니 과연 드래곤이 몰라볼 만큼 활력으로 가득 찬 것도 납득할 수 있었다.

"너희와 함께 있으니까 마음이 편안해져. 드란은 이 생활을 지키기 위해서라면 온 힘을 쏟아부을 거야."

다만 오랫동안 푹 잠들기에는 조금 안 어울리는 곳이기는 하다. 히페리온은 걱정하는 소녀들을 아랑곳하지 않은 채 흐아앙, 거하게 하품을 하다가 페니아에게 잔소리를 듣고 말았다.

†

심의 결과를 통보받을 때까지 세리나는 다른 방에서 대기해야 했다. 염화의 사용도 금지되었기 때문에 드란과 드라미나의 지금 상황을 알지 못해서 안절부절못하고 있다.

"으으으, 드란 씨랑 드라미나 씨, 괜찮을까. 나 때처럼 마이라르 님이 도와주실지도 모르니까 분명히 괜찮기는 하겠지만……. 괜찮으려나, 괜찮으려나……. 으으, 가만히 기다려야 하는 건 힘들구나."

세리나가 너무 걱정이 되어 실내를 이리저리 돌아다니는 소리를 낼 때마다 문밖에서 대기하고 있는 감시자 기사 두 명이 긴장해서 몸을 굳힌다는 것을 정작 본인은 알지 못했다.

한편 드란과 베일을 쓴 드라미나는 햇빛이 가득 내리쬐는 회의실에 있었다.

그 밖에 실내에는 올리비에, 총독부의 관료들, 경비 담당자, 또한 심의자로 소집된 각 교단의 사제들이 입회했다. 방의 중앙에 설치된 증인대에 드란과 드라미나가 섰고, 그 정면의 계단형 자리에는 심의를 내리는 관료 및 사제들이 자리를 잡고 앉아 있었다.

드란과 관료들의 사이에는 긴장한 표정의 기사들과 마법사들이 쭉 늘어서 있었는데 두 사람의 아주 사소한 움직임도 놓치지 않겠노라며 주시하는 모습이다. 뱀파이어에 대비하기 위하여 소집된 인물들인 만큼 가로아 총독부 소속 중에서도 정예를 골라냈겠지만, 애석하게도 상대가 상대인 만큼 평소와 같은 태도를 유지하기는 어렵겠다.

저들의 마음고생은 과연 어떠할는지.

그런 와중에 드란과 드라미나를 옹호하는 입장에 있는 올리비에는 평소와 같이 더없이 차분한 표정과 분위기를 보이고 있었기에 주위 사람들도 아크레스트 왕국의 중진답다며 경의를 표시하고 있다.

이 자리에 섬으로써 드라미나가 극히 드물게 존재하다는 햇빛 아래에서도 행동 가능한 뱀파이어임이 증명됨에 따라 관료들이 더욱 강하게 경계심을 가지게 된 것은 드란의 오산이었다.

훗날 가로아에 취직한다면 이분들이 나의 상사가 될지도 모르겠구나— 드란은 조금 엉뚱한 생각을 하며 심의가 시작되기를 조용히 기다리고 있다.

이윽고 최상단 중앙 자리에 앉은 새하얀 머리카락의 늙은 남성이 엄숙하게 입을 열었다.

"베른 마을의 드란, 아울러 그 사역마 드라미나의 왕도 아레크라프티아 출입에 관한 심의 결과를 지금 통고하겠다."

쩌렁쩌렁한 목소리로 말하는 도중에 저 노관료가 힐끔 학원장의 안색을 살피는 것을 드란은 놓치지 않았다. 하긴 올리비에는 아크레스트 왕국 건국에 깊이 관련했다는 말이 제법 설득력 있게 일컬어지는 여걸이다. 경력 수십 년을 넘긴 노관료의 입장에서도 상대하기 까다로운 인물일 테지.

다만 저자가 『통고』라고 발언한 이상 결정은 이미 내려졌으며, 이 자리는 단지 결과를 알려주기 위한 절차임을 짐작할 수 있겠다.

드란과 드라미나가 조용히 노관료의 다음 발언을 기다리는 모습을 기사 및 마법사들은 안도감 반, 긴장감 반으로 굳은 표정을 짓고 바라봤다.

"사전에 가로아 마법학원에서 받은 보고에 더하여 이쪽에서 독자적으로 조사한 결과, 사역마 드라미나는 경마제가 종료되어 드란이 가로아로 복귀할 때까지 감시자를 붙여 가로아에 머무르도록 조치하는 것이 타당하다는 판단을 내렸다. 그럼에도 불구하고 올리비에 공이 이의를 제기하였기에 마이라르 교, 알데스 교, 올딘 교, 케이아스 교, 자레이드 교의 총독부 소속 사제가 각각 신앙하는 위대하신 신들께 심판의 기적을 요청하게 되었다."

여기까지 말을 들었을 때 드란은『흠』하고 평소의 말버릇을 한 차례 반복했다.

올리비에가 나서서 말을 꺼내지 않았다면 가로아 총독부의 판결에 따라 드라미나와 서로 떨어지게 될 뻔한 상황이었나 보다.

물론 실제 판결이 떨어졌더라도 가짜 드라미나를 가로아에 남겨두고서 본인을 몰래 왕도로 데리고 가는 정도의 방안은 강구했을 테지. 특히 사랑하는 사람과 관련된 문제에서 드란은 안 들키면 그만이라고 뻔뻔하게 주장할 마음이 가득했다.

다만 신들에게 판결을 위임했다면 더는 걱정할 이유가 아무것도 없겠다.

자레이드는 질서와 법을 관장하는 대신이며 마이라르 및 알데스와 나란히 지상의 모든 종족에게 널리 신앙을 받는 선신이자 드란과는 전세 때 여러 번 함께 싸운 경험이 있는 지인이기도 하다.

옆에서 후유, 안도하면서 숨을 내쉬는 소리가 들리자 드란은 드라미나를 끌어안아주고 싶다고 강하게 의식했으나 이 자리에서는 참을 수밖에 없었다. 인간으로 전생한 이후 쭉 드란은 친애의 정을 전달할 때, 혹은 불안감 및 걱정을 누그러뜨리고 싶을 때 상대의 몸과 접촉할 것을 마음먹고 있다.

심판의 기적이 행사되었음을 들은 이후에 새삼 사제들의 얼굴을 둘러보니 과연 드란과 드라미나를 무척이나 예리한 눈빛으로, 열렬하다고도 표현할 만한 시선으로 바라보고 있음이 느껴졌다. 주신으로 모시는 다섯 신들이 입을 맞춘 것처럼 같은 내용으로 답변을 주었다면 신앙에 인생을 바친 저 사람들이 이러한 태도를 취하는 것도 무리가 아니라고 말할 수 있겠다.

어쩐지 학원장님이 무척 침착하게 계시더라니. 드란은 가만히 납득한 뒤 노관료의 다음 발언에 귀를 기울였다.

"위대한 신들께서 내린 신성한 심판은 하나같이 드라미나가 선한 인물임을 인정하는 내용이었으며 드란과 함께 두기를 권장하는 말씀이셨다. 전례가 없는 사안이기는 하나— 지상에 사는 모든 생명의 창조주이자 세계를 만들어주신 신들의 권유를 받아들여 왕정부와 협의한 결과, 경마제 기간 중에 한하여 사역마 드라미나의 왕도 출입을 허가한다. 단, 드란은 항상 드라미나의 행동을 파악하면서 아크레스트 왕국의 주민에게 흡혈 행위를 하지 못하게 단속할 것을 명령한다."

뱀파이어는 인류 중에서도 손에 꼽히는 신체 능력과 마력을 보유하고 있으나 매사에 기피당하는 까닭은 타 종족을 뱀파이어로 바꾸는 특성 때문이다.

드란과 드라미나도 흡혈 행위를 금지당하는 조치는 물론 가정하고 있었기에 이 명령을 딱히 부당하다고 생각하지는 않았다.

그 밖의 제약은 일반적인 사역마와 같은 내용이 적용되는 듯하다.

드란과 드라미나에게는 발언이 허락되지 않은 채 노관료는 엄숙하게 통고를 이어 나가다가 지금 이 자리에 있는 전원을 증인으로

하여 마이라르, 알데스, 케이아스, 올딘, 자레이드까지 다섯의 대신 앞에서 맹세를 거행함으로써 제약의 확립을 인정하겠다는 말로 끝맺음을 했다.

드란은 몇 시간에 걸쳐 긴 심문과 답변이 이루어질 것을 각오했었던지라 이야기가 너무 무난하게 잘 마무리되었기에 내심은 맥이 빠지는 기분이었다.

이리하여 신들의 추천이라는 이 세계에서는 비할 데 없이 큰 효력을 발휘하는 보증 덕분에 곧 심의장은 서약과 제약의 장소로 모습을 바꾸었다.

이번에는 드란과 드라미나를 중심에 두고 오망성을 그리듯 사제들이 서서 제각각 모시는 신에게 기도를 올려 고차원의 저 너머로 서약의 요청을 전달한다. 물론 신들의 입장에서는 어차피 이 자리에 있는 인물이 드란인 만큼 번거로운 의식을 굳이 거행하지 않더라도 맹세를 듣고 승낙해줄 생각이 가득했었다만.

각각 교단의 상징과 다른 형태의 의복을 입었으며 성별도 연령도 서로 다른 다섯 명의 사제들이 차례차례 모시는 신의 이름을 입에 담는다.

"대지모신 마이라르여. 저희의 앞에 선 자들의 맹세를 부디 들어주소서."

"전쟁을 관장하며 축복해주시는 알데스여. 지금 당신께 맹세의 말씀을 올리나이다."

"천변만화의 혼돈이신 케이아스. 어긋나지 않을 서약을 지금 맺고자 하옵니다."

"미지를 기지로 바꿔주시는 올딘. 오오, 우리의 목소리와 저들의 목소리에 잠시나마 귀를 기울여주십시오."

"자레이드, 법과 정의를 다스리는 우리의 신이시여. 엄정한 아버지께 지금 새로운 맹세를 바칩니다."

여러 목소리가 신들에게 다다랐음을 증명하며 사제들의 몸은 청정한 엷은 빛을 띠었고 그들의 혼이 일시적으로 고차원과 연결된다.

이어서 노관료의 지시에 따라 드란은 드라미나의 손을 붙잡고는 미리 준비해 놓은 서약문을 낭독했다.

"위대한 신들과 성스러운 종들께, 베른 마을의 드란, 아울러—."

"드란의 사역마 드라미나가 지금 맹세의 말을 바친다."

"나의 사역마 드라미나에게, 아크레스트 왕국의 주민들에 대하여 흡혈 행위를 금지한다."

"드란의 사역마 드라미나는 주인의 명령에 따라 아크레스트 왕국의 주민들에게 어떠한 흡혈 행위도 하지 않을 것을 이 자리에서 맹세한다."

드란과 드라미나가 요구받은 서약의 말을 막힘없이 마무리하는 동시에 사제들의 몸이 일순간 강한 빛에 휩싸였다.

이 현상은 각각의 신이 두 사람의 맹세를 분명하게 들어 접수하였음을 의미하고 있다.

노관료는 본인의 인생에서 가장 큰 부담이었을 사안이 일단 해결을 맞이했음을 인식한 뒤 내심 안도의 숨을 내뱉었다. 그리고 아직 열여섯 살밖에 안 된 소년과 베일을 쓴 뱀파이어 여성이 손을 맞잡고 친밀하게 말을 나누는 광경을 눈부시게 바라보았다.

분명 뱀파이어의 종족적 특성은 무시무시하지만, 저 광경을 보건대 자신들은 쓸데없는 걱정을 하며 사태를 공연히 확대시킨 것이 아닌가— 문득 그러한 생각이 들었기에 노관료는 조용히 미소 지을 수 있었다.

†

마침내 왕도로 떠나는 날을 맞이했다.

가로아 마법학원에서 준비해준 비행선에 탄 우리는 하늘을 날아서 왕도 아레크라프티아에 들어섰다.

제1회부터 올해에 이를 때까지 경마제는 왕도의 마법학원을 무대로 하여 개최하는 것이 관례였다.

가로아는 왕국 북부에서 손꼽히는 대도시이지만, 왕국의 중심지에 위치하며 언제나 번영의 상징이었던 왕도는 격이 다르다.

거듭된 확장의 영향 때문에 바깥 지역으로 향함에 따라 번잡함이 눈에 띄지만, 왕도 중심의 높지막한 언덕 위쪽에 건설한 왕성 그랜드포트로부터 방사형으로 뻗어 나가는 대로와 가까운 시가지 지역은 연립 주택 및 대저택이 가지런하게 늘어서서 장엄한 풍경을 연출하고 있다.

왕국의 동서남북에 있는 도시에서 재화, 특산물, 식료품, 정보, 인재가 모이는 곳인 만큼 볼만하군.

뭐, 당연히 용종이 자리를 잡고 사는 것 같지는 않다.

그런 의미에서는 류키츠와 루우, 바제가 — 비록 드래고니안으로 변화했다지만 — 활보하는 가로아는 상당히 드문 경우라고 말할 수 있겠다.

덧붙이자면 최근 들어서 시원의 일곱 용까지 정체를 감춘 채 거리를 걸어 다니고 있는 곳이니까 가로아는 전 세계 유일의 특징을 보유한 도시로 자리매김을 한 셈이다. 설령 사신의 부류에 속한 누군가가 보유한 힘 전부를 발휘할 수 있는 상태로 강림하더라도 가로아와 베른 마을만큼은 어떤 피해도 받지 않을 것이다.

자, 다시 왕도의 이야기를 하자.

왕족 및 왕국의 중진이 기거하는 왕성이 왕도 한가운데에 우뚝 서 있는 반면에 왕도의 마법학원은 살짝 북쪽으로 치우친 교외에 건설되었으며, 부지 면적은 가로아 마법학원의 서너 배쯤 되어 보인다.

경마제 기간 중 우리들 선발 선수와 사역마, 학원장을 비롯하여 인솔 교사진은 왕도의 마법학원에서 준비해준 숙소에 체류한다. 경마제 기간 중에는 시합 참가 선수 및 교사진, 응원을 온 학생들 이외에 연구 성과 발표회에 참가하는 인원도 같이 모이는지라 왕도 마법학원의 인구 밀도는 무척 높아진다.

가로아 한 곳에서만 대략 이백 명 정도는 왔으니까 지당한 현상이겠다.

시합 개시까지 다른 학원의 시합 참가 선수끼리 얼굴을 마주치는 일이 없도록 배려하고자 각 학원에 주어진 숙소의 위치는 서로 떨어져 있다.

숙소 간 왕래도 엄격하게 제한하고 있음은 말할 필요도 없겠다.

보통 사역마에게는 전용의 숙소가 준비된다는데 우리의 경우는 개인실 하나에서 셋이 부대끼며 지내기로 했다. 조금 답답한 감은 있을지언정 세리나와 드라미나와 다른 방에서 지내는 처지는 면할 수 있었기에 고마운 심정이다.

아무튼, 이왕 왕도에 왔다면 잠깐이나마 관광을 다니고 싶어지는 것이 사람의 심리이다. 하지만 경마제는 어디까지나 수업의 연장. 게다가 왕족분들이 친히 관람하는 큰 행사라는 이유도 있어 유감스럽게도 우리는 경마제가 끝날 때까지 외출을 허락받지 못한다.

이 행사는 주로 마법과 관계되어 왕국의 장래를 짊어지게 될 인재를 선보이는 자리인 동시에 군사 기밀에 속하는 측면까지 있었다.

따라서 신분이 확실한 제한된 관계자만이 참가를 허락받는다.

또한 경마제에서 펼치는 활약에 따라 참가자가 왕궁의 발탁을 받을 수 있는 호기회이기도 하다만, 글쎄, 내가 권모술수 가득한 왕궁에서 과연 버틸 수 있을까 따져보자면……. 거의 무리일 테지.

숙소에서 이런저런 생각을 하며 휴식을 취하는 동안 눈 깜짝할 사이에 밤이 지나갔고, 곧 경마제 본선의 아침이 찾아왔다.

올리비에 학원장은 먼저 출발했다. 지금쯤 다른 학원장 및 왕국의 중진들과 한창 대면을 하고 있겠지.

우리는 인솔을 맡은 덴젤 교사와 함께 시합이 실시되는 실외 투기장으로 이동을 시작했다.

이곳 왕도 투기장은 선사 시대의 유물인데 건국 이전부터 이 땅에 있었다고 한다.

거의 고개를 직각으로 젖혀야 겨우 볼 수 있는 높이로 관객석을 주위에 쭉 둘러놓은 거대한 시설이며, 관객석과 시합 무대를 갈라놓는 결계 장치는 건조 당시부터 설치되어 있었던 물건이라는 것 같다.

벽면에는 아주 약간의 빈틈도 허락하지 않겠다는 듯이 조각이 가득 들어차 있었는데 천사와 악마, 환수와 마수, 인간과 아인이 무기를 손에 들고 맞서 싸우는 장면이 끊임없이 이어지고 있다.

입구에는 완전 무장한 병사들이 쭉 줄을 지어서 관계자 이외의 투기장 출입을 막기 위하여 엄격하게 검문하고 있다.

마치 전쟁을 벌이는 것 같다고 착각을 할 법한 삼엄함이었다.

십두마차에 올라탄 우리는 관객석과는 다른 관계자용 입구를 지나 입장했다.

투기장 내부는 시합 전의 고요함에 둘러싸여 있었다. 다만 사람의 숨소리와 목소리가 뒤섞여 만들어 내는 잔향이 희미하게 귀에 들려왔기에 이미 관객들은 이제나저제나 하고 기다리고 있음이 어렴풋이 전해졌다.

마차를 나와 하차장에 내린 뒤 나는 가로아 마법학원 출전자들의 얼굴을 차례차례 둘러봤다.

과연 개성파가 가득하달까, 괴짜가 가득하달까……. 누구 한 사람도 긴장하는 낌새가 없다.

나 또한 괴짜에 포함될 테지. 흐음, 나의 학우들은 아주 믿음직하군.

마차에서 내린 인원은 나, 페니아 씨, 크리스티나 씨, 레니아, 네르, 이렇게 다섯 명. 관객석으로 향하는 세리나와 드라미나, 파티마와 이리나 등은 이곳에서 잠시 작별이다. 이후 투기장의 무대 위에서 전 마법학원의 선수들이 정렬한 뒤 왕족분들의 도착을 기다렸다가 개회식을 거행한다. 그러고 나서 경마제 본선이 시작되는 흐름이었다.

우선은 전회 우승을 한 학원을 제외하고 네 곳이 시합을 진행한 뒤 끝까지 이긴 한 곳이 특전을 받아 위에서 기다리고 있는 전회 우승 학원과 왕국 최강의 마법학원을 결정하는 결전을 치른다.

전회 우승 학원에 꽤 유리한 형식이다만, 애당초 출전하는 학원이 다섯 곳뿐이니까 별수 없겠지.

하차장에서 출전 선수들이 이용하는 통로 너머에 있는 큰 공간으로 이동하자 이미 다른 학원 학생들의 모습이 있었다. 아마도 출전 선수 대부분이 모인 것 같다. 소소하게 적의 정보를 관찰하는 것도 괜찮을 테고, 다른 학원의 학생과 우호를 다지는 것도 괜찮은 장소이려나?

주위를 쭉 둘러보던 중 두 개의 집단이 우리를 향해 걸어왔다.

하나는 은발에 금은요안의 수려한 용모를 지닌 소년이 이끌고 있는 듯한 집단이며, 소년과 또 다른 남자 한 명에 여성이 세 사람으로 구성되어 있다. 다섯 명 모두 특별히 긴장한 기색은 아니었고 우호적인 분위기를 내비치고 있었는데, 딱 알맞게 긴장이 풀린 모습이었다.

흠, 다른 마법학원 중에서 가장 역량의 평균치가 높은 학원은 저곳인가.

"반가워, 1년 만이구나, 네르네시아, 페니아. 그쪽 세 사람하고는 처음으로 만나게 됐군. 나는 하루트 아키카와. 지에르 마법학원의 선수야."

기록 영상으로 얼굴과 목소리 정도는 알고 있었다만, 흠, 이렇게 직접 관찰해보니 이 소년은 혼에 약간 가공을 한 흔적이 있군…….

이름을 불린 두 사람은 모두 하루트에게 나쁜 감정은 갖지 않았는지 네르는 변함없이 무표정으로 담담하게, 페니아 씨는 빙긋하는 웃음과 함께 호들갑스럽게 부채를 펼쳐 보이며 마주 인사했다.

"그래, 잘 지냈나 봐."

"오홋홋홋! 평안하셨나요, 하루트 씨. 저희는 작년과 달리 인원이 많이 달라졌습니다만, 전력 평가의 관점에서는 몹시, 몹시몹시 강해졌답니다. 올해는 분명 저희가 우승하게 될 거예요."

벌써부터 흥분을 미처 억누르지 못하는 페니아 씨는 귀족 가문의 아가씨답지 않게 거침없이 숨소리를 내더니 출렁출렁 가슴을 흔들거리며 답했다.

하루트는 의외로 순진한 구석이 있는 듯 살짝 뺨을 붉히며 흔들리는 페니아 씨의 가슴에서 눈을 돌렸다.

뭐, 건장한 소년이라면 이런 반응은 어쩔 수 없군.

다만 하루트의 반응을 본 다른 여학생들 세 명은 많게든 적게든 심기가 상한 듯싶다.

흠흠, 짐작하자면……. 하루트는 꽤 죄가 많은 남자 같구나. 이렇게 다수의 미인분들에게 둘러싸였고, 게다가 여성들에게 호의를 받고 있는 입장이라면 보통은 다른 남학생들에게 질투 가득한 시선을 받게 될 테지.

음, 뭐, 나도 마찬가지이다만.

그런 이유로 나는 묘하게도 혼자서 먼저 하루트에게 친근감을 갖게 되었다.

이쪽으로 다가온 다른 하나의 집단은 탈다트 마법학원의 선수들. 저들은 지에르 마법학원의 대표 선수와 잠시 환담을 나누고 있었다만, 그 안에서 한 명의 소년이 걸어 나오더니 말을 걸어왔다.

직접 얼굴을 마주하는 것은 처음이다만, 이 소년이 작년에 네르를 격파했다는 서쪽의 천재 에쿠스다.

다만 소년은 나와 크리스티나 씨는 안중에 없었는지 하루트에게만 시선을 보내고 있다.

"오랜만입니다. 하루트 씨. 그간 잘 지내신 듯하여 기쁩니다."

"그래, 넌 조금 키가 자란 것 같네. 올해도 너와 싸우게 될 수 있다고 생각하니까 조금 부담되는걸."

"하하, 그러게요. 작년에 당신에게 패했을 때의 굴욕은 지금도 잊을 수 없으니까요, 올해야말로 반드시 이겨 보이겠습니다."

"그 패기는 대단한데, 네르네시아의 패기도 제법 대단하거든? 조 편성은 개회식 다음 발표될 테니 알 수 없지만, 나와 싸우기 전에 네르네시아와 싸우게 되면 여력은 남기지 못할 거야."

그렇게 에쿠스에게 답한 하루트의 관자놀이에는 방금 전까지 침착했던 모습은 온데간데없이 한 줄기 식은땀이 흘러내리고 있었다. 에쿠스가 말을 건네자마자 네르의 전신에서 심상치 않은 투기가 발산되었기에 이를 감지한 하루트는 내심 꽤 당혹감을 느끼는 것 같다.

하루트의 학우들도 흠칫흠칫 놀라며 네르를 보고 있었다.

참고로 우리 가로아의 학생들은 네르의 급한 성질을 이미 잘 알았던지라 아무도 신경 쓰지 않는다.

"음……."

네르는 페니아 씨와 같이 특이한 체질을 가진 까닭에 아주 조금만 더 자제심이 부족했었다면 온몸으로 냉기를 분출하며 주위 기온을 대폭 하락시켰을 것이다.

그만큼 지금 막 원수를 앞에 둔 네르의 투지는 대폭 고조되었다.

"아하, 작년에 저한테 패배했던 사람이군요. 쓰러뜨린 상대를 일일이 기억하지는 않습니다만, 다른 사람들보다는 조금 나았으니 일단 기억에 남아있군요. 뭐, 어차피 올해도 저를 이기진 못하겠죠. 제 목표는 결승에서 하루트 씨를 이기는 것뿐이니까요. 그때까지는 누구에게도 지지 않습니다. 따라서 당신과 맞닥뜨리더라도 제가 또 이길 겁니다."

너 따위는 안중에도 없다라고 말하는 듯한 에쿠스의 발언을 듣고 네르의 관자놀이에 파랗게 핏대가 섰다.

무표정이라서 금방은 알기 어려우나 네르는 사실 상당히 성격이 급한 아이이며 난폭한 수단을 사용하는 것도 마다하지 않는 경향이 있다. 바닥 일부에 서리가 내리기 시작하는 것이 보이자 더 이상 방관해서는 안 됨을 가로아의 학생들 전원이 깨닫는다.

나는 언제나 말썽을 일으키는 쪽이었기에 최근 들어서 포기했다만, 가끔은 이런 경우도 있는 법이구나.

나는 서둘러 네르와 에쿠스의 사이에 끼어들었다.

"목표를 어디에 두든 개인의 자유입니다만, 제 학우를 너무 만만하게 보면 낭패를 당할 겁니다. 적어도 지금의 네르는 작년의 당신보다 틀림없이 더 강해졌으니까요."

나는 평민이고 에쿠스는 귀족이라서 설령 연하가 상대여도 — 이 소년은 월반을 해서 나와 같은 학년이다만 — 이렇듯 존댓말을 쓸 수밖에 없다.

내가 한 발자국 앞에 나서서 에쿠스에게 따끔한 말을 한 이유도 있어 뒤쪽의 네르는 다시 침착해진 모습으로 주위에 흩뿌리던 냉기도 곧장 무산시켰다.

“그럴까요? 그러고 보니 당신은 올해 가로아에 입학했다는 드란 씨군요. 당신 소문은 이따금 듣기도 했고 기록 영상도 살펴봤습니다만……. 흐음, 저 사람의 실력을 꽤 높이 평가하나 보군요. 다만 작년의 저와 비교하는 게 무슨 의미가 있을까요. 설마 제가 1년이나 옛날의 자신과 아직도 똑같은 수준일 것이라고 생각하지는 않겠죠?”

이렇듯 얼굴을 마주하고 알게 된 범위로 말하자면 펜리르와의 계약을 더욱 굳건하게 다진 네르와 정령마법의 사용에 숙달된 에쿠스는 그날그날의 몸 상태에 따라 승패가 달라져도 이상할 게 없을 만큼 역량이 비등비등했다.

양쪽 다 패배의 굴욕을 양분 삼아서 피가 배어나는 단련을 거르지 않았을 테지.

그 집념에는 경의를 표하겠다만, 에쿠스의 화법은 불필요하게 적을 만들기 십상이다.

괜한 참견임은 틀림없으나 나는 이 소년의 미래가 조금 걱정되었다. 마법사로서 지닌 역량만 믿고 귀족의 세계에서 헤쳐나가기는 분명 어려울 텐데.

“물론 당신도 1년의 기간 동안 단련에 집중했을 것이라 상상하기가 어렵진 않습니다. 다만 제가 잘 아는 네르의 힘이라면 지금의 당신에게서 비웃음을 걷어 내는 정도는 간단하게 해낼 겁니다."

"그래요, 그렇게까지 말한다면 먼저 가로아 마법학원과 대결하기를 기원하겠습니다. 저로서는 네르네시아보다도 당신에게 더 흥미가 솟긴 하지만 말이지요."

"두 사람 모두 벌써부터 이렇게 불꽃 튀기며 힘을 빼지는 말자. 경마제 본선은 아직 시작도 안 했으니까."

하루트가 당황하는 티를 내면서도 우리 사이에 끼어들었다.

흠, 아무래도 이쪽은 배려를 아는 소년 같구나. 에쿠스와는 반대로 쓸데없는 고생을 다 짊어지는 인생을 살 것 같아서 조금 걱정되는군.

크리스티나 씨도 하루트와 등을 맞대는 모양새로 나와 네르를 달래기 시작했다.

"드란은 어쨌든 간에 네르는 머리를 좀 식혀라. 지금은 아직 마력을 끌어올릴 필요가 없는 상황이잖나. 거참, 생긴 것과 다르게 성질이 급하다니까."

"응, 반성할게. 드란, 크리스티나 선배, 미안해. 그리고 하루트도. 괜히 걱정시켜서 미안해."

"아니, 괜찮아. 지금 이 기운은 시합 무대에서 쏟아부어주면 되겠군."

이리하여 눈에 보이지 않는 불꽃을 흩날렸던 눈싸움은 크리스티나 씨와 하루트의 중재 덕분에 일단은 끝을 맞이할 수 있었다. 우리는 왕족분들을 비롯하여 각 지방의 영주 등 유력자 앞에서 하루하루 갈고닦은 마법 기량을 선보이기 위해 모인 인원들이지 이런 곳에서 눈싸움을 하기 위하여 모인 것이 아니다.

긴장상태가 누그러지자 우리의 대치를 유쾌하게 보고 있었던 레니아의 낙담과 페니아 씨가 안도하는 기척이 전해졌다. 한편 네르도 상황을 파악하지 못할 녀석은 아니었던지라 일단 순순히 화를 가라앉힐 만한 이성은 남아 있었다.

사죄의 말을 입 밖에 꺼낸 네르는 고개를 획 돌렸고, 그 모습을 본 에쿠스는 무척이나 건방진 몸동작으로 코웃음을 치더니 흥이 식었다는 듯이 시선을 뗀다.

"흐음, 시합에서 승부를 내는 것이 당연한 흐름이겠지요. 그러면 양쪽 다 들끓는 기운은 시합 무대까지 아껴두도록 합시다. 네르도 그렇게 납득하고 넘어가자."

나는 하루트에게 고개를 끄덕여주고 네르의 어깨를 가볍게 토닥였다.

"응. 이렇게 자꾸 반복해서 말하지 않아도 알아."

"정말인가? 내 눈을 보고 말할 수 있겠어?"

"물론이야. 강아지처럼 맑은 내 눈을 믿어줘. 봐."

빤히, 네르의 눈을 바라본다. 흐음. 얼음처럼 불순물 없는 아름다운 눈동자이기는 한데 강아지 같다는 말은 못 하겠군.

에쿠스는 변함없이 네르 따위 안중에도 없다 말하는 듯한 태도를 취할 뿐이라 그것이 또 네르의 심기를 차츰차츰 악화시킨다.

대강 보아하니 네르가 에쿠스에게 승리를 거둘 때까지 두 사람의 관계는 달라지지 않을 듯싶다.

호적수로서 서로를 의식하는 정도라면 건전하다고 말할 수 있겠으나 두 사람의 관계를 표현하기에는 너무 낙관적인 말이다.

글러먹었군……. 두 사람의 험악한 분위기를 보고 모두가 마음속으로 한숨을 쉬는 와중에 하루트가 가볍게 손뼉을 쳐서 장내의 분위기를 바꾸고자 했다.

정말이지 배려를 아는 소년이로구나.

"자, 다른 학원의 사람들도 이쪽을 너무 주목하는 데다가 이제 시간도 얼마 안 남았잖아. 어서 입장 준비를 하자. 우리는 먼저 가볼게."

안절부절못하던 지에르 마법학원의 인원들은 드디어 이 자리를 떠날 수 있어 안심했는지 우리에게 등을 보이고 하루트와 함께 복도를 나아가 대기실로 이동했다. 이미 다른 학원의 학생들도 전원 입장을 완료한 뒤 우리를 멀리서 둘러싼 채 보고 있었다만, 곧 개회식이 열림을 깨닫고 슬슬 움직이기 시작한다.

"후, 하루트 씨의 말이 맞습니다. 수많은 사람들의 눈이 있는 곳에서 분수란 무엇인지를 가르쳐드리지요. 물론 기회가 주어진다면 말입니다. 자, 아피에니아 씨, 드란 씨, 평안하십시오."

우리 중 누구를 상대해도 자신의 승리는 변함없다는 자신감을 가득 드러내면서 에쿠스는 본인을 기다리고 있는 학생들의 위치로 움직인다. 저 성격을 고치지 않는다면 인생이 끝날 때까지 겨우 한 손으로 헤아릴 수 있는 몇몇밖에 친구도 못 사귈 테지— 그렇게 나는 에쿠스의 뒷모습을 지켜보면서 한숨 쉬었다.

원수의 시건방진 태도를 보고 내심 노발대발했을 네르는 나의 뒤쪽에서 담담하게 무시시무시한 말을 입 밖에 꺼낸다.

"울려줄 거야, 오줌싸개로 만들어줄 테야, 사과시켜서 창피를 주고 사회적으로 말살해주겠어."

아니, 세상에. 정말 그런 짓을 저질렀다가는 에쿠스의 가문과 네 가문의 관계가 위태로워지지 않겠나?

"불안한 말 하지 마라. 정말 실행할 것 같아서 괜히 더 무섭군."

"자기가 한 말은 반드시 실행하자는 게 나의 신조야."

마음 든든하다고 말해야 할까, 뭐라고 달래줘야 할까. 개회식이 시작되기 전부터 약간 피로가 솟는 기분도 드는군……. 솔직히 말하자면 나 또한 에쿠스의 저 시건방진 콧대를 꺾어주고 싶다.

저 소년은 한 차례 뼈아픈 패배를 겪어서 그것을 양분으로 삼을 수 있다면 인간으로서도 마법사로서도 대폭 성장할 만한 잠재력이 있다고 판단했기 때문이다.

그런 의미에서 작년에 하루트에게 겪은 패배는 아직 에쿠스의 콧대를 꺾어주지 못했다는 뜻이다.

가로아의 선수들 중 확실하게 에쿠스를 이길 수 있는 인원은 나, 레니아, 크리스티나 씨까지 세 명. 페니아 씨와 네르가 나선다면 승률은 아마 반반일 테지.

그럼, 대진표가 어떻게 나오려나.

아무튼 우리도 다시 마음을 다잡고 복도 안쪽에 있는 대기실에 들어섰다. 이곳에서 식전을 위해 몸차림을 정돈하며 왕족분들이 도착하기를 기다린다.

대기실에는 예복을 잘 차려입은 담당자가 있었고, 얼마 뒤 이 남성이 우리에게 말을 걸었다.

아마도 스페리온 왕자와 프라우 왕녀가 도착한 것 같다.

여러 악기의 소리가 울려 퍼지는 가운데 우리는 페니아 씨를 선두에 두고 일렬로 서서 중앙 투기장을 향하여 나아간다. 철저하게 엄숙한 선율을 위주로 하여 연주되는 이 음악은 자연스럽게 자세를 똑바로 하게 만드는 무게감으로 가득 차있었다.

우리 학생들은 평소의 제복 위에다가 학원의 문장을 수놓은 파란색 망토를 착용함으로써 귀인들에게 예의를 갖추고 있다. 이 망토는 공적인 행사에 참석할 때 착용하는 복장인 터라 한눈에 봐도 상당한 금액이 사용되었음을 짐작할 수 있는 고급 물품이다.

견학을 온 상대의 격에 맞춘 복장인 셈인가.

작년에도 경마제에 출전한 네르와 페니아 씨는 무척이나 익숙한 모습이었다만, 쭉 평민으로 태어나 자랐던 나는 이렇듯 격식을 갖춘 행사가 익숙하지 않아서 다소 어색함을 느낀다. 비록 지금이야 대귀족의 영애 신분이다만, 인생의 절반 이상을 빈곤하게 살아온 크리스티나 씨도 비슷할 테지.

담당자가 각 학원의 이름을 외칠 때마다 가지런하게 줄을 선 대표 선수들은 중앙 투기장으로 이어지는 커다란 문을 지나서 모습이 사라져 간다.

"가로아 마법학원의 출전 선수, 입장!!"

주위를 관찰하며 마음을 달래던 때에 우리의 입장을 알리는 목소리가 들려왔다.

줄을 선 순서는 앞쪽부터 페니아 씨, 네르, 레니아, 크리스티나 씨, 나이다.

눈에 띄기를 좋아하는 페니아 씨에게는 당연히 선두를 부탁했고, 가로아의 대표 중 유일하게 평민인 나는 자연스럽게 가장 뒤쪽에 섰다.

투기장으로 가는 회랑에서 일단 걸음을 멈춘 페니아 씨가 여유로 가득 찬 웃음을 띠고 뒤돌아본다.

그 눈동자에는 가로아 마법학원의 승리과 자신들에게 쏟아질 찬사의 목소리를 티끌만큼도 의심치 않는 자신감이 불사조와 같이 타오르고 있었다. 이런 때 무척 의지가 되는 성격을 가진 분이다.

"자, 여러분, 당당하게 가죠! 저희 가로아 마법학원이 왕국 최강의 마법학원이라는 것을 이곳에 방문하신 모든 분들께 증명해 보입시다! 믿겠어요!!"

더할 나위가 없도록 기합이 가득 찬 페니아 씨와 비교하자면 말없이 고개만 끄덕이는 네르를 비롯하여 우리의 반응은 매우 담백했다만, 저마다 마음속 의욕과 기합은 충분하다는 것이 전해진 듯하다.

"좋아요. 이제 우리를 위한 무대로 화려하게 나아갑시다!"

페니아 씨는 기분 좋게 척척 걸음을 뗀다.

흠. 기막힐 만큼 긍정적이고 활력으로 가득 찬 분이다. 분명 인생의 모든 순간이 못 견디게 즐거울 테지. 이런 모습을 보면 오히려 부럽기까지 하다.

커다란 문의 옆쪽에서 지키고 있는 완전 무장한 병사— 아니, 장비가 꽤 고급이니까 기사로 짐작되는 남성 두 사람에게 묵례한 뒤 투기장으로 걸음을 들여놓는다. 무의식중에 눈을 찌푸리게 될 만큼 눈부신 태양의 축복을 받은 우리는 빛에 눈이 익숙해짐에 따라 시야를 가득 메운 관객들의 존재를 인식했다.

이 투기장을 찾은 인물들은 각 학원과 왕국의 관계자뿐이 아니다.

왕국 각지의 지방 영주 및 어용상인 등 특별한 지위에 있는 대상인이 장래에 자신의 아래로 거둘 마법사를 물색하고자 와서 정면에 있는 발코니 형태의 귀빈석 이외에도 다른 자리를 가득 채웠다.

물론 출전 선수의 일가친척 및 친구도 적잖은 수가 이 투기장에 모여들었을 것이다.

투기장을 티 나지 않게 둘러보다가 우리에게 살짝 손을 흔들어주는 세리나와 드라미나, 디아드라에 이리나와 파티마, 시에라를 발견했다.

비록 답례를 할 수는 없다만, 낯익은 얼굴을 보자 입가에 저절로 웃음이 흘러나온다.

먼저 불려서 나갔던 다른 학원의 대표 선수들이 정도의 차이는 있을지언정 긴장한 표정으로 정렬한 모습을 보고 우리도 뒤따라 새로운 줄을 만들었다.

얼마 전부터 쭉 연주되고 있는 중후한 음악이 이 자리의 엄숙함을 더욱더 고조시키기에 소심한 사람이라면 이곳에 서 있기만 해도 마음고생을 면하지 못할 듯싶다.

우리 다음으로 동쪽의 마법학원에 소속된 대표 선수들이 줄을 섬으로써 입장이 끝났다.

그에 맞춰서 연주가 종료되었고 투기장 한 구역을 차지하고 있었던 악단이 일제히 악기를 내려놓는다.

잠시 정숙이 이어진 뒤에 귀빈석에 보였던 인영 중 하나가 일어나서 햇빛 아래에 제 맨얼굴을 드러냈다.

내가 태어난 아크레스트 왕국 현 국왕의 적자이며 올해로 열여덟

이 된 스페리온 왕자이다.

귀빈석에 남아 있는 인물은 여동생인 프라우 왕녀일 테지.

왕자가 모습을 앞에 드러내자 다른 자리에 앉은 귀족과 관객, 학생들은 일제히 자리에서 일어나 머리 숙이고 눈을 아래로 내렸다. 이제부터 왕자가 할 말은 경마제에 출전하는 선수들에게 보내는 격려이기 때문이었다.

왕자의 얼굴을 마주 보는 것이 허락되는 것은 우리들 대표 선수와 경비를 담당하는 근위 기사, 대표 선수들이 소속된 각 마법학원의 학원장, 아울러 왕자와 가깝거나 동급 이상의 지위에 있는 인물뿐.

하얀 바탕에 의인화된 태양 및 월계수의 문양을 곁들인 망토를 착용한 근위 기사들을 거느리고 스페리온 왕자는 귀빈석의 난간 앞에서 걸음을 멈췄다. 최상급의 비단과 금사, 은사에 신성 마법의 가호를 담아서 엮은 의복이며 햇살을 받아 찬란하게 빛나는 금발 덕분에 마치 왕자 본인이 빛을 발하는 듯한 모습이었다.

"오늘 이 반가운 날에 제군들의 앞에 설 수 있음을 행운으로 여긴다. 제군들은 모두 장래에 우리 아크레스트 왕국의 초석을 짊어지고 만민에게 행복을 베풀어줄 재능과 힘을 가지고 있는 전도유망한 보물이다. 전통과 격식 있는 여러 마법학원의 대표로서 선발된 제군들이 지팡이와 지혜와 마도의 기술을 활용하여 이 기대에 부응할 수 있기를 간절히 기원한다. 나 또한 미래의 왕국을 짊어져야 하는 한 사람으로서 제군들에게 크나큰 기대를 보내는 바이다. 각 학원의 명예와 스스로의 힘을 증명하기 위하여 가지고 있는 모든 지혜와 기술을 쏟아내어서 아크레스트 왕국의 국민답게 부끄럽지 않은 싸움을 보여주어라."

왕자는 마지막으로 선수 한 사람 한 사람의 얼굴을 빠짐없이 바라본 다음 오른손을 쭉 뻗어서 커다랗게 소리를 높여 외쳤다.

"제347회 경마제의 개최를 스페리온 아크레스트의 이름으로 선언한다."

저것은 바라보는 사람들의 눈길을 끌고, 듣는 사람들의 귀를 사로잡을 수 있도록 철저하게 계산된 동작이었다.

극히 자연스럽게 이루어진 것인가, 아니면 어린 시절부터 교육을 받은 성과인가. 어느 쪽이든 간에 다른 사람의 의식을 집중시키는 데 있어서 이 왕자는 뛰어난 재능을 가진 사람이겠다.

선언 이후에 몇 박자 간격을 두고 악단이 연주를 재개하였고, 왕자는 우리에게서 빙글 등을 돌린 뒤 귀빈석으로 돌아갔다.

개최 선언 다음은 지난 연도의 우승 학원에서 우승을 증명하는 잔과 지팡이와 관, 세 가지 물건을 반환했고 이제는 학원장들이 제비뽑기를 할 차례이다.

이 제비뽑기의 결과에 따라 경마제의 조 편성이 결정된다.

작년에 우승을 했던 지에르 마법학원에서는 우승의 원동력이 되어준 하루트— 대신에 다른 한 명의 남학생이 걸어 나왔다.

풍문에 불과하다만 하루트는 신분이 확실하지 않는 처지이며 2, 3년 전에 어느 귀족의 영애에게 발탁되었고, 그때부터 눈부신 활약을 펼침으로써 기사 작위를 하사받아 지에르 마법학원에 들어왔다고 한다.

비록 실력은 부족함이 없을지라도 출신이 분명하지 않은 인물을 전통 깊은 마법학원의 대표로 대우해줄 수는 없다는 의도이려나.

지에르 마법학원의 남학생이 수려한 의복을 차려입은 노인에게 잔, 지팡이, 관을 차례차례 건넨다.

이제 경마제 우승의 영광은 어디까지나 작년의 기록으로 남게 되었고, 또다시 올해 경마제 우승의 영광을 두고 경쟁하기 위한 무대가 준비되었다.

이어서 빼어난 외모에— 다만 과하지는 않게 장식한 흑발의 소년이 상부에 구멍이 뚫린 상자를 손에 들고서 나타난다.

우승 학원인 지에르 마법학원을 제외하고 우리 가로아 마법학원의 올리비에 학원장, 동쪽 엘레노아 마법학원의 클로이 학원장, 서쪽 탈다트 마법학원의 슈나일 학원장, 왕도 아크레스트 마법학원의 로그날 학원장이 각각 상자에 손을 넣어서 끝부분에 번호가 적힌 미스릴 재질의 길고 가느다란 막대를 뽑는다.

기껏해야 제비뽑기인데 왜 희귀 금속인 미스릴을 쓰는가— 언뜻 의아하게 여길 수 있겠으나 제비를 뽑는 인물은 하나같이 왕국에서 손꼽히는 마법의 달인. 마법을 써서 숫자를 바꾸는 등 조작을 할 수 없도록 마력 내성이 높은 미스릴에다가 항마력 술식까지 부여해 놓았다.

물론 왕족의 눈앞에서 섣불리 부정을 저지르다가 들통나면 변명의 여지도 없는 추태인지라 실행을 한 사람은 없다고 한다.

네 명의 학원장 전원이 제비뽑기를 마친 후 저마다 막대 끝부분에 쓰여 있는 숫자가 보이도록 들어 올렸다. 방금 전 제비를 가져왔던 소년이 이번에는 풍정석을 내장한 봉 형태의 확성기를 들고 각

학원장의 곁을 순회한다.

“가로아 마법학원은 1번이군요.”

역대 왕족과 오랜 세월을 알고 지냈을 올리비에 학원장은 이런 자리에서도 평소와 같이 담담한 모습으로 처신한다.

“우리 학원은 3번이군요.”

고위 마법사임을 나타내는 흰색 로브를 착용한 클로이 학원장이 독특한 발음으로 숫자를 입에 담았다.

까마귀 수인인 클로이 학원장은 외모는 묘령의 미녀이다만, 올리비에 학원장과 마찬가지로 실제 연령은 알려지지 않았다.

신체 대부분이 로브에 가려져서 노출된 부위는 적을지언정 등 방향은 윤기 있는 검은색 깃털에 덮인 날개가 나와있고, 어깨 부근까지 내려뜨린 흑발뿐 아니라 검은 깃털에 감싸인 터라 목 둘레의 살갗도 전혀 보이지 않는다.

우리나라의 동쪽에 위치하는 굉국(轟國)보다도 더욱 먼 동방에서 왕국으로 흘러들었다가 엘레노아 마법학원장 자리에 오른 인물이며, 동방의 여러 나라와 교류하는 과정에서 큰 역할을 맡고 있다던가.

엔테의 숲과 왕국의 중간 역할을 맡은 올리비에 학원장과 무척 비슷한 경력을 가진 사람이라고 말할 수 있겠다.

“탈다트는 2번이다.”

짙은 갈색의 머리카락에 마법사라기보다는 무도가를 연상케 하는 강건한 체구를 가진 슈나일 학원장이 듣는 사람의 배 속까지 울리게 하는 나지막하고 묵직한 목소리로 말했다.

그리고 마지막은 아크레스트 마법학원의 로그날 학원장. 회색의 긴 머리카락에 턱수염을 기른 이 노학원장은 이야기에 등장하는 마법사와 같은 용모를 갖고 있었다.

용모와 같이 무척이나 마음씨 좋은 할아버지와 같은 분위기로 숫자를 말한다.

“아크레스트 마법학원은 4번이구려. 첫 시합은 엘레노아와 하게 되었군.”

흠, 요컨대…… 우리의 첫 상대는 네르가 바란 대로 에쿠스를 보유하고 있는 서쪽의 탈다트 마법학원인가.

나는 네르의 온몸에서 환희의 기운이 약간의 냉기와 함께 흘러나오는 것을 느끼고 이러다가 혹시 에쿠스와 직접 싸우지 못한다면 무척 사나워지겠군, 같은 생각을 하며 마음속으로 탄식했다.

글쎄, 우리의 대전 상대는 어떻게 순서를 짜서 출전하려나.

제4장　시합 개시

경마제는 각 학원장들의 제비뽑기가 끝나 개회식을 종료한 다음에는 점심 휴식을 사이에 두고 제1시합이 진행되는 수순이다.

왕자와 가까운 자리일수록 높은 지위의 귀족이 앉았다. 가장 먼 자리에는 각 마법학원의 학생들과 귀족 작위는 갖지 않았으나 왕국에 강한 영향력을 발휘하는 대상인 등등이 자리를 잡고 앉아 있다.

시합장은 석재를 써서 제작한 원형 무대를 중심으로 사방에 연못과 바위, 나무들이 설치되어 있는 등 가로아의 예선 대회장과 마찬가지로 마법을 행사하는 데 이용할 수 있도록 신경을 쓴 구조였다. 귀빈석의 하부에 설치된 중계석을 사이에 두고 동편에는 탈다트 마법학원, 서편에 가로아 마법학원의 인원들이 자리를 잡았는데 모두 시작 신호가 들려오기를 가만히 기다리고 있었다.

다섯 명의 선수가 어떻게 순서를 짜서 출전할지는 매 시합때마다 운영 측에 제출한다는 규칙이 있어, 선수들은 서로 시합이 시작되기 직전까지는 자신의 대전 상대가 누구인지를 알 수 없다.

중계석에는 궁정 직속의 광대 하멜과 아크 위치의 칭호를 받은 메르르 마르르 아자르의 모습이 있었다.

두 사람 모두 불과 20대 초반의 여성이며 중계는 하멜, 해설과 심판을 메르르가 분담하여 맡는다.

초승달처럼 발부리가 휘어진 구두와 눈이 따가울 만큼 요란한 색채의 옷차림에 모자를 쓴 하멜은 광대답게 하얀색 분칠을 한 얼굴의 입과 눈가에다가 연지를 발라 우스꽝스러운 모습을 연출했다. 가발을 벗고 화장을 지운다면 발랄하고 눈이 큰 미녀가 나타나겠지만, 맨얼굴을 아는 사람은 극히 일부였다.

반면에 왕국— 아니, 이웃의 여러 나라에서 최강의 마법사라고 명성이 높은 메르르는 하얀색이 섞인 연파랑빛 머리카락을 길게 내려뜨렸는데 소심하게 처진 눈과 겁먹은 작은 동물과 같은 분위기가 특징적인지라 정작 칭호와는 다른 외모의 소유주였다.

궁정 직속의 마법사임을 증명하는 왕국의 문장이 수놓인 로브를 차려입었고, 만에 하나의 사태에 대비해서 애용하는 마법 지팡이 디스톨을 휴대하고 있다.

하이 엘프 올리비에나 네르네시아의 어머니인 『요새 함락자』 바사조차 뛰어넘는 실력자라고 평가받는 한편으로 아직껏 독신인 데다가 연애 이야기가 전혀 없는지라 혼기와 맞바꿔 마도의 오의를 손에 넣었다는 둥 남자 운을 대가로 막대한 마력을 손에 넣었다는 둥 묘하게 설득력 있는 소문의 대상이 된 서글픈 재녀였다.

그런 메르르와 사적으로 친분이 있는 하멜은 광대에게 어울리는 떠들썩함으로 장내의 분위기를 띄운다.

"자, 1년에 한 번 열리는 마법사들의 축제, 경마제가 개최되는 날을 맞이했습니다만, 해설을 맡은 메르르 더 아크 위치 여사는 이번 대항전에서 주목할 곳은 어디라고 생각하십니까?"

"아, 네, 네에. 으음, 역시 주목할 곳은 작년에 우승을 한 지에르 마법학원이겠네요. 저번 경마제에 참가한 선수가 세 명 남아 있기도 하고요, 더욱 역량을 끌어올렸을 것이 분명합니다."

"아하~ 무난하고 무난해서 뻔한~ 의견이네요, 정말 감사합니다."

"으엥, 너무해! 질문에 대답했을 뿐인데……."

쌀쌀맞은 핀잔에 한숨 쉬는 메르르를 내버려 두고 하멜은 계속해서 거듭 질문을 쏟아부었다.

이 중계는 주로 마법학원의 학생 및 상인과 학생의 가족들을 대상으로 하며, 귀빈석의 왕자와 공주, 대귀족 관객들에게는 궁정 마법사 및 전속 마법사들이 해설을 진행하고 있다.

따라서 다소 짓궂은 발언도 용납된다.

"좋아, 좋아요, 그럼 다음으로 주목해야 할 곳은 역시 아크레스트 마법학원일까요? 아니면 탈다트 마법학원일까요? 아크레스트 마법학원은 연속 우승을 저지당했던 설욕을 위해 단단히 준비했을 테고요, 탈다트 마법학원도 10년에 한 명 나오는 인재라며 이름을 떨친 에쿠스 선수가 타도 지에르 마법학원을 다짐하면서 더욱 실력을 끌어올렸다고 소문이 자자하잖아요?"

"으음……. 그렇죠, 두 학원이 모두 지난 1년간 각고의 노력을 거듭했다는 것은 방금 전 개회식에서 보인 기백으로 미루어 짐작할 수 있습니다. 다만 제가 개인적으로 주목하고 싶은 곳은 가로아 마법학원이에요."

"오오, 잠자는 북쪽의 영웅 말인가요!"

"네. 작년 경마제에서 눈부신 활약을 펼친 페니아 선수와 네르네시아 선수가 올해도 출전했습니다. 또한 작년 시점에서 이미 4강으로 꼽혔는데도 출전하지 않았던 크리스티나 선수와 레니아 선수가 더해졌다는 것, 그리고 무엇보다……. 올해 막 입학해서 대표로 선발된 드란 선수의 존재에 관심이 쏠리네요."

"어라라? 드란 선수는 4강에서 빠졌는데요, 하필 저 선수에게 주목하는 이유를 여쭤봐도 될까요?"

"으흠, 이 시합장에 계시는 여러분이라면 다 알고 계실 텐데요, 올해 여름에 우리나라의 북방에서 고블린 군대 5천이 습격을 한 사건이 발생했습니다. 그런데 베른 마을의 주민들은 엔테의 숲 주민들과 협력해서 모든 적들을 무찌르는 쾌거를 거두었지요. 드란 선수는 그 전투에서 중심적인 역할을 맡은 인물이다— 라고 올리비에 학원장님에게 말씀을 들었습니다. 구체적으로 어떤 활약을 펼쳤는지는 알지 못합니다만, 어쨌든 상당한 실력자라는 것은 기대할 수 있지 않을까 싶어요."

"아하, 한때 왕도까지 시끄럽게 만들었던 고블린 군대의 남하. 그 사태를 저지했던 중심인물이라면 물론 주목할만하죠. 그렇다면…… 서쪽의 에쿠스 선수와 겨룰 상대는 작년부터 인연이 있는 네르네시아 선수나 수라장을 헤치고 나온 미지의 실력자 드란 선수로 결정되어야 더욱 재미있겠군요!"

"무척 볼만한 대결이 될 것은 틀림없다고 생각합니다."

"네, 감사합니다. 자, 드디어 제1시합 개시 시각이 다가왔습니다. 가로아와 탈다트의 선수들의 마음속은 과연 어떠할까요. 정말 기대되네요!"

†

중계석에서 만담 비슷한 대화를 나눈 동안에도 시간은 흘러갔다.

시합장에 서 있는 가로아와 탈다트 두 학원의 선수들에게 이렇다 할 긴장감은 없었다. 거의 전원이 온 힘을 발휘할 수 있는 상태이다. 예외는 온 힘을 발휘하면 오히려 사고가 나는 드란과 레니아, 또한 드레드노트의 성능을 철저하게 억제시켜야 하는 크리스티나이다.

원형의 무대를 사이에 두고 마주 선 가로아의 대표 선수들을 비취색 눈동자에 담아내면서 탈다트 대표 중 한 사람, 에쿠스는 불쑥 중얼거렸다.

"아아, 네르네시아 씨, 올해는 작년보다 훨씬 더 아름답구나……. 머리카락도, 눈동자도, 입술도, 모든 것이 나에게는 미의 극치입니다. 후우, 예뻐요……."

후유, 감탄의 숨결까지 흘리는 음성에는 사랑이라는 이름의 바다 밑바닥에 잠긴 사람 특유의 열렬함이 섞여있었다. 그렇다, 자타가 공인하는 이 천재 정령마법사 소년은 개회식 전에 그토록 조롱을 쏟아부었는데도 불구하고 사실 네르네시아에게 홀딱 반했다.

얼굴을 마주하지 않는 자리에서는 네르네시아를 찬양하는 시를 읊조리고, 연애 편지나 선물에 대한 생각만 한없이 떠올리기까지 하면서.

그것은 시합 개시 직전인데도 여전히 네르네시아에게 시선을 빼앗긴 모습으로도 ― 정작 네르네시아는 왜 자꾸 노려보냐고 생각했다 ― 알아볼 수 있듯이 탈다트의 대표 선수들은 오만하고 시건방진 소년의 치기 어린 행동에 미소를 금할 수 없었다.

조금은 귀찮다는 생각도 갖고 있다만.

"에쿠스……. 사랑하는 얼음꽃에게 정신이 나간 와중에 미안하다만, 곧 시합에 나서야 한다. 방심은 하지 말도록 해라."

리더의 위치에 있는 3학년 아셔스가 말을 건네자 에쿠스는 사랑하는 네르네시아에게서 시선을 떼고 돌아다본다.

곱슬거리는 흑발과 햇볕에 탄 피부, 뚜렷한 윤곽의 이목구비가 눈길을 끄는 아셔스는 로말 제국과 인접한 곳에 영토를 가진 자작가의 후계자이자 군인으로서 장래가 약속되어 있는 인물이기도 하다.

연령에 비해 몸집이 작은 에쿠스는 평균보다 키가 큰 데다가 어깨폭이며 가슴 두께도 탄탄한 아셔스를 자연스럽게 올려다보는 모양새가 된다.

"훗, 선배가 걱정하지 않아도 잘 알고 있습니다. 네르네시아는 저와 거의 비슷하게 적당히 봐주는 것을 싫어니까요. 시합에서 힘을 빼주는 멍청한 짓은 절대로 안 합니다. 뭐, 꼭 제가 저 사람과 싸운다는 법은 없습니다만, 누가 상대이든 마찬가지입니다. 아셔스 선배야말로 미스 아피에니아와 싸우게 되면 방심하지 말아주시지요."

타고난 거만함은 동료가 상대여도 전혀 수그러들 낌새가 없었다만, 유감스럽게도 신장 차이가 상당한지라 옆에서 보는 사람의 눈에는 동생이 형에게 투정 부리는 광경 같았기에 묘하게 미소가 지어졌다.

"개회식 전에 잠시 이야기를 나눈 게 전부입니다만, 역량이 예사롭지 않게 성장했더군요. 지금 실력이라면 왕도를 통째로 눈 속에 파묻는 것도 불가능하지는 않을 겁니다. 뭐, 진짜 실행했다간 마력이 바닥나서 기절해버릴 테지만요. 저와 똑같이 10년에 한 명 나올 인재이지요. 미스 페닉스도 있을뿐더러 미스 아르마디아에 미스 블라스터블라스트, 그리고 베른 마을에서 온 예의 드란 씨도 있습니다."

"지난 1년 사이에 터무니없는 강호가 됐군, 가로아는. 북부는 인재가 풍부해서 참 부러워."

아셔스가 말한 북부는 가로아 마법학원이 아니라 북부 전체를 가리키는 표현이었다.

또한 이렇듯 정보에 민감한 데는 이유가 있다.

왕국이 서쪽으로 국경을 맞대고 있는 로말 제국은 지금 당대 황제의 건강이 좋지 않은지라 만약 황제가 붕어한다면 그 동생과 외동딸 사이에서 후계자 전쟁이 발생하리라고 오래전부터 소문이 돌고 있다.

실제 상황이 발생했을 때 아크레스트 왕국이 어떠한 형태로 휘말리게 될지, 아니면 전쟁에 개입하게 될지 분명하지 않으나 아셔스의 가문을 비롯하여 왕국 서부의 귀족들은 유사시에 대비하고자 군비증강에 여념이 없다.

"그 대신 북부는 이민족이나 고블린 같은 마물을 상대한다고 1년 내내 머리를 부여잡지요. 제국 상대가 그나마 말과 상식은 통하는 만큼 편하지 않을까요?"

"물론 영지를 바꾸고 싶은 마음은 없어. 대대로 선조가 지켜왔고 넓혀온 땅이니까."

아셔스의 발언은 귀족이라면 당연한 사고방식인지라 에쿠스도 특별히 말대답을 하지는 않았다.

선배, 후배가 연애 문제에서 서쪽에 있는 대국과의 소란으로 이야기를 뻗어나가던 중 귀빈석의 반대편에 설치되어 있는 거대한 수정판에 제1시합 출전 선수의 이름과 얼굴이 출력되었다.

"어라, 아셔스 선배의 상대는 예의 『백은의 공주 기사』분이군요."

"크리스티나 맥시우스 아르마디아인가. 쌍검사로 전법을 바꿨다던데 틀림없이 훨씬 더 강해졌을 것이다. 어떠한 경우에도 설마 약해졌다는 기대는 못 하니 마음이 무겁군."

그렇다, 탈다트 측의 선봉은 아셔스가 맡았다.

아셔스는 호박색의 눈동자를 강적에게 향했다가 마침 이쪽을 본 크리스티나와 눈이 맞았다.

"그나저나 저렇게 아름다운 여성은 처음 보는군. 저런 미녀는 이야기 속에서나 존재한다고 생각했었는데."

에쿠스를 포함한 다른 동료들은 모두가 이 혼잣말을 부정하지 않았다.

확실히 아셔스가 말한 대로 크리스티나는 절세의 미녀라고 불러야 할 만큼 아름다웠다.

그렇다, 지금 크리스티나는 **기껏해야** 절세의 아름다움을 뽐내고 있는 상태이다.

탈다트 측이 저 아름다운 미모에 멍하니 시선을 빼앗기고 있는 한편으로 크리스티나는 오른쪽 팔에 찬 팔찌의 상태를 확인하고 있었다. 올리비에 학원장에게서 왕도 체류 중 착용할 것을 의무로 지시받은 아그루르아의 팔찌라는 이름의 마법 팔찌이다.

과거에 세 나라에서 제일가는 미녀라고 칭송받았던 공주가 있었는데 그 미모를 질투했던 마녀가 끼워놓았다는 마법의 팔찌를 원본으로 하는 물건이며, 착용자를 두 번 다시 쳐다보기 싫어질 만큼 추악한 용모로 바꾸어 놓는 효과를 발휘한다.

또한 팔찌에 벗는 게 불가능한 저주까지 걸어놓았기 때문에 공주는 친부모조차 딸임을 믿어주지 않아 성에서 쫓겨난 뒤 비렁뱅이와 같은 나날을 보내게 된다. 그러나 이야기의 끝에서 공주는 외모가 아닌 맑은 마음씨에 반한 남성을 만나 사랑에 빠지고 팔찌도 벗을 수 있게 됨으로써 행복한 인생을 살아갔다고 마무리를 짓는다.

물론 올리비에가 제작한 모조품은 자유롭게 벗을 수 있는 안전한 물품이다만, 이 팔찌를 착용했는데도 불구하고 크리스티나는 절세의 미녀라고 부르기에 합당한 미모를 자랑하고 있었다.

이야기 속 공주조차 비교가 되지 않을 만큼 상식을 벗어난 미모가 이루어 놓은 결과였다만, 결코 팔찌의 효과가 떨어지는 탓이 아니라는 사실은 페니아의 반응으로도 짐작할 수 있겠다.

"그건 그렇고 크리스티나 씨, 상당히, 으음…… 덜 아름다운 사람이 되었네요. 이렇게 가만 바라봐도 이상한 기분은 들지 않아요."

"그런가? 그렇다면 이 팔찌를 끼고 다니는 보람이 있는 셈이군. 그게 아니면 학원장님이 왕도 출입을 허락해주지 않겠다 하셨으니까."

크리스티나는 올리비에가 평소와 같이 담담한 모습으로 『왕도의 도시 기능을 마비시킬 수는 없으니까요』라며 팔찌를 내밀었을 때의 기억을 떠올리고는 자기 얼굴을 기뻐해야 하는지 슬퍼해야 하는지 고민하다가 뺨을 쓰다듬었다.

아무래도 나쁜 사건을 초래하는 경우가 더 많은 것 같기는 한데— 이러한 말을 한다면 가로아의 학생들은 벼락을 맞을 소리라며 푹 한숨을 쉬지 않으려나.

"당신의 원래 모습을 알지 못했다면 찬미의 말이 잔뜩 쏟아졌겠지만요, 역시 본래 모습과 비교하면 지금 크리스티나 씨는 아름답지 않다는 말밖에 안 나와요. 같은 여자로서 정말 복잡한 기분이 들게 되는군요."

"그런 건가. 뭐, 괜찮아. 이렇게 시합에도 출전할 수 있게 되었으니까."

쓴웃음 짓는 페니아에게 미소로 답한 뒤 크리스티나는 귀빈석과 제법 가까운 자리에 앉아 있는 여섯 명의 대귀족을 바라봤다.

그곳에는 평소에 별로 영지를 벗어나지 않는 아르마디아 후작가의 가주 부부와 장남 부부, 차남과 차녀. 즉 크리스티나의 『현재 가족』이 한곳에 쭉 모여 있었다.

저분들은 이 자리에 서 있는 나를 어떻게 생각할까— 자신을 과연 사랑해주는지도 알 수 없는 부모에게 그렇게 질문하고 싶은 충동을 가슴 깊숙이 집어넣고서 크리스티나는 일말의 허전함과 함께 시선을 되돌렸다.

"자, 우선은 첫 번째 승리를 거두고 올까. 그러면 다녀오도록 하지, 페니아, 네르, 레니아, 드란."

드란의 이름을 부를 때만큼은 다른 세 사람과는 달리 열기가 담겨 있었다는 사실을 크리스티나 이외의 네 사람은 놓치지 않았다. 크리스티나는 표면상은 지난날과 똑같이 행동했지만, 그럼에도 이따금 불쑥 호의가 얼굴에 드러나는 식으로 변화를 보여주고 있었다.

페니아는 내심 히죽히죽 웃었고, 네르도 얼굴에는 표시를 내지 않았을 뿐 드란은 바람둥이라며 핀잔을 놓았다만, 정작 드란은 흐뭇하게 살짝 미소만 띠고 크리스티나를 배웅했다.

"다치지 않는 게 가장 중요하지. 조심조심 싸우도록 하자."

"이런 상황이라면 승리를 기원하는 게 보통일 텐데……. 뭐, 드란답기는 하군."

드란에게 무척이나 『드란다운』 말을 듣고서 크리스티나는 아그루르아의 팔찌를 꼈는데도 끝내 추해지지 않는 몹시도 가련한 미소를 지었다.

이야기와 똑같이 사랑의 힘은 추악함의 저주를 깨뜨려주는 듯싶다.

두 자루의 마검을 허리에 매단 크리스티나는 동료들의 대열에서 빠져나와 시합장 중앙으로 향한다.

그런 와중에 불현듯 이해했다.

"그런가……. 어머니, 저는 지금 행복한가 봅니다."

선조가 범한 대죄의 살아있는 증명이자 지금 자신이 사랑에 빠진 드란, 이러한 자신을 친구로 생각해주는 페니아와 네르네시아, 일단 자신이 드란을 사랑하는 것을 용납해주고 있는 레니아.

게다가 관객석에서 있는 힘껏 소리를 높여 응원해주는 세리나와 드라미나, 디아드라에 파티마. 사역마 불사조— 닉스도 뻰질뻰질한 모습으로 이 고리의 안에 끼어 있었다.

지금의 부모는 어떤 생각을 갖고 있을지 알 수 없을지언정 동생들은 자랑스러운 누나, 언니라며 잘 따라준다. 어째서 지금 행복을 느끼기에 이르렀는가……. 그 이유는 지금 자신과 관계를 쌓은 사람들이 이 자리에 모두 다 같이 모여 있기 때문이리라.

그렇게 결론을 짓고 크리스티나는 애검의 자루에 손을 가져갔다.

—자, 내가 사랑하는 사람들, 나와 관계를 쌓은 사람들의 앞에서 멋없는 모습은 보여줄 수 없지.

그렇게 자신에게 말을 들려준 크리스티나는 아서스와 대치했다.

잠자는 북쪽의 영웅이라고 불리는 가로아 마법학원의 선봉은 미려한 여검사 크리스티나.

무투파로 알려져 있는 탈다트 마법학원의 기수를 맡은 인물은 용맹한 아서스.

무대 중앙에서 걸음을 멈춘 두 사람의 모습을 바라보며 투기장에 밀려든 사람들의 흥분은 한층 더 열기를 띤다.

모두 귀족이거나 이름이 있는 사람인지라 체면을 신경 써서 공공연하게 입을 여는 부류는 없었다만, 가슴속과 눈동자에 담긴 열량은 미처 숨겨지지 않는다.

"그럼 메르르 여사, 다시 경마제의 시합 규정을 회장에 계신 여러분들께 설명해주실까요?"

"어, 아, 네네, 넵. 으음, 시합은 상호 간 다섯 명의 선수를 내보내서 대결을 펼칩니다. 먼저 3승을 거둔 학원 측의 승리이지요. 중간에 승수를 다 쌓더라도 다섯 명 전원이 시합을 진행합니다. 실제 마법을 행사하는 위험한 형식의 시합이라서 각 선수들의 안전을 위해 자동으로 방어 결계가 전개되는 팔찌 형태의 마도구— 저지먼트 링을 지급했습니다. 이것은 각 마법학원에서도 사용되고 있는 물품인데요, 경마제 본선에서 쓰는 물품은 더욱 기능을 강화했죠. 시합의 승패는 어느 한쪽이 패배를 인정한다, 기절한다, 저지먼트 링이 한 번 발동한다, 심판을 맡은 제가 승부가 정해졌다고 판단한다. 이상의 네 가지 중 어느 하나의 방법으로 결정합니다."

"오호, 오호……. 그렇다면 메르르 여사의 마음을 사로잡은 인물이라면 아슬아슬한 상황에서 유리한 판정을 끌어낼 가능성이 있다는 뜻이군요! ……앗, 아니면 일부러 패배를 인정해주지 않고 마음에 안 드는 아이를 계속 괴롭혀준다거나?!"

"저기요오, 농담이라도 그런 말씀을 하시면 상처받는데요……. 개인 감정을 개입시켜서 심판을 보진 않는다고요! 아크 위치의 칭호와 왕국에 맹세하건대 공명정대한 판정을 약속드립니다!!"

"오오, 너무나 고지식해서 재미가 없는 답변이군요. 역시나 같이 취하고 싶지는 않은 여성이라며 평판이 자자한 메르르 여사다워요."

"저기요, 그니까요, 어째서 이렇게 자꾸 제 평판을 깎아내리는 발언만 자꾸 꺼내는지 무척 흥미가 생기는데요?"

"어라라, 이러다가는 아크 위치에게 저주를 받을 것 같은 분위기인데요? 아핫핫핫, 광대는 물러날 때를 잘 알아야 하죠. 우리 왕국 최강의 대마녀를 놀려주는 시간은 이만 끝내겠습니다. 이렇게 잔뜩 놀리고 말하려니까 조금 민망한데요, 회장에 계신 여러분, 메르르 여사는 물론 정확하게 심판을 봐줄 것이라고 제가 보증해드리겠습니다. 왜냐면 고지식한 게 유일한 장점이거든요!"

"하멜!!"

결국 인내심의 한계를 맞이한 메르르는 왕자와 왕녀가 남몰래 웃고 있다는 사실을 알아차리지 못한 채 언성을 높였다.

반면에 하멜은 아무 소리도 못 들은 척 뻔뻔하게 잠시 중단된 설명을 재개한다.

몹시도 매끄럽게 움직이는 혓바닥을 가지고 있다만, 그게 아니라면 궁정 직속의 광대 자리를 차지하지는 못했겠지.

"네에, 네에, 더 떠들었다가는 혓바닥 간수를 못 하게 될 것 같아서 그만할게요. 자, 안전을 배려하는 조치는 물론 선수들만 대상으로 하지는 않습니다. 관객석에 계신 여러분도 중계석에 있는 저희도 더없이 안전합니다. 자연에 가득 찬 마력과 기의 힘을 이용해서 다중 결계를 전개했기 때문에 무대 위에서 상급 마법이 연발되어도 저희에게 위험한 상황이 오진 않습니다. 실제 시합을 하고 있는 두 명 이외에는 마법이 영향을 끼칠 수 없다고 생각하시면 돼요. 자, 여러분께 사랑받은 광대 녀석의 수다는 여기까지. 메르르 더 아크 위치 씨, 탈다트의 아셔스 선수와 가로아의 크리스티나 선수의 전법에 대해 간단하게 가르쳐주실까요?"

"으음, 얼렁뚱땅 넘어가려는 것 같다는 느낌은 들지만요, 뭐, 알겠어요. 아셔스 선수는 부여 마법을 특기로 하는 마법사, 이른바 인챈터입니다. 작년 경마제에도 출전한 경력이 있어서 직접 관람했던 분도 많으실 거예요. 유명한 것은 춤추는 검(댄싱 소드)이라는 기동시키면 자동으로 싸우는 마법 무기의 종류가 있습니다만, 아셔스 선수는 저러한 부여 마법으로 만든 마법 무구(매직 웨펀)를 다수 준비한 뒤 그것들을 지휘하는 전법을 사용합니다. 공중을 자유자재로 날아 춤추는 검과 방패를 조종하는 아셔스 선수는 단독으로도 수십 명의 전사에 필적하는 전력이 될 수 있는 마법사입니다."

"오호, 오호. 그렇다면 마법 검사라는 정보가 있는 크리스티나 선수와는 대단히 상성이 안 좋은 상대가 되지 않으려나요? 일반적인 마법 검사는 개인의 능력을 끌어올리기 위해 마법을 활용하는 경우와 순수한 검사로서는 대처할 수 없는 사태에 대처하기 위해 마법을 습득하는 경우가 대부분이다— 이렇게 알려져 있는데요, 일대다에서는 불안 요소가 있지 않을까요?"

"네. 일반적인 마법 검사의 인식은 하멜 씨가 한 말씀이 맞아요. 크리스티나 선수는 신체 강화와 방어 마법에 중점을 두는 자기 강화형의 마법 검사 같군요. 다만 쌍검사가 된 것은 여름휴가 도중이었다고 하니까요, 쌍검사로서 가진 기량이 어떤 수준일지는 미지수입니다. 저 선수가 소유하고 있는 마검 엘스파다는 명성 높은 인챈터이자 마법 대장공 오퀴프로스 선생의 유작 중에서도 걸작이라고 저명한 물품이에요. 그런 무구를 과연 얼마나 잘 활용할 수 있을지 궁금해지네요."

메르르의 해설은 이 회장에 와 있는 다른 마법사들이나 역전의 전사들도 고개를 끄덕일 만큼 타당한 내용이었다. 엘스파다는 고명한 마검이며 동시에 능력 또한 잘 알려져 있기 때문에 관객들의 주목은 크리스티나가 가지고 있는 다른 한 자루의 검에 모여들었다.

"작년, 재작년에는 경마제에 출전하지 않았습니다만, 가로아 4강 중에서는 최강이라며 높은 평가를 하는 목소리도 많거든요. 아마 크리스티나 선수는 작년의 페니아 선수 및 네르네시아 선수 이상의 대결을 보여줄 거예요."

참고로 출전 선수가 다섯 명인데도 불구하고 『4강』이라 불리는 까닭은 과거에 경마제의 출전 인원이 네 명이었을 시절의 흔적이다.

"메르르 여사는 말이죠, 의외로 되게 신랄하네요~. 자각 없이 이런 발언을 하기 때문에 남자들이 자꾸 도망치는 게 아닐까요?"

"엥, 정말요? 내가 뭐 이상한 말 했어요?"

비록 『작년』이라는 전제는 두었을지언정 페니아 및 네르네시아보다 우위에 있다고 단정한 것은 배려가 조금 부족한 발언이었다.

진심으로 놀란 모습의 메르르에게 하멜은 진지한 표정과 목소리로 말한다.

물론 광대용 화장 덕분에 전부 다 가려져버렸다만.

"아니, 페니아 선수와 네르네시아 선수를 폄하하는— 엄청 무례한 말은 아니어도 어쨌든 두 사람이 크리스티나 선수보다 아래에 있다고 단언하는 말이었잖아. 시합 전 해설자가 이런 발언을 하는 건 조금……."

"으아앗, 나쁜 뜻으로 한 말이 아닌데!!"

이렇게 알려주고 나서야 겨우 실언이었음을 깨달았는지 메르르는 조금 순진한 모습으로 허둥지둥하며 수습한다.

"뭐, 어디까지나 들은 풍문을 언급했을 뿐이니까 양 선수와 가족분들께서는 바다와 같이 넓은 마음으로 실언을 하는 버릇이 있는 무자각 험담꾼 아크 위치를 부디 용서해주시면 좋겠네요. 그러면 제가 시간을 자꾸 끈 감은 있습니다만, 오래 기다리셨습니다! 영예로운 경마제 제1시합을 즐겨주십시오. 메르르 더 아크 위치 씨, 부탁드립니다!"

아까 전부터 속수무책으로 하멜에게 농락당하고 있는 메르르도 이렇듯 왕국의 역사에 새겨지는 큰 행사의 시작 인사를 담당하게 된 이상은 싫어도 차분한 모습으로 돌아온다.

"그럼 시작에 앞서…… 양 선수, 귀빈석에 예를 올려주세요!"

서로 열 걸음 거리에 선 크리스티나와 아셔스는 귀빈석의 스페리온 왕자와 프라우 왕녀에게 깊숙이 고개 숙임으로써 이 나라에서 가장 고귀한 혈통에 대한 예의를 표시했다.

머리를 들고 서로와 마주 선 두 사람의 표정은 대결을 앞에 둔 전사의 모습으로 이미 바뀌었다.

"선수들, 준비."

크리스티나는 아직 칼집에 들어가 있는 마검의 자루를 쥐었고, 아셔스는 아직껏 손을 비워 놓았다.

경마제에서는 시합 전 미리 마법의 영창을 수행하는 것이 금지되어 있다. 영창도 마력의 증폭도 심판이 시합 개시 신호를 외친 다음에만 허락된다.

스읍, 메르르가 짧게 숨을 들이마셨다가 시합 개시의 신호를 외쳤다.

"자, 경마제 제1시합 선봉전, 시작!"

크리스티나는 듣기만 해도 무시무시하게 예리함을 직감할 수 있는 발검의 소리를 연주하며 엘스파다와 드레드노트를 잡아 뽑았다.

스페리온 왕자와 근위 기사, 관객석의 귀족 및 상인의 호위 등 일부 인물들은 발검이 언제 이루어졌는지 보이지 않았음을 깨닫고 소리 없는 경악에 휩싸인다.

"깨어나라, 엘스파다. 간다, 드레드노트."

크리스티나의 입술이 검에 부여된 술식을 기동시키기 위한 문구를 읊조리는 동시에 엘스파다는 파르께한 빛이, 드레드노트는 하얀색 빛이 제각각 칼날을 휘감는다.

한편 아셔스도 더불어 전투 태세를 갖춘 참이었다.

"그림자로부터 나와서 나의 군세가 되어라, 강철의 꼭두각시들(스틸 레기온)."

시합 개시의 신호와 거의 동시에 아셔스의 그림자 안쪽에서 수많은 무기가 출현하더니 마치 호위처럼 주위의 공간에 부상한다.

대검, 세검, 장검, 소검, 기마 창, 단창, 장창, 손도끼, 양손 도끼, 자루가 긴 전투 도끼, 전투 망치, 화살, 대낫, 둥근 방패, 큰 방패, 흡사 무기와 방어구의 견본 시장과 같은 모양새였다.

"나의 몸을 둘러싸라, 파엔테스."

그럼에도 아직껏 모자라다는 듯이 아셔스 본인은 짙은 보라색 바탕에 금색의 불꽃을 연상케 하는 장식이 된 전신 갑옷(풀 플레이트 아머) 파엔테스를 둘러 입었다. 또한 오른손에는 끝부분과 자루 아래에 마정석을 박아 넣은 전투 망치, 왼손에는 온몸을 다 가릴 수 있는 카이트 실드를 들고 있다.

드란도 즐겨 사용하는 마법, 그림자를 수납용 아공간으로 바꿔주는【그림자 상자(섀도 박스)】를 활용해서 이 같은 물품들을 휴대한 듯하다.

"어라라, 방금 전까지 맨손이었던 아셔스 선수, 눈 깜짝할 새에 주위에다가 무기 배치를 끝내버렸는데요?"

"네, 그림자 상자(섀도 박스)라는 마법에 가득 수납해 놓은 무기와 갑옷을 꺼낸 거예요. 또한 파엔테스라고 불리는 전신 갑옷 말인데요, 아마도 살아있는 갑옷(리빙 아머)이겠죠. 몹시 무거운 자감철(紫紺鐵)에다가 경량화 부여 마법을 중첩해서 걸었고, 착용자의 신체 강화에 물리 및 마법 방어 등 모든 기능이 높은 수준에 다다랐네요. 아셔스 선수 본인이 제작한 장비라는데 학생이 저런 물품을 만들 수 있다는 것은 틀림없이 천부의 재능과 부단한 노력의 결정이겠습니다."

눈 깜짝할 새에 완전 무장을 갖춘 아셔스와 달리 양손에 든 검 이외에는 마법학원의 남자용 제복만 한 벌 걸친 크리스티나는 언뜻 보기에 무척 형세가 불리할 것 같다.

저지먼트 링은 착용자의 신변 위험에 반응하는 물품인지라 아셔스처럼 방어를 단단히 하면 당연히 발동 가능성은 낮아진다. 전신 갑옷까지는 아니더라도 어느 정도 위기에 대비하고자 자동 방어 결계 및 장벽을 전개해주는 마도구 종류는 미리 착용하는 것이 경마제의 정석이다.

현재 크리스티나의 몸을 지켜주는 수단은 엘스파다에 부가되어 있는 방어 마법과 본인의 마력 및 투기로 구성된 장벽, 이렇듯 두 가지.

드레드노트에 부과한 힘의 제한을 조정하면 학생 수준으로는 돌파가 불가능한 방어를 할 수 있겠지만, 지금은 단지 튼튼하며 잘 베이는 검의 역할을 할 뿐이다.

물론 초봄부터 여름에 걸쳐 극적인 성장을 이루었기에 크리스티나가 두른 장벽은 요새와 같다고도 말할 수 있을 만큼 견고함을 자랑하며, 아셔스와 비교해도 방어 면에서는 전혀 뒤떨어지지 않았다. 지금 크리스티나가 방어를 의식한다면 단지 집중만 해도 두꺼운 미스릴 갑옷을 착용한 것과 동등한 상태가 된다.

"이렇게 보면 크리스티나 선수가 무척 불리한 것 같은데요, 아크 위치의 눈으로 보면 어떠한가요?"

도통 대답이 없어 의아해하며 하멜은 메르르의 옆얼굴을 살펴본다.

"……메르르 여사?"

왕국 최강의 마법사는 하멜이 무의식중에 숨을 멈출 만큼 박력이 있는 시선으로 크리스티나를 주시하고 있었다.

"아, 네, 네에, 죄송해요. 깜빡 시선을 빼앗겼네요. 크리스티나 선수 말인데요, 전혀 불리하지 않습니다. 저 선수는 눈에 보이지 않는 방어 장벽을 전개했어요. 그 견고함은 아셔스 선수와 동등하거나 오히려 더 뛰어나다고 평가해도 과언이 아니군요. 방어 마법이 아닌 단순히 마력과 투기를 조합해서 형성한 장벽을 저런 수준의 강도로 전개할 수 있다는 것이 도저히 믿기지 않습니다."

"오오, 대체 뭔가요. 메르르 여사가 이런 고평가를? 그렇다 해도 아직은 서로가 대결 준비를 갖췄을 뿐 계속 눈싸움이 이어지고 있군요. 수많은 무구를 거느리고 있는 아셔스 선수에 맞서 크리스티나 선수는 과연 어떠한 활약을 보여줄까요?"

엄격한 평가 기준을 가진 아크 위치가 진심으로 감탄하는 모습을 보고 하멜은 놀라움을 금할 수 없었다.

한편 파티마와 세리나 등등이 모여 있는 관객석에서도 크리스티나의 분투에 기대감과 걱정하는 마음이 고조되고 있었다.

물론 평소에 드란과 함께 수행하고 있는 특훈의 양상을 아는 사이인지라 만에 하나라도 패배하는 일은 없음을 잘 알뿐더러 말이 걱정이지 기껏해야 부상을 당하지는 않길 바라는 정도이다.

"다행이야. 안 늦게 도착했어요. 옆에 앉아도 괜찮을까요?"

불현듯 말소리가 들려 세리나가 고개를 돌렸더니 그곳에는 세 명의 용족 여인이 와 있었다.

가운데가 높게 솟아난 사초 삿갓과 얇은 가림막 천, 그리고 청색을 주체로 하는 항아리 모양의 복장을 차려입은 류키츠, 어머니와 똑같은 차림을 맞춰서 입은 루우, 심홍색의 비늘과 머리카락까지 파랗게 바꿔어버릴 것 같은 안색의 바제이다.

"아, 류키츠 씨, 루우 씨, 바제 씨?! 그럼요, 어서 앉아주세요."

설마 이 여인들이 이곳에 올 줄은 생각하지 못했던 터라 목소리가 살짝 상기되었다만, 세리나는 류키츠의 이름이 다른 인간들에게 들리지 않도록 목소리를 낮춰 가면서 자리를 권했다.

다른 일행들도 어째서 이 사람들이 이곳에 와있냐는 의문을 많든 적든 품으며 고개를 꾸벅거린 뒤 간단하게 인사를 주고받는다.

이들이 어떻게 경마제 회장에 들어올 수 있었는지 세리나는 알 수 없었다만, 경비 기사들이 책망당하는 분위기는 아니니까 비정상적인 방법을 써서 입장한 것은 아마도 아니리라.

뱀의 하체를 가려놓은 세리나의 오른편에 류키츠가 앉고, 바제와 루우가 또 옆에 자리를 잡는다.

모녀의 사이에 바제가 끼어있는 이유는 아직껏 정신을 수습하지 못한 바제가 혹시나 불쑥 정신을 잃었을 때 곧장 돌봐주기 위해서였다.

“실례할게요. 후후, 아직도 드란 님과 얼굴을 마주하지 못하겠다며 마음이 약해진 바제 양을 설득하느라 고생을 조금 했거든요.”

류키츠는 투정 부리는 제 아이를 달래는 어머니의 눈빛으로 바제를 바라본다.

정작 바제 본인은 여전히 무척 딱딱하게 굳어버린 채 심홍색 눈동자로 드란을 뚫어져라 쳐다보고 있었다.

“바제 씨는 아직도 신경을 쓰는 거예요? 드란 씨는 전혀 신경 안 쓰니까 빨리 예전과 같은 태도로 돌아와주시는 게 더 좋을 텐데 말이에요. 역시 용족분들께는 어려운가 봐요. 루우 씨는 괜찮으세요? 언니분들이 방문하셨을 때는 드란 씨의 정체를 알고 많이 놀라셨죠.”

세리나가 말을 건네자 루우는 당혹감이 묻은 웃음을 띠고 연적이자 친구이기도 한 라미아에게 대답했다.

“아뇨, 솔직히 말씀드려서 저도 이후에 드란 님을 어떻게 대해야 할지 마음을 못 정하고 있어요. 다만 어머님은 이런 반응이시기도 하고, 한 번 더 드란 님과 만나서 그때 든 마음을 따르고자 하는 생각에 이렇게 찾아뵈었답니다.”

“그런가요. 저희는 드란 씨가 얼마나 대단한지 아직 정확하게는 알지 못하는 부분이 있어서 예전이랑 다를 바 없는 태도로 대할 수 있었지만요, 루우 씨는 입장이 역시 다른가 봐요.”

“네, 그 말씀이 맞아요. 다만 그것과는 별개로 오늘은 드란 님께서 활약하시는 모습을 직접 견학하고 싶네요.”

루우가 드란에게 솔직해졌다는 것을 깨닫고 세리나는 마음속으로 살짝 놀랐다.

그런 변화를 전혀 알지 못하는 파티마가 대화가 잠시 멈추기를 기다렸다가 바제에게 말을 붙인다.

"저기, 저기, 바제 씨? 괜찮아~? 안색이 엄청 안 좋은데에. 등 문질러줄까~?"

"음, 아니, 괜찮다. 이것은 나의 문제이니까, 파티마의 손을 빌릴 순 없구나."

류키츠의 말조차 듣는 둥 마는 둥이었던 바제가 이렇듯 반응하는 모습을 보면 파티마의 바닥이 보이지 않는 인심 장악 능력을 짐작할 수 있겠다.

종족의 벽을 넘어서 우의를 다진 파티마에게 대답했을 뿐 바제는 또 입을 꽉 다물고 다시금 드란을 쳐다보는 데 집중한다. 세리나는 저런 행동이 본인이 생각하기에 이제껏 저질렀던 죽어 마땅한 갖은 무례함이며 죄와 마주하고자 하는 듯 보였다.

파티마에 이어서 말을 꺼낸 사람은 류키츠 및 루우와 똑같이 맨 얼굴을 가린 한 사람, 드라미나였다.

일찍이 여왕의 지위에 있었던 드라미나는 현역 국왕인 류키츠가 타국의 큰 행사에 참석했다는 것이 궁금했나 보다.

"류키츠 공, 당신과 루우 공이 어떻게 이 자리에 올 수 있으셨는지 혹시 여쭤봐도 괜찮으실까요? 짐작하건대 아마도 회장에 있는 분들께 술법을 쓴 것은 아니고, 또한 반대로 본인들께 술법을 쓴 것도 아닌 듯합니다. 그렇다면 여러분께서 입장하시는 것을 아크레스트 왕국의 관계자분들이 승인해주셨겠군요?"

한 나라의 명운을 책임진다는 중책의 무게를 아는 사이인지라 류키츠와 드라미나는 모종의 친근감을 서로에게 품고 있었다.

"후후, 드라미나 씨라면 이미 대부분⋯⋯ 그렇죠, 제가 한 개인이 아닌 용궁국의 국왕으로서 이곳에 온 사정에 대해 아마도 얼추 짐작을 하고 계시지 않나요? 저희도 가끔은 지상의 공기를 마시거나 바닷속이 아닌 파란 하늘 아래에서 햇빛을 쬐고 싶다고 생각할 때가 있답니다. 그러자면 대화가 필요할 때도 있고요."

류키츠는 묘하게 마음이 잘 맞는 드라미나를 마주 보면서 장난스럽게 대답했다.

아마도 류키츠는 직접 왕자와 회담을 가진 뒤 일반석에서 관람할 것을 희망한 듯싶다.

"자, 시합의 상황은⋯⋯. 어머, 크리스티나 씨의 시합이 막 시작되려나 보군요. 선봉전이니까 드란 님의 시합을 놓치지는 않았어요."

"잘됐네요, 어머님."

"네. 드란 님의 멋진 모습을 못 보고 놓친다면 분해서 잠도 못 이루겠지요. 바제 양, 드란 님과 대화는 이번 경마제가 끝나면 마음껏 나누도록 해요. 괜찮아요, 나도 루우도 곁에 있어줄 테니 안심하세요."

"네, 네엣."

짧게 대답하는 바제의 목소리는 무척 비통했기에 파티마가 — 이 소녀치고는 드물게 — 무의식중에 드란이 바제에게 무슨 짓을 했을까 의문을 품는 사태로 이어졌다.

그 무렵, 무대 위에서는 이제 막 아셔스가 첫 행동에 나선 참이었다.

아셔스의 주위에 부유하고 있는 무구들 중 서른 대의 강철 화살이 가로로 열 대씩 한 줄, 세로로 3단의 배치를 이루어서 크리스티나에게 발사됐다.

아셔스의 부여 마법 덕분에 관통성과 속도가 향상된 화살은 강철 갑옷쯤이야 간단하게 꿰뚫고 치명상을 입힐 수 있다.

다만 날아드는 화살과 마주하는 크리스티나의 마음은 어지러워지지도 흔들리지도 않는다.

관객 중 몇몇은 온몸을 화살에 꿰뚫리는 소녀의 모습을 상상하며 숨을 죽였다.

서른 대의 화살이 크리스티나와 가까이 일정 거리까지 들어왔을 때 공중에 한 줄기 은빛의 선이 그어졌고, 곧이어 금속끼리 부딪히는 쨍강 소리가 연쇄되었다.

그것은 엘스파다로 튕겨낸 화살이 또 다른 화살에 명중하고, 그 화살이 또 다른 화살에, 이렇듯 서른 대의 화살 전부가 튕겨 떨어지는 소리였다. 얼마 전 고블린의 군세를 상대할 때 베른 마을에 강림했던 전신 알데스의 여동생, 여신 아미아스가 선보였던 절기가 지금 재현되었다.

"여신 아미아스 님의 흉내이다만, 제법 괜찮게 했군."

미리 성공을 확신했었는지 가만히 중얼거리는 크리스티나의 얼굴에 달성감이나 안도의 빛은 없었다.

반면에 아셔스는 이 황당무계한 기예에 경악하면서도 곧장 화살에 다시금 비상할 것을 명령한다. 다만 화살에 부여했던 마법이 전부 무산되었음 뒤늦게 깨달았다.

크리스티나가 엘스파다로 튕겨 떨궜던 맨 처음 한 대는 어쨌든 간에 연쇄 작용으로 튕겨져 나간 또 다른 화살들까지 어떠한 기술의 영향인지 부여 마법이 무효화된 상태다.

엘스파다에 【해주(디스펠)】가 부여되어 있거나 혹은 크리스티나가 모든 화살을 해주했다는 생각밖에 들지 않는다.

게다가 방금 전 한순간에.

"4강 중 최강인가, 엄청난 상대를 뽑아버렸군!"

결코 상성은 나쁘지 않았을 텐데 아무래도 상성 따위는 아무 영향을 못 끼치는 강적과 맞닥뜨린 것 같다는 깨달음을 가지며 아셔스는 이지적인 용모와 어울리지 않는 호전적인 웃음을 띠어 보였다.

크리스티나도 상대가 가진 뜨거운 전의를 느끼며 천천히 한 발짝을 내디딘다.

질풍을 추월하는 폭발적인 돌진이 아니라 한창 유람을 다니는 듯이 느릿느릿한 걸음이었다.

크리스티나는 최근 들어서 전신 알데스, 최강의 뱀파이어인 드라미나, 수룡황 류키츠, 드래곤, 즉 드란이라는 상식 바깥의 인물들을 상대로 훈련을 수행해왔다.

그러한 경험이 있는지라 페니아 및 네르 이외의 평범한 인간과 대결하는 것은 참으로 오랜만이었고, 또한 힘 조절에 문제는 없을까 약간 불안했다.

따라서 자신의 능력과 힘을 제어하는 데 집중하자는 의미도 담아 과감하게 공격하는 대신에 상대가 먼저 행동하기를 기다리는 전법을 선택했다.

아셔스가 자세를 낮춰 인간형의 철 덩어리와 같이 단단히 방어를 하는 한편으로 주위의 대검, 장창, 전투 도끼 등등은 각각 숙련된 전사의 손에 쥐인 것처럼 자유자재의 움직임과 연계를 보여주며 잇따라 크리스티나에게 덮쳐들기 시작했다.

그러나 크리스티나가 두 자루의 마검을 휘두를 때마다 하나, 또 하나, 마법 무구가 땅에 떨어져서 무대의 바닥을 구르다가 움직임을 멈춰버린다.

사실 크리스티나는 특별히 해주를 행사한 것은 아니었다.

단지 예리하게 연마된 정신과 영격이 기적으로서 기능하여 아셔스의 부여 마법을 모조리 무효화했을 따름이다.

크리스티나는 바람을 가르며 덮쳐드는 수많은 마법 무구들을 상대로 한 발자국도 걸음을 멈추지 않으며, 나아가는 방향조차 바꾸지 않으며 아셔스에게 접근해 간다.

결단코 아셔스가 약한 것은 아니었다. 아셔스는 또래 마법사들 중 위쪽부터 헤아리는 것이 빠른 실력의 소유주이다.

다만 크리스티나가 너무나 예외적인 존재였기에 그것이 비정한 현실이 되어 앞길을 가로막았을 뿐이었다.

눈 깜짝할 새에 아셔스의 마법 무구는 숫자가 줄어들었고, 크리스티나가 거리를 좁혀 다가드는 광경을 주시하면서 귀빈석의 프라우 왕녀는 커다란 눈동자를 반짝반짝 빛내고 있었다.

질투보다도 선망과 동경이 먼저 느껴지는 크리스티나의 아름다움과 칼을 휘두르고 있는데도 불구하고 우아하다는 말로 표현할 수밖에 없는 검법은 전투와는 인연이 먼 프라우 왕녀조차도 매료시켜버린다.

스페리온은 뺨을 붉힌 채 집중해서 시합을 보고 있는 여동생을 곁눈질한 뒤 옆쪽에 대기하고 있는 전임 기사 샤르드에게 질문했다.

"샤르드, 자네는 크리스티나를 어떻게 보나?"

샤르드는 근위 기사단 중에서도 특별히 발탁된 정예였다. 우선 타고난 다부진 체구와 짧게 다듬은 짙은 청색의 머리카락이 시선을 끌고, 버들잎 같은 눈썹 아래에는 머리카락과 같은 색깔의 눈동자가 반짝이고 있는 미남이다.

호화롭게 미스릴을 쓴 갑주와 허리에는 장검을 장비한 전임 기사는 열 살쯤 차이가 나는 주군에게 거짓 없이 답했다.

"글쎄요, 세간에서는 흔히 천재와 범인을 따로 구별합니다만, 천재 중에서도 드물게 대천재라고 불리는 인물이 나타납니다."

총명하다고 잘 알려져 있는 왕자는 샤르드가 말하고자 하는 의미를 파악하고 말을 거듭한다.

"그렇다면 크리스티나가 바로 대천재라는 말인가? 음, 아니겠군."

학생이 원하는 답을 가져와서 기뻐하는 교사와 같이 샤르드는 살짝 웃었다. 궁정 안에서 수많은 여성 고용인과 시녀들의 가슴을 뜨겁게 달궈 놓았던 웃음이다.

"예. 아르마디아 양은 천재도 대천재도 아닙니다. 범인과 천재라는 구분의 바깥에 있습니다."

즉 섣불리 수준을 운운할 만한 재능이 아니라는 뜻이다.

실제로 크리스티나는 엄밀하게 말하면 인간이 아닌 초인종이기에 스페리온이나 샤르드와는 같은 인간이라고 말할 수 없었다.

"그런듯싶군. 내가 100년을 수행해도 저 여인에게는 절대 이기지 못할 거야."

자신이 다른 사람보다 모자라다는 것을 순순히 인정할 수 있다— 스페리온은 그런 정도로는 도량이 넓은 인물이었다.

"예. 외람되오나 전하의 생각이 옳을 것입니다. 이리 말하는 저 또한 100년의 수련을 쌓아도 순수한 검법에서는 현재의 아르마디아 양에게도 미치지 못하겠지요."

"나의 전임 기사가 할 말인가?"

스페리온은 샤르드의 솔직한 발언에 눈을 끔뻑거리다가 결국 입가에 쓴웃음을 짓는다.

예전부터 하고 싶은 발언을 곧이곧대로 입에 담아내는 성격의 남자였다만, 기사의 명예에 큰 영향을 주는 말조차 이렇듯 아무렇지도 않게 꺼내다니.

"사실이온지라 인정할 수밖에 없지요. 차라리 아르마디아 양을 다음 전임 기사로 지명하시겠습니까?"

"왕자는 남성 기사를, 왕녀는 여성 기사를 지명하는 게 관습이야. 게다가 나는 너한테 불만은 없군."

"칭찬의 말씀, 진심으로 영광이옵니다. 저희가 말을 주고받는 동안에 슬슬 시합이 결말을 맞이하려나 보군요."

샤르드가 지적한 대로 무대의 위에서는 크리스티나가 아셔스와의 거리를 바짝 좁혔기에 시합은 드디어 결판이 나기 직전이었다.

아셔스가 큰 방패를 가로 한 줄로 세우고, 그 뒤쪽으로 장창을 일제히 내리찍어서 크리스티나의 전진을 저지한 뒤 제압하고자 한다.

다만 크리스티나는 드레드노트로 머리 위쪽에 반월을 그리고, 동시에 자줏빛의 번개를 두른 것 같은 찌르기로 큰 방패의 대열에 엘스파다를 찔러 넣는다.

마력이 격돌함에 따라 수많은 별들이 반짝였던 것은 잠시뿐, 중간쯤부터 절단된 장창과 산산조각이 나서 분쇄된 큰 방패가 무대의 위를 굴러다녔다.

"앗, 메르르 여사, 큰 방패가 산산조각이 났는데요! 검이 방패를 꿰뚫었다면 또 모를까 찌르기로 아예 분쇄를 해버렸어요. 크리스티나 선수는 뭔가 마법을 사용한 건가요? 비전문가의 눈에는 아무것도 안 보입니다!"

"아뇨, 마법을 행사한 흔적은 없습니다. 또한 엘스파다에 비슷한 마력이 미리 주입되어 있었던 것도 아니고요. 신체 강화로 강화된 크리스티나 선수의 완력과 검법에 의한 결과라고 짐작되는군요. 저는 검법에 관해서는 해박하지 않습니다만, 그렇다 해도 예사롭지 않다는 것은 명백합니다!"

아셔스가 주위의 마법 무구에 새로 지시를 내리기보다 빨리 이제껏 여유롭게 걷는 모습을 보였던 크리스티나가 전력을 다한 질주로 전환했다.

이제까지 보여준 느릿느릿했던 걸음에 익숙해졌던 관객들은 저 움직임을 전혀 따라갈 수 없었다.

간신히 짙은 은색의 광채나마 인지를 했던 아셔스는 반사적으로 움직여서 카이트 실드로 몸의 전면을 감싸 숨긴다.

숙련된 전사일지라도 미처 반응하지 못한 채 가만히 서 있는 인물이 대부분이었을 국면에서 몸을 보호하고자 행동한 것은 무투파 마법학원의 강점이 발휘된 결과라고 말할 수 있겠다.

이후에 아셔스가 본 것은 엘스파다의 칼끝이 카이트 실드를 쑥 관통한 다음 눈앞에서 저지먼트 링이 전개한 장벽에 가로막히는 광경이었다.

저지먼트 링이 발동했다는 것은 이 일격이 파엔테스의 방어를 꿰뚫고 아셔스에게 중상을 입히기에 충분한 위력이었음을 나타낸다.

자신이 습득한 부여 마법과 마법 제련, 연금술의 정수를 쏟아부었을 뿐 아니라 철저하게 선별한 재료로 제작했던 마법 갑옷을 전혀 어려워하지 않은 크리스티나의 기량을 목도한 이상 아셔스는 진심으로 패배를 인정할 수밖에 없었다.

"그만, 시합 종료. 승자, 가로아 마법학원의 선봉 크리스티나 선수!"

저지먼트 링의 발동을 확인하고 재빨리 승패를 판정하는 메르르의 말에 따라서 크리스티나는 엘스파다를 회수한 뒤 드레드노트 또한 검집에 집어넣는다.

아셔스도 똑같이 전투 태세를 해제하고 아직 남아 있었던 마법 무구와 몸에 착용한 파엔테스를 자신의 그림자 안에 재수납했다.

제복 차림으로 돌아온 아셔스의 얼굴에는 패배에 대한 쓰디쓴 감정과 그 이상으로 전력을 쏟아 냈다는 후련함이 있었다.

시합 개시 위치로 돌아가는 도중 아셔스가 유감은 느껴지지 않는 어투로 크리스티나에게 말을 붙였다.

규정된 조건 아래에서 발휘할 수 있는 전력을 다 쏟아 내고 진 이상은 단지 결과를 받아들일 뿐이라고 아셔스의 얼굴에 쓰여 있었다.

"훌륭했습니다, 미스 아르마디아. 내가 심혈을 쏟아 제작한 파엔테스도 당신의 칼날 앞에서는 얇은 종이와 마찬가지였군요."

또래의 남자에게 익숙하지 않은 이유도 있어 크리스티나는 살짝 당황했다.

"아니, 그렇게 비하를 할 필요는 없습니다. 저는…… 뭐라 말해야 할까요, 이런저런 사정이 있는지라. 다른 사람과는 여러모로 다릅니다."

"여러모로?"

"예. 으음, 여러모로."

역시 고신룡과 뱀파이어 퀸, 수룡황을 상대로 특훈을 거듭했다는 말은 도저히 꺼낼 수 없었기에 크리스티나의 입에서 나온 대답은 종잡을 수 없는 내용뿐이었다.

그럼에도 아셔스는 이 말이 절대로 상투적인 위로나 둘러댐은 아니라는 것을 이해하고 훗, 입가에 살짝 웃음을 띠어 보였다.

"깊이 캐묻지는 않겠습니다. 당신은 무척이나 강한 분이니. 내년에는 마법학원을 졸업해서 더 이상 맞닥뜨리지 않을 테니까 안심이군요."

"그럼에도 저희 가로아 마법학원에는 레니아와 네르네시아가 남아 있을 겁니다."

드란도 2학년이다만 월반을 해서 졸업할 것 같았기에 크리스티나는 굳이 이름을 언급하지 않았다.

아셔스는 이 문답을 특별히 더 파고들지는 않고 가만히 고개만 살짝 끄덕였다.

시합 개시 위치로 이동한 두 사람은 귀빈석에 깊숙이 머리 숙이고 각자 동료들의 곁으로 돌아갔다.

"일단 승리를 거두고 왔어."

미소를 짓고 말하는 크리스티나를 만면에 웃음을 띤 페니아가 맞이해줬다.

"오옷홋홋홋, 크리스티나 씨라면 당연한 결과지요."

"응, 당연한 승리야. 상대 아셔스 선배도 건투했어."

네르네시아와 드란도 살포시 웃음을 띠며 동료를 격려한다.

"하고 싶은 말은 페니아 씨와 네르가 전부 말해버렸군. 자, 레니아는 무언가 해줄 말 없니?"

드란에게 재촉을 받은 레니아는 시합 이상으로 크리스티나의 머리 위쪽에 있는『신성한 분들』의 시선이 신경 쓰였는지 힐끔힐끔 위쪽을 쳐다보고 있다.

그런 레니아의 태도를 의아해하며 크리스티나는 목소리를 낮춰 물었다.

레니아는 존재의 발생부터가 대사신 카라비스와 관련되어 있기 때문에 불쑥 터무니없는 이름을 입에 담을 가능성이 높은지라 다른 사람에게 들리지 않게 주의를 할 필요가 있었다.

"레니아, 무슨 일 있어?"

서로 복잡한 인연이 있는 관계이다만, 최근 들어서는 이렇듯 응어리 없이 대화할 수 있게 되었다.

"음, 아니. 경의를 표시해서 케이아스 숙부님이라고 호칭하는 것이 맞을지, 아니면 적대자로서 그냥 케이아스라고 낮춰 불러야 할지 판단이 되지 않는군."

거의 대답이 안 되는 말이었다만, 레니아의 입에서 나온 이름과 머리 위쪽을 신경 쓰는 동작을 조합해서 크리스티나는 대강의 사정을 파악할 수 있었다.

레니아는 혼의 어머니 카라비스를 누나로 둔 케이아스 신을 바라보고 있는 것이다.

“드란, 혹시 우리의 시합을 케이아스 신께서 지켜보고 계시나?”

“케이아스 한 명이 아니야. 크리스티나 씨의 전속이 된 발키리 두 명에다가 알데스, 아미아스, 마이라르, 올딘, 자레이드 같은 신들도 있어. 자레이드 등은 가로아에서 나와 드라미나가 아크레스트 왕국의 주민에게 위해를 끼치지 않겠다고 서약을 했으니까 직접 살펴보러 왔겠지. 그냥 지켜보기만 할 테니까 너무 신경을 쓰진 않아도 돼.”

“흐음, 그런가. 대신 중의 대신분들께서 주목해주신다니 더할 나위가 없는 명예로군.”

드란에게 대신들이 관전하고 있음을 전해 듣고도 안색이 전혀 바뀌지 않으니까 크리스티나도 배짱이 무척이나 두둑해졌다고 말할 수 있겠다.

크리스티나는 오히려 관객석에 앉아 있는 자신의 가족들이 더 신경 쓰였는지 언니, 누나의 승리에 열광하는 동생들과 변함없이 무감정하게 가만히 이쪽을 보고 있는 부모에게 시선을 준다. 지난날이었다면 전혀 흔들림 없는 부모의 눈빛을 견디지 못한 채 크리스티나가 먼저 시선을 피했을 상황이었지만, 지금은 자신이 치른 대결을 자랑하는 당당한 태도로 살짝 머리를 숙일 뿐이었다.

이게 지금의 저입니다. 이곳에 있는 사람들이 저의 동료, 친구들입니다— 그렇게 말하는 것 같았다.

†

경마제 개회의 얼마 전으로 시간을 되돌리자.

그날, 고신룡 알렉산더는 지상 세계에 있는 보잘것없는 혹성의 작은 대륙에서 열리는 행사에 가기 위하여 인간으로 모습을 바꾼 뒤 현지의 문화에 맞춘 복장을 차려입고 용계에서 막 출발한 참이었다.

별 장식이 없는 갈색의 가죽 구두, 감색의 롱스커트, 어깨가 부푼 연분홍색의 블라우스를 갖춘 복장에다가 챙 넓은 모자를 쓰고 있었는데 은빛 머리카락과 희색으로 물든 황금빛 눈동자의 광채는 미처 가려지지 않는다.

"우후후후, 아하하하하하, 기다리고 있어, 오빠야. 알렉산더가 금방 갈 테니까! 오빠야의 멋있는 모습을 잔뜩 구경해줄 테야."

용계와 지상 세계의 사이에 있는 차원의 틈을 나아가는 알렉산더가 흘린 웃음소리는 한없이 밝았으며 이웃한 차원의 세계로도 전파되고 있었다.

그 웃음소리는 죽음을 맞이했을 다수의 우주에 무한함과 다를 바 없는 활력을 주어 부활시켰고, 그곳에 살고 있었던 무수히 많은 생명에게 찾아왔어야 했을 멸망의 운명 또한 연장시켜주었다.

웃음소리 하나로 수많은 우주의 운명을 좌우하는 것은 명색이 고신룡이라 불리는 존재라면 당연한 일이었다.

그건 그렇고 알렉산더의 몹시도 들뜬 웃음소리와 칠칠하지 못한 얼굴은 어찌 된 일인가. 이 모습을 거듭 오빠야라며 반복하고 있는 대상이, 드란이 혹시 목격했다면 성대하게 얼굴을 경련시키면서 거북해하고 한숨 쉬었을지도 모른다.

우후후후, 아하하하하, 으에헤헤헤헤, 봄의 따스한 기운이나 사랑의 열기에 들뜬 웃음소리를 마구 흘리고 다니던 중에 알렉산더는 차원의 틈을 막 빠져나가려다가 자신과 몹시 비슷한 웃음소리를 내는 또 다른 존재와 맞닥뜨려버렸다.

끈적끈적 녹은 새빨간 사탕과도 비슷한 차원의 틈 안에서 지금 막 만난 존재는 베른 마을을 방문할 때 분장했던 떠돌이 무희 라비의 모습을 취한 대사신 카라비스.

둘 다 타인에게 보여줬다가는 너무 부끄러워서 몸부림칠 것 같은 웃음을 수습하지 못한 채 맞닥뜨렸기에 모든 동작이 정지된다. 다만 그것은 아주 잠시뿐이었다.

본래 알렉산더와 카라비스는 드래곤을 사이에 두고 격렬하게 대립했던 데다가 어떤 상황이든 간에 만난 순간에 양자의 머릿속에 번개처럼 쏟아지는 것은『이 녀석은 적이다』라는 한 가지 원념뿐이다.

"아앙?"

그저 당찬 미소녀로 보이는 알렉산더의 입에서 지금 한 마디가 증오와 적의와 혐오덩어리가 되어 튀어나오자 마주 선 카라비스도 알렉산더와는 정반대의 변함없이 요염한 자태로 받아친다.

"아앙?"

한없이 유감스러운 고신룡과, 파괴와 망각과 오줌싸개와 자칭 사랑을 관장하는 대사신은 드란이 알지 못하는 곳에서 이와 같이 대치하는 상황을 맞이하였다.

또한 그 옆에서 알렉산더의 감독 역할을 맡아 동행한 바하무트가 잔뜩 들썩이는 막내 여동생과 비슷하게 잔뜩 들썩이는 대사신이 수많은 차원을 휘말리게 하여 지독한 민폐를 끼칠 싸움에 불을 붙이고자 하는 모습을 싸늘하게 식은 은색의 눈동자로 보고 있었다.

"이대로 쭉 알렉산더와 카라비스를 이곳에 붙잡아 놓는 것이 드래곤과 나의 누이들을 위한 행동일지도 모르겠군."

검은색 로브 차림의 현자와 같은 차림으로 변신한 바하무트는 두 신적 존재가 본격적으로 격돌을 이행하기 전에 주변의 세계가 민폐에 휩쓸리지 않도록 둘을 중심으로 하여 차원을 아예 분리하기 위한 준비에 들어갔다.

한편 알렉산더와 카라비스는 서로가 서로밖에 보이지 않았기에 자신들을 위한 감옥이 천천히 만들어지고 있는 사실을 깨닫지 못한다.

사랑하는 사람과의 해후를 기뻐하는 웃음은 온데간데없고, 그 대신 두 여인의 얼굴에 떠오른 것은 누구든 혹시 목격한다면 평생 악몽에 신음하게 될 흉악한 웃음이었다.

"얼씨구, 저열하게 썩어빠진 여신이 괘씸하게도 광기를 흩뿌리는 웃음을 짓고 까불거리는군? 보나 마나 또 시답잖은 흉계를 꾸미고 있을 터이지? 앙? 아앙?"

"후후후, 우후후후후, 드랭한테 심술이나 부리는— 아니, 심술밖에 못 부리는 이 세상에서 가장 어리석은 여동생 알렉산더는 변함없이 입이 거칠구나아. 뭐, 난 말야, 사랑하는 드랭이랑 만든 사랑과 욕망과 힘의 결정, 레니아의 활약을~ 응원해줘야 할 의무와 사명이 있단 말이죠. 너랑 놀아줄 짬은 전혀~ 없다네~. 나·랑 드·랭·의 사·랑·하·는 딸 레니아를 응원하러 가야 하니까! 대충 알아들었을까~? 한가하고 한가해서 대책이 없는 망나니에다가 드랭한테는 심술만 부리는~ 문·제·아 대표~~ 알·렉·산·더 꼬맹이?"

카라비스의 말은 알렉산더의 머리에 곧장 분노의 피와 증오의 열이 솟구치도록 만드는 데 지나치게 충분한 위력이었다.

"잘도 지껄이는구나. 빌어먹을 여신아! 자기 욕망도 흉계도 모조리 다 망각해버려서 매번 자신의 소망조차 이루지 못하는 무능한 년 주제에. 하필이면 오빠야와 네년을 두고 사랑의 결정체를 운운했겠다? 네년의 혼과 뇌수가 곪아 지저분한 액체를 흘리고 있다지만, 도저히 용서해줄 수 있는 발언이 아니로다!"

"너 같은 애한테 용서를 받을 필요는 전혀 없다네~. 요즘 들어선 드랭도 레니아를 완전히 자기 딸 취급해주거든~. 나랑 진실된 사랑을 나눌 날도 그다지 멀진 않았다네~ 네, 네~. 오늘 이때까지 자기 마음에 솔직해지지도 못하고 쓸데없이 시비만 걸어서 드랭을 난처하게 만들었던 너 같은 애가 실점을 만회하는 것보다 훨씬 빠를 거다~. 메에롱~."

묵묵하게 추이를 지켜보던 바하무트에게는 한껏 혀를 내밀어 조롱하는 카라비스를 본 알렉산더의 몸에서 무엇인가가 뚝 끊어지는 소리가 들린 것 같았다.

"분리는 제때 완료되었군."

바하무트는 몸소 구축한 격리 결계의 안쪽에서 알렉산더가 쏟아낸 분노가 폭풍과 같이 휘몰아치는 것을 느끼고 진심으로 지쳐 한숨을 내뱉었다.

만약 한숨을 쉴 때마다 행복이 도망친다면 알렉산더 단 하나 때문에 이제까지 바하무트는 대체 얼마나 많은 행복을 잃어버렸을까.

그런 큰오빠의 심정은 꿈에도 모르고—.

"감히이이이! 내가 언제까지나 네년의 존재를 허용해주리라 생각하지 마라! 오빠야의 눈앞에 두 번 다시 나타나지 못하도록 이 차원의 틈에서 네년의 존재를 흔적 하나도 남기지 않고 없애버려줄 테야!"

"아핫핫핫핫, 없애버려줄 테야? 뭐야~ 평소랑 달리 귀여운 티를 내면서 말하는구나~. 너야말루 나 카라비스가 언제까지나 옛날이랑 똑같은 거라 생각하진 말자? 이제 난 파괴와 망각만 관장하는 아름다운~ 여신님이 아니거든!"

"역겨운 목소리로 지껄이는 것은 지금이 끝이다!"

"입 다물어! 남이 이야기하면 끝까지 잘 들어야지. 이건 상식이야, 상식~. 뭐, 상관없나. 세상의 거친 파도에 시달린 경험도 없이 어리광만 잔뜩 부리면서 살아온 꼬맹이는 사랑의 여신이라고 쓰고 카라비스라고 읽는 어른인 언니가 세상살이가 험하다는 걸 제대로 가르쳐줄게."

"네년 따위가 나를 넘볼 수 있을 거라고 진심으로 생각하는 건가, 이 잉여신 따위가!!"

바하무트는 막내 여동생과 남동생의 악우 대사신이 만나 옆에서 보기에는 장난친다는 생각만 들게 싸우는 광경을 구경하면서 레니아와 드란의 시합이 시작되면 알려줘야겠다고 냉정하게 생각을 정리하고 있었다.

제아무리 한숨만 나오더라도 일말의 자비심은 갖고 있었던 데다

아울러 만에 하나 알려주지 않고 넘어갈 경우 맞이하게 될 골치 아픈 미래를 생각하면 입을 다물 이유는 없었다.

"오호, 드란 쪽에서는 차봉전이 시작되는군. 그건 그렇고 마이라르와 알데스뿐 아니라 올딘에 자레이드, 심지어는 케이아스까지 관람을 하고 있다니. 케이아스의 성격을 고려하면 별반 걱정을 할 필요는 없겠으나 걱정거리는 끊임이 없구나."

바하무트는 지상 세계에서 온화한 표정을 짓고 있는 동생과 주변 인물들의 모습을 언뜻 본 다음 지금도 여전히 격리 결계 안에서 싸우고 있는 알렉산더와 카라비스에게로 시선을 옮겼다.

시끌시끌 듣기 괴로운 목소리로 같이 욕설을 퍼붓는 알렉산더와 카라비스를 보고 있자니 고신룡의 수장은 너무 한심해서 도저히 탄식을 참을 수 없었다.

†

크리스티나와 대전 상대였던 아셔스가 무대 옆 대기장으로 돌아왔을 때 정면의 수정판에 차봉전에 출전하는 선수의 이름이 게시되었다.

가로아 마법학원에서 출전하는 선수는 페니아.

탈다트 마법학원에서 출전하는 선수는 에르메르.

자신의 이름이 수정판에 게시되는 순간, 페니아는 해쭉하고 무척 기뻐하며 웃음을 짓더니 경쾌한 소리를 차락 울리며 애용하는 부채를 펼친다.

에쿠스에게 특별히 원한을 가진 네르네시아 이외에는 공평을 기하기 위해 제비뽑기로 출진 순서를 결정했다지만, 페니아는 가장 첫 번째로 출전하지 못해서 발을 동동 구를 뻔했을 만큼 아쉬워했다.

"오옷호호호호호, 드디어 제 차례가 왔군요. 비록 주역은 여러분이라지만, 저 페니아는 자신의 차례를 몹시 고대하고 있었답니다!"

낭랑한 목소리로 자기 심정을 솔직하게 털어놓는 페니아는 분명 소란스러웠지만, 상스럽게 느껴지지는 않는 타고난 고귀함이 있었다.

"크리스티나 씨의 승리에 이어 두 번째 승리를 획득하고 오겠습니다. 여러분, 아주 잠시만 기다려줘요."

방심하는 것이 아니냐고도 받아들일 수 있는 대사였지만, 자만심을 품어도 딱히 문제가 없을 만한 실력을 보유한 것 또한 사실이니.

다른 어떤 마법학원에 재적했을지라도 틀림없이 대표 선수로 선발되었을 실력자다.

크리스티나는 살짝만 걱정하는 빛을 얼굴에 띠었다가 콧김을 씩씩거리는 학우에게 넌지시 못을 박았다.

"페니아라면 걱정할 필요는 딱히 없겠지만, 기합을 지나치게 잔뜩 넣어서 실수를 하진 말아줘. 최대의 적은 자기 자신이라는 말을 하는데 너를 보고 있으면 그 말을 강하게 의식하게 될 때가 있군. 너를 폄하하려는 생각은 절대 아니지만……."

페니아는 극히 강력한 불 속성 마법의 사용자이다만, 극단적인 특화형인 터라 상대에 따라서는 쉽게 대책을 마련할 수 있었다. 작년 경마제에서도 페니아 대책으로 불속성 마법 방어용 장비와 마법을 준비했던 상대에게 고배를 마신 경험이 있다.

"물론 잘 알고 있답니다. 저는 스스로도 좀 아니다 싶을 만큼 언제나 자신감 가득하게 살아왔는걸요. 다만 오늘의 화려한 무대에서 페닉스 가문의 인물이 긴장한다면 선조님들께서 코웃음을 치실 거예요. 방심하지 않고 볼만한 장면을 연출하면서 승리의 영광을 이 손에 쥐고 돌아오겠습니다. 오호호호호호호호호호."

중계를 맡은 궁정 소속의 광대 하멜이 확성 마법을 부여한 막대형 마법 도구를 통해서 시합 회장의 구석구석까지 들리는 목소리로 다음 시합에 출전하는 두 사람의 이름을 부른다.

그동안에도 심판 겸 해설 메르르는 사전에 준비해 놓은 페니아와 에르메르의 자료를 참조하며 해설을 실수하지 않도록 몹시 애쓰고 있다.

"자, 가로아 마법학원의 페니아 선수, 탈다트 마법학원의 에르메르 선수, 어서 무대의 위로 올라오시라. 선봉전의 열기가 식기 전에 차봉전을 시작합시다."

선봉전과 같은 흐름으로 페니아와 에르메르가 귀빈석에 예를 올린 뒤 서로와 마주한 채 무대 위에서 거리를 둔다.

페니아는 애용하는 부채를 왼손에 든 교복 차림이다.

한편 대전 상대인 에르메르도 교복 차림이었다만, 그 위에 마력 증폭 및 방어 장벽을 전개하는 술식이 금색 비단실로 수놓여 있는 검은색 로브를 걸치고 있다.

아셔스처럼 시합 개시 후 방어구를 꺼내 놓을지도 모르겠지만, 언뜻 보기에는 쌍방이 모두 너무나 가벼운 차림인지라 위태로운 느낌을 준다.

"해설을 맡은 메르르 여사, 그럼 이번에도 두 선수에 대해 간단한 설명을 부탁드리겠습니다."

메르르는 손에 든 요약 자료를 이따금 훑어보면서 직무를 수행하기 위해 고지식한 표정으로 답한다.

"네. 그러면 먼저 페니아 선수에 대해 해설하겠습니다. 저 선수의 본가 페닉스 가문은 왕국 안에서도 유명한 가문이니 많은 분들이 이미 잘 알고 계시겠지요. 과거에 불사조 페닉스를 사역마로 맞아들였던 마법사를 배출해서 이름을 떨친 일족이며, 페닉스의 영적 인자를 혈육과 혼에 담아내는 특이 체질을 갖기에 이르렀습니다. 사역마로 둔 영수나 영조의 특성이 유전되는 것은 지극히 드문 사례예요."

자기 이야기가 화제에 올라 기뻤는지 무대 위 페니아의 입가에는 그윽한 웃음이 떠올라 있다. 개 계통의 수인이었다면 기분 좋게 꼬리를 흔들었을 테지.

"이렇듯 페닉스 가문의 분들은 날 때부터 불속성 마법에 대한 적성과 내성이 월등하게 높은 일족입니다만, 페니아 선수는 그에 더해서 마력을 직접 화염으로 변화시킬 수 있는 희귀한 능력을 갖췄습니다. 참고로 이 체질은 페닉스의 인자와는 관계가 없습니다. 저 선수는 이미 불 마법을 다루는 분야에서는 왕국 안에서 세 손가락에 꼽히는 엄청난 실력의 마법사이며, 이후 경험을 쌓아 나간다면 왕국을 대표하는 마법사가 될 수 있는 인재입니다."

"페니아 선수는 올해가 마지막 경마제인 만큼 중계석에서 봐도 알 수 있을 만큼 기합이 잔뜩 들어간 모습이네요. 다만 불 마법 사용자로서 너무 유명하니까요, 경마제에 참가하는 모든 학원의 선수들이 반드시 대책을 마련해서 왔을 테지요?"

"네. 작년 경마제에서 페니아 선수가 고전을 면치 못했던 이유 중 하나가 그것입니다. 본인도 잘 아는 사실이니까요, 불 마법 대책에 대항하기 위한 조치를 분명 준비해서 왔겠죠. 그것이 과연 어떠한 수단일지 흥미가 끊이지를 않네요."

한편 대전 상대인 에르메르는 표준적인 체격의 소녀였는데 윤기 나는 검은색 머리카락을 허리에 닿을 만큼 길렀고 붉은색 테의 안경을 써서 영리함과 침착함을 두루 갖추고 있는 용모였다.

미리 대책을 강구해서 온 덕분일까, 페니아 같은 실력자를 앞에 두고도 동요하는 기색은 없다.

"반면에 탈다트 마법학원의 에르메르 선수 말인데요, 마법에 관한 기술이 있는 마서(魔書)라고 불리는 특수 서적을 매개로 해서 마법을 행사하는 마서 사용자입니다. 마서 사용자의 특징은 마법 행사의 수고를 마서로 대용함으로써 대폭 생략할 수 있기에 재빠른 발동이 가능하다는 점이네요."

"아하, 정말 굉장한데요! 그치만 약점도 있겠죠? 어떤 마법이든 간에 장점과 단점이 있는 법이니까요~."

"네. 물론 에르메르 선수— 정확하게는 마서 사용자에게도 단점이 있습니다. 마서를 매개로 하는 이상은 행사 가능한 마법이 마서에 기록된 것으로 제한되고요, 상급 마서를 제외한 많은 마서는 한 번 행사할 때마다 해당하는 페이지를 소모하기 때문에 연전에는 적합하지 않아요. 또한 소유하고 있는 마서를 상대가 알고 있을 경우에는 행사 가능한 마법을 쉽게 특정당하기 때문에 대처도 쉬워진다는 것이 특히 큰 문제입니다."

와아, 또 이렇게 당당하게 말을 해버리는구나. 메르르는 이게 전부 다 무자각이란 말이지— 하멜은 마음속으로 혼자 중얼거렸다. 벌레도 못 죽일 것 같은 얼굴과 달리 몹시도 자연스럽게 미량의 독을 내뱉는다는 것이 아크 위치의 나쁜 버릇이었다.

"아하. 보급용 마서의 경우 전략이 이미 공개된 것과 마찬가지니까요. 그렇다고 희귀한 마서를 입수하는 것은 절대 쉽지가 않죠. 이래저래 난감하겠어요."

"마법이란 만사가 그런 법이죠. 장점이 있고 단점도 있어요. 그 반대도 역시 지당한 이치겠네요. 자, 그러면 차봉전을 시작할까요."

활약을 펼칠 무대가 목전이기에 해쭉 웃음을 짓는 페니아와 표정은 변함없이 안경 안쪽의 연보라색 눈동자로 차분히 빛을 발하는 에르메르는 정반대의 인상을 주는 조합인 터라 관객들에게도 선봉전과는 또 다른 기대감을 안겨주었다.

그 열기에 등을 떠밀리는 것처럼 메르르는 조금 빠른 말투로 차봉전 개시 신호를 외쳤다.

"자, 경마제 제1시합, 차봉전, 시작!"

신호와 동시에 페니아의 온몸에서 황금색과 적색이 섞인 불꽃이 방대한 열량과 함께 쏟아진다.

그에 반하여 에르메르는 지팡이 따위를 들지도 않고 두 손은 여전히 로브의 안쪽에 숨겨 놓았다.

다만 밑자락이 발목까지 닿는 로브 안쪽에서 열 권을 넘는 책과 석판이 튀어나와 주인을 지키는 기사와 같이 부유한다.

"에르메르 씨, 그쪽의 천재 소년은 패배로 시합을 시작하게 되어 심기가 많이 상하지는 않았나요?"

페니아가 제 몸에 불꽃을 두른 채 에르메르에게 묻는다.

인간의 뼈조차 잿더미로 만들 열량을 두른 페니아는 『금염의 그대』라는 이명에 어울리는 위엄과 기품으로 가득 찬 모습이다.

불꽃의 빛을 반사하며 붉게 물든 에르메르는 안경의 테를 손가락으로 쓱 밀어 올리면서 외모처럼 몹시 차분한 목소리로 답했다.

"아주 조금만, 심기가 나빠졌을 뿐이에요. 정작 원인이 된 가로아의 학생분이 걱정해주신다는 게 조금 이상합니다만."

"후후, 물론 맞는 말씀이지만요, 저희 쪽에도 에쿠스 군과 대결하지 못하면 심기가 몹시 안 좋아질 분이 계시거든요. 서로 똑같이 손 많이 가는 아이를 데리고 있는 처지군요."

"그렇, 군요. 조금은 친근감이 느껴집니다."

"기꺼운 말씀이에요. 다만 시합에 개인 감정을 개입시킬 순 없는 노릇이죠."

"네."

시합 개시 신호는 이미 울렸는데도 왜 한가하게— 관객이 의아하게 생각할 만큼 긴 대화를 주고받던 두 사람은 잠시나마 화목했던 분위기를 어딘가에 싹 내버린 뒤에 끌어올리고 있던 마력을 전투용으로 전환했다.

경마제는 각 마법학원의 학생들이 역량을 겨루고, 고된 연마를 거쳐 습득한 기술을 선보이는 자리라는 것 이외에도 다른 일면이 더 있었다.

마법학원에 다니는 학생 대부분은 일족의 계보에 많은 마법사를 올려놓고 있다.

마법사의 자질을 가진 사람은 그 희소성과 유용성 때문에라도 귀족 신분에 속하거나 혹은 귀족 및 대상인에게 발탁되는 경우가 많아서 사회적 지위가 무척이나 높다.

가로아 마법학원의 대표 선수가 흔한 사례인데 대귀족의 자녀인 네르네시아와 페니아가 바로 저 경우에 해당된다.

이렇듯 사회적 지위가 높은 인물끼리 겨루는 자리에서 서로의 일가친척이며 관계자뿐 아니라 왕족까지 참관을 하게 된다면 어쩔 수 없이 단순한 힘 싸움으로 끝나지는 않는 법이다. 실력을 보일 기회도 주지 않은 채 쓰러뜨려서 체면을 망쳐버린다면 상대가 속한 마법학원뿐 아니라 상대의 가문도 감정이 심각하게 악화되기 마련이었다.

그 때문에 설령 상대를 일격에 물리칠 수 있는 힘의 차이가 존재하더라도 어느 정도는 실력을 보일 기회를 주면서 싸우는 것이 암묵적인 관례로 자리 잡았다는 것이 경마제의 속사정이다.

물론 이것은 반드시 지켜야 할 만큼 강제력이 있는 규칙은 아니었다.

대전 상대와 가문의 격에 차이가 있다거나 마법학원 간 역학 관계. 관객들에 대한 배려가 가능한가, 아니면 의도해서 관습을 무시할 것인가?

상대를 너무 배려하느라 진짜 실력을 발휘하지 못하고 이길 수 있는 대결을 놓쳐버린다면 의미가 없다.

그러한 판단력 및 결단력을 살피기 위한 시금석으로서도 이 암묵적인 관례는 기능하고 있었다.

많은 경마제 출전 선수가 훗날 소속을 두게 될 귀족 사회의 양상을 감안하면 다른 인물과의 관계성을 따지는 사고 및 능력은 확인하는 데 커다란 의미가 있다.

페니아와 에르메르가 시합 개시 이후에도 기꺼이 대화를 나눈 이유에는 누가 첫수를 둘 것인가 정탐을 하는 목적도 포함되어 있던 셈이다.

그리고 대화 중 페니아가 전개한 불꽃과 에르메르가 불러낸 마서의 격과 숫자로 서로의 실력을 대강 판단을 마친 뒤 이렇듯 새삼 대결을 시작했다.

페니아 이외의 네 명에게는 바라기 어려운 귀족적인 감각을 필요로 하는 견제와 머리싸움이었다.

그러한 줄다리기의 끝에 첫수를 둔 인물은 에르메르.

에르메르가 내민 오른손 앞에 한 권의 마서가 튀어나오더니 자연스럽게 페이지가 펼쳐져서 훽훽 넘어간다.

희미하게 푸른빛을 띤 얼음의 판을 표지와 책등에 쓴 마서에서는 강렬한 냉기가 쏟아지고 있다.

"『얼어붙은 궁전의 비서』 제4장, 제10절, 얼음 여왕의 고민에 찬 숨결."

마서에 마력을 주입하기만 해도 기록되어 있는 마법이 발동하지만, 굳이 소리를 내서 읊음으로써 마법 영창과 같은 효과를 발휘하여 위력 및 정확도가 향상된다.

에르메르가 선택한 것은 만물을 얼려버리는 얼음 여왕이 흘린 숨결에 관한 기록이었다.

영창이 끝남과 동시에 해당하는 페이지가 펼쳐지더니 그곳에서 새하얀 숨결— 아니, 격렬한 눈보라가 쏟아져 페니아에게 불어닥친다.

"후후후후후, 저 페니아의 불꽃을 얼려보고자 하는 안이한 수법이군요. 염익지상(火翼地翔)!"

페니아의 온몸에서 분출되는 적색과 금색의 불꽃이 거대한 날개를 형성하여 힘차게 펄럭거렸다.

불꽃의 날개에서는 만물을 불사르는 열풍이 쏟아지더니 정면으로 얼음 여왕의 숨결과 격돌하고 무시무시한 소리를 울려 퍼뜨리며 증발시켜버린다.

"얼음, 냉기, 물. 전부 다 네르네시아 씨와 류 킷츠 씨를 상대하면서 완전히 익숙해졌답니다. 이런 수법은 새삼 놀랍지도 않아요."

페니아가 커다랗게 소리를 내며 부채를 펼치고 머리 위쪽에 높이 치켜들자 그 동작에 맞춰 불꽃의 날개에서 수많은 불꽃의 새가 생겨난다.

불꽃의 새가 상대를 불태우는【버닝 헌트】이다. 불길이 적을 살라버릴 뿐 아니라 부리와 발톱으로 살점을 도려내는 페니아 고유의 무자비한 공격 마법이었다.

불 속성과의 압도적인 친화성과 마력을 염열로 바꿀 수 있는 특이한 체질 덕분에 페니아는 전혀 영창을 하지 않고도 고유 마법을 행사 가능하다.

지금 쓴【버닝 헌트】도『새삼 놀랍지도 않아요』의『요』쯤에서 술식구출을 끝내 발동시켰다.

"어서 끝내버리세요!"

페니아의 호령이 한 차례 떨어지자 화염의 새들은 불티를 떨어뜨리며 날아올라 에르메르에게 사방팔방으로 덮쳐들었다.

그에 맞서는 에르메르는 복수의 마서에 마력을 주입하여 마법을 동시 행사함으로써 대처해 낸다.

아무리 마서의 활용에 의해 부담을 줄여 놓았다지만, 복수의 마법을 동시 발동하는 부담은 예사롭지 않다.

"『안기르단의 별 탐험기』 156쪽, 에테르의 바다에 부는 폭풍. 『아그 레올의 여행기』 제2장, 55쪽, 빙해의 바닥에 잠긴 거인. 『위명마적록』 뇌운의 몸, 번개의 혈액을 가진 짐승……."

영창을 더해 발동시키는 마서의 기록과 영창을 생략한 채 발동시키는 마서의 기록이 한데 뒤섞여서 에르메르를 중심으로 발동되었다.

페니아가 날린 서른 마리의 화염 새들은 무색투명한 에테르의 폭풍 및 얼어붙은 하얀색 거인의 팔, 번개를 날리는 뇌운 등에 의하여 잇따라 격추되어 간다.

페니아는 그 광경을 똑똑히 지켜보면서 에르메르가 발동한 마서의 상태와 책등에 쓰인 제목을 확인하고 있었다.

에르메르가 소유하고 있는 마서 다수는 기록을 여러 번 사용할 수 있는 고급품 및 상급 마서였고, 페이지를 쓰고 버리는 마서는 소수였다.

"무척 대단한 독서가시군요. 불사조에 관한 기록이 있는 희귀 서적도 갖고 계시는지 시합이 끝나면 여쭈어봐야겠어요. 오호호호호호호!"

이어서 페니아는 등에 단 양쪽 날개에서 새로운 불꽃의 새가 아니라 2층짜리 가옥만큼 큰 거대 화염구를 몹시도 간단하게 쏘아 날렸다. 상급 마법에 필적하는 현상인데도 영창을 생략했을 뿐 아니라 별반 피로감도 느껴지지 않게 행사하는 모습은 평범한 재능밖에 가지지 못한 마법사라면 평생을 수행에 소모해도 다다를 수 없는 경지이다.

직격당하면 거대한 강철 성문도 설탕 공예처럼 녹일 열량을 가진 커다란 화염구를 앞에 두고서 에르메르는 이제껏 활용하지 않고 놓아두었던 두 장의 석판으로 대처했다.

그것이 아무것도 새겨지지 않아서 새것 같은 석판이라는 사실을 인지한 뒤 페니아는 『무엇일까요?』라며 눈살을 살짝 찌푸리고 경계의 수준은 끌어올린다.

직후, 관객석에서 다수의 비명이 터져 나오는 와중에 페니아가 날린 커다란 화염구가 석판에 직격했다.

보통은 석판이 눈 깜짝할 새에 융해되거나 분쇄되어야 했을 텐데도 마치 바닥이 없는 구멍과 연결된 것처럼 커다란 화염구를 빨아들여버린다.

"어머나?!"

전혀 예상치 못한 결과에 페니아가 놀라 소리를 내는 한편으로 에르메르는 한 방 먹여줬다는 듯이 입가에 살짝 미소를 짓는다.

페니아가 다음 수를 두기보다 빨리 에르메르가 움직였다. 고속으로 페이지 넘어가는 소리와 함께 주위에 떠올라 있는 마서에서 고조되는 마력이 시합장에 퍼져 나갔다.

"『빙요비전』 제77장, 화안(火眼) 마왕을 꿰뚫은 푸른 창."

동국(東國)에서 저술되었다는 마서의 페이지로부터 푸른빛의 입자가 페니아의 머리 위까지 뻗어 나가며 눈 깜짝할 새에 거대한 얼음 덩어리를 형성한다.

이윽고 방대한 요력을 품은 얼음은 성체 용을 꿰뚫어서 무찌를 수 있을 만큼 거대한 창의 형태를 취한 뒤 페니아에게 들이닥쳤다.

그 얼음 창에서 느껴지는 요력에 관객석의 류키츠는 약간의 그리움을, 루우는 감탄의 빛을 제각각 아름다운 얼굴에 띠어 보인다.

한편 페니아는 고속으로 낙하하는 얼음 창을 눈동자에 남아내며 즐겁게 웃었다. 자기 실력을 관객들에게 멋진 연출로 선보일 수 있는 장면과 마주했기에 기뻐하는 것이다.

"오호, 좋아요, 좋아. 상당한 실력, 상당한 재주예요. 하지만!"

환희와 이글이글 불타는 투지가 페니아의 혼과 정신을 고양시키자 그에 호응하여 혈육과 인자에서 만들어 내는 마력도 더욱 고조된다.

"타오르는 나, 맹렬한 나의 혼……. 지금, 필살의 블레이즈 버드!"

사납게 웃는 페니아의 온몸을 뒤덮고 있던 불꽃이 더 밝게 황금빛 광채를 쏟아 내면서 웅장하고도 미려한 불사조로 모습을 바꾼다.

페니아가 보유한 고유 마법 중에서도 특히 외형이 화려하고 무시무시한 열량을 가진 마법이었다.

날아오르는 황금빛 불사조는 에르메르뿐 아니라 관객들의 얼굴도 찬란하게 비춰 낼 만큼 밝은 광채를 쏟아 내면서 거대한 얼음 창과 정면으로 격돌하여 방대한 수증기로 바꿔 놓았다.

뻔히 예측한 결과가 다 나오기를 기다리지 않고 페니아는 재차 새로운 마법 행사에 들어간다.

"오옷홋홋홋홋. 에르메르 씨, 상당한 강적이셨습니다만, 머리 위쪽에 승리의 별이 반짝반짝 빛나고 있는 사람은 바로 저랍니다!"

아직 얼음 창이 3할쯤 남아 있는 와중에 페니아는 두 번째 【블레이즈 버드】를 발동한 뒤 놀랍게도 그것을 자신의 몸에 두르고 돌격을 감행한다.

황금빛 불사조는 터무니없는 열량과 박력과 함께 에르메르에게 육박했다.

그에 맞서서 에르메르는 거대 화염구를 막았을 때와 마찬가지로 두 장의 석판을 자기 눈앞에 배치해서 페니아의 돌격을 막아 내고자 시도했다.

"후후훗, 짐작하건대 그 석판은 마법 봉인의 물품이군요. 소문은 들어서 알고 있습니다만, 실물은 이 자리에서 처음 보았어요. 방금 전 제 화염구를 흡수함으로써 석판에 새로운 기록이 각인되었군요. 그리고 이 블레이즈 버드의 기록도!"

페니아가 지적한 대로 에르메르가 물, 얼음 계통의 마서와 함께 준비했던 페니아 대책은 마법을 기록으로서 흡수한 뒤 봉인하는 특별한 석판이었다.

이것은 어느 마법사의 계파 한 곳에서만 제조할 수 있는 희귀한 마도구인데 석판이나 마서의 용량 한계까지 다수의 마법을 거두어들일 수 있는 물품이다.

"국내외에 넓은 정보망을 가지고 있다는 페닉스 가문, 과연 박식하군요."

에르메르는 담담하게 대답하면서도 시합이 시작된 이후 처음으로 씁쓸함에 가까운 표정을 짓고 관자놀이에 식은땀을 살짝 흘렸다.

한편 페니아는 윙윙 소리를 내며 불타는 황금빛 불사조의 중심에서 득의양양하게 웃는다.

"오호호호, 하지만 그 석판도 설마 마법을 무한하게 흡수할 수는 없겠죠. 석판과 저, 버티기 싸움을 하죠!"

봉인의 석판에 【블레이즈 버드】에 관한 기록이 새겨짐에 따라 불꽃의 기세가 순식간에 약해져 간다.

이대로 대치 상태를 유지하면 곧 봉인은 끝날 것이다. 다만 페니아가 아무렇지도 않게 아직껏 계속 미소를 짓고 있다는 것이 에르메르에게는 큰 두려움이었다.

"제 마력과 근성은 이런 정도로 바닥나지 않는답니다. 바제 씨와 한 특훈에서 가로아의 흙 맛을 느껴본 경험은 헛고생이 아니거든요!"

아무래도 페니아는 석판이 한계를 맞이해서 흡수를 못하게 될 때까지 거듭 마법을 날릴 의도인 것 같다— 그렇게 파악한 에르메르는 【블레이즈 버드】가 완전히 석판에 봉인되었을 때 발생할 일순간의 공백에 반격을 쏟아붓고자 세심하게 주의를 기울여서 빈틈을 살피고 있었다.

다만 에르메르에게는 빈틈을 찌를 기회조차 허락되지 않았다.

【블레이즈 버드】의 불꽃이 사라지자마자 거의 곧바로 또 새로운 불꽃이 날아들었기 때문이다.

"오홋홋홋홋홋홋!"

돌격 태세로 에르메르의 눈앞에 착지한 페니아는 부채를 척 들이

대며 교범과 같은 높은 웃음소리와 함께 불꽃을 발산했다.

불꽃에 삼켜지게 될 위기를 맞아 에르메르는 곧바로 마법 봉인의 효과를 가진 새하얀 페이지만 있는 마서를 세 권 움직여서 방어에 쓴다.

"아앗, 페니아 선수는 마법 영창을 아예 하지도 않고 저러한 불꽃을 쏟아내고 있는데요, 이것도 역시 특이 체질의 덕분인가요, 해설의 메르르 여사?!"

"네, 맞습니다. 페니아 선수는 단지 집중만 해도 마력을 염열로 바꿀 수 있는 체질이니까요, 마법 행사의 속도가 극히 빨라요. 그렇다 해도 단순하게 집중만 해서 발생시킬 수 있는 불꽃의 힘은 술사의 역량에 크게 좌우되거든요. 지금 페니아 선수가 발생시키고 있는 불꽃의 화력은 중급 마법에도 필적합니다. 아무리 페닉스의 인자 덕분에 높은 불속성 적성을 갖고 있더라도 정말 예사롭지 않은 솜씨네요. 아마도 웃음소리에 마력을 실어 영창을 대신하는 것 같습니다만, 중급 마법을 저렇게까지 잇따라 연속 행사하는 것은 상식을 벗어나요!"

"음? 지금 한 말씀은 중급 마법을 다수 발생시켰다는 듯이 들리는데요, 페니아 선수는 하나의 마법을 계속 유지하고 있는 게 아니었나요?"

"네. 두 번, 세 번, 네 번, 연속으로 마법을 행사하고 있습니다. 잘 보지 않으면 알 수 없겠지만요, 에르메르 선수가 방어에 사용하고 있는 마법 봉인의 석판에는 계속해서 새로운 기록이 각인되고 있어요. 게다가 그냥 하나의 마법이 아니라 다수의 마법 기록이 끊임없이 각인되고 있는 상황이거든요. 이것은 요컨대 페니아 선수가 저렇게 웃고 있는 지금 이 순간에도 계속해서 새로운 화염 마법을 반복해서 날리고 있다는 증거입니다."

메르르가 거짓 없는 경탄을 담아 해설하는 동안에도 페니아의 온몸에서는 백 명을 한꺼번에 뼈로 바꾸어 놓을 고열량의 화염이 끊임없이 쏟아지고 있다.

그러한 마법임에도 눈 깜짝할 새에 석판과 마서에 봉인되어 에르메르에게 끝내 피해를 입히지는 못한다. 다만 허용량의 한계는 점점 가까워지고 있었다.

"후후후후후, 버티기 싸움은 제 승리군요!!"

혼신의 웃음을 짓는 페니아의 말을 증명하듯이 석판과 마서 각각에 기록의 한계가 찾아왔다.

이 같은 뜻밖의 사태에도 에르메르는 동요를 최소한으로 수습한 채 행동에 나섰다.

바람을 써서 인간과 동물을 납치하는 악마에 관한 기록이 있는 마서를 사용하여 재빨리 현재 위치를 이탈. 곧바로 독을 머금은 물을 내뱉는 물고기 떼의 기록을 발동한다.

일단 반격의 시간을 벌 공격은 날렸다고 에르메르는 생각했다만, 그보다 페니아의 다음 응수가 더욱 빨랐다.

"케이크보다 더 물러요. 비색으로 물든 하늘의 별들!"

페니아의 입에서 한층 더 강한 마력을 담아낸 말이 쏟아지는 순간, 에르메르의 주위에서 흩날리고 있던 수많은 불티가 일제히 팽창하며 주먹 크기의 화염구로 바뀐다.

만약 마서가 봉인량의 한계에 다다르기보다 빨리 버티기에서 질 경우를 대비하여 페니아가 미리 놓았던 포석 중 하나이다.

무대 위에 흩어져 있는 불티와 페니아의 마력, 대기 속에 포함된 자연의 마력을 융합시킴으로써 미량의 마력 소비로 통상의 위력 이상의 더 큰 효과를 발휘할 수 있는 고도의 기술이다.

페니아는 단지 타고난 체질과 특이성에 의지하여 마구잡이로 화염구를 날리기만 하는 불장난 아가씨가 아니었다.

지금 에르메르는 주위가 온통 비색으로 물들었으며 요격을 위해 마서를 움직이기보다 빨리 전방위에서 화염구가 내리쏟아진다. 금세 불꽃에 휩쓸린 에르메르가 다시 관객들 앞에 모습을 드러냈을 때 마서 사용자 소녀는 저지먼트 링이 발생시키는 방어 결계에 둘러싸여 있었다.

"제1시합, 차봉전 종료! 승자, 가로아 마법학원의 페니아 선수."

즉각 심판의 역할을 맡은 메르르가 시합 종료를 선언하면서 가로아 마법학원은 또다시 승리를 장식할 수 있었다.

제5장 뒤얽히는 의도

귀빈석에 예를 올리고 아직 여력을 남긴 페니아와 기력을 다 쏟아낸 모습의 에르메르가 각각 학우들이 기다리고 있는 대기장소로 돌아간다.

"오옷홋홋홋홋, 여러분, 저 페니아가 당당하게 승리와 함께 돌아왔습니다!"

시합 전과 다를 바 없이 기운이 가득한 페니아에게 크리스티나와 드란과 네르는 각각 안도하는 표정을 지어주었다.

레니아는 힐끔 쳐다봤을 뿐 이렇다 할 관심을 표시하지 않았으나 달리 해석하면 시선이나마 보낸 행동은 이 소녀가 타인을 인식하게 되었다고 말할 수 있는 셈이다.

"멋진 활약이었어, 페니아. 과연 『금염의 그대』답군. 오히려 상대를 해준 에르메르가 조금 가엾더라."

"호호, 서로 최선을 다한 결과랍니다, 크리스티나 씨. 지나친 배려는 오히려 상대의 명예를 깎아내리는걸요. 마서 사용자는 드문 상대였습니다만, 특훈을 도와주신 리바 씨와 알렉산드라 씨와 비교하면……. 이런 발언은 조금 안 좋지만요, 아득바득 싸워야 할 난적은 아니었다는 생각이 들더군요."

페니아가 거론한 인물의 진짜 정체를 아는 크리스티나는 『지당한 말이기는 한데……』라면서 허탈하게 웃음을 지을 수밖에 없었다.

신들조차도 외경하는 초월자들과 비견할 만한 상대는 이 지상의 어디를 찾아봐도 드란 이외에는 존재하지 않을 테니까.

쓴웃음 짓는 크리스티나를 대신해서 드란이 대화를 이어받았다.

"어쨌든 간에 2연승. 한 번 더 이기면 승리는 확정이군요."

"네. 여러분이라면 만에 하나는 없을 것이라 확신하고 있답니다. 그나저나 상대도 지난 1년간 쭉 단련을 쌓은 강자예요. 방심해서 좋을 이유는 없죠. 뭐, 여러분이 방심이나 할 만한 분들은 물론 아닙니다만."

목표는 경마제 우승. 1차전에서 패배는 당치도 않다.

페니아는 지금 한 번 더 고개를 깊이 끄덕거리며 가로아의 대표 학생들을 둘러봤다.

"응, 괜찮아. 저 시건방진 애송이를 때려눕히고 바닥을 기게 만들어서 눈물을 쏙 빼줄 때까지는 절대로 방심하지 않아. 그런 다음에도 방심을 할 생각은 없어."

시합 전과 다를 바 없는 뒤숭숭한 발언과 함께 위험한 기세가 눈동자에 깃들어있는 네르네시아를 바라보면서 담대한 페니아도 뺨을 실룩거리는 모습이다.

근본이 다정하고 선량한 페니아는 인생에서 — 비록 네르네시아처럼 굴욕적인 패배를 겪은 경험이 없다지만 — 이렇게까지 누군가를 미워한 적이 없어서다.

"아뇨, 네르네시아 씨의 각오는 물론 든든합니다만, 굳이 그렇게까지 하진 않으셔도 괜찮지 않을까요……?"

"페니아 선배는 물러. 인간은 당한 원한을 자식 세대에까지 물려

주려고 하는 구제불능의 생물이야. 그러니까 내 분노와 증오가 저 자식을 때려눕힐 때까지 풀리지 않는 건 천지만물의 섭리와도 같은 절대적 사안이지."

네르네시아가 가만가만 말하는 동안에 대기장소의 기온이 급격히 차가워지기 시작한다. 이 소녀의 마음속에서 에쿠스는 절대적인 적으로 자리 잡았음을 주위 사람들 모두가 뼈저리게 깨닫는 데 충분한 현상이었다.

"으, 으음. 확실히, 귀족에게 있어 명예는 가끔 목숨보다 앞서는 법이지만요……. 그렇게까지 소름 끼치는 표정을 짓고 계시니 차마 아무런 말을 못 하겠네요."

이러면 정말 에쿠스와 승부를 분명하게 가릴 때까지는 해결 방법이 없겠군— 그렇게 드란과 크리스티나는 나란히 한숨 쉬었다.

"뭐, 어쨌든 일단 네르가 에쿠스와 맞붙어야 결판을 낼 수 있겠지만 말이야."

드란이 입 밖에 꺼냈던 말을 계기로 전원이 정면 수정판에 중견전의 편성이 표시되기를 기다린다.

가로아 마법학원의 중견은 네르네시아다.

이것은 네르네시아 본인의 희망이었다.

에쿠스의 성격을 감안하면 탈다트 마법학원의 선수들이 2연패를 당했을 경우 3연패를 저지하기 위하여 스스로 중견을 자처하고 나설 가능성이 높다고 판단했기 때문이다.

참고로 가로아 측의 부장은 레니아, 대장은 드란이 맡기로 했다.

굳게 3승을 확신하고 있는 드란의 입장에서는 대장이면 마음 편안한 자리를 맡게 됐구나, 라며 느긋하게 준비하고 있다.

한편 지금 에쿠스와 싸우지 못할 경우 네르네시아의 의욕이 바닥에 떨어질 우려가 있는지라 어떤 의미로 이번 제1시합에서는 중견전이야말로 경마제의 최대 난관이라고 드란은 인식하고 있었다.

그리고 정면 수정판에 표시된 이름은…….

“어머나.”

페니아가 입가를 부채로 가린 채 중얼거리고—.

“음.”

크리스티나의 미간에 주름이 새겨지고—.

“흠.”

드란이 살짝 어색해하며 입버릇을 되풀이한다.

“…….”

네르네시아는 무표정의 가면을 깨뜨린 채 묵묵히 말이 없었다만, 온몸으로 몹시 싸늘한 기세를 쏟아 내기 시작했다.

정면 수정판에 표시된 것은, 탈다트 마법학원 측 선수의 이름은…….

베이르.

극단론으로 말하자면 5분의 1의 확률인지라 당연히 지는 경우의 수가 더 많은 도박이기는 했으나 몹시 원통한 실책이겠다.

눈 깜짝할 사이에 어색하고 무거운 분위기가 가득 찬 대기장소에서 애써 용기를 쥐어짜 첫 번째로 말을 꺼낸 사람은 크리스티나였다.

“네르, 여러모로 꺼내고 싶은 말은 많을 테지만. 어쨌든 시합 상대에게는 경의를 갖고 대결에 임하는 것이 예의이기도 하고, 이 시합을 지켜보는 분들도 많아. 어떻게든 의욕을 끌어내서…….”

"응, 크리스티나 선배, 괜찮아. 나는 제대로 싸울 수 있어. 솔직히 말하자면 낙담은 분명히 했어. 하지만 그렇다고 시합에서 대충 싸우지는 않을 거야. 그치만, 조금 화풀이를 하게 될지도 모른다는 건 부정하지 못하겠어."

"으음, 의욕 과다와 화풀이인가. 그것도 어떻게든 자제해주면 좋겠다만……."

"아크 위치한테 시합 중지는 안 당하도록 노력할게."

한편 탈다트 마법학원 쪽에서도 상황은 비슷비슷했다.

사실 에쿠스가 네르네시아를 열렬히 사모하고 있다는 것은 탈다트 학원 측에서는 주지의 사실이다.

시합에 출전하는 베이르는 분명 동료의 관계에 있는 에쿠스에게서 등줄기가 얼어붙는 듯한 시선이 쏟아지고 있음을 깨달았다.

마법학원의 제복을 착용했고, 어딘가 세상에 대해 비뚤어진 태도를 취하는 것 같은 인상이 있는 빨간 머리 소년이 다갈색 눈동자로 머리 하나는 작은 에쿠스를 쳐다본다.

"야, 에쿠스, 난 일단 네 동료거든?"

고양이 수인인 베이르의 적발에서는 삼각형의 귀가 튀어나왔고 엉덩이에서는 줄무늬의 꼬리가 뻗어 나왔다만, 지긋지긋하다는 지금 심정을 나타내듯이 양쪽 다 힘없이 축 늘어져 있었다.

에쿠스는 언뜻 보기에 생글생글 포근한 웃음을 짓고 있었음에도 비우호적인 분위기를 미처 다 숨기지는 못하는 모습이다.

"예, 그렇죠. 물론 베이르 씨의 승리를 기원하고 있습니다. 하지만 저 아닌 사람이 미스 아피에니아에게 과연 승리할 수 있을까 묻는다면 상당히 어렵다고 답할 수밖에 없겠네요. 그러니까 모쪼록 큰 부상은 당하지 않게 조심하면서 싸워주십시오."

정말이지 심상치 않은 에쿠스의 반응을 보고 나머지 네 사람이 똑같이 몹시 지친다는 듯이 한숨을 쉰다.

작년에 네르네시아와 대결한 이후 쭉 에쿠스는 저 소녀와 관련된 말이 나오면 인격이 싹 달라져버린다.

무시무시하구나, 사랑의 마력. 사랑에 눈이 머는 데 남녀는 관계없을 테지.

"그래, 알았어. 알겠다고. 네가 사랑하는 공주님과 맞붙게 되어버려서 진짜 미안하다. 그런데 이건 그냥 운이잖냐. 어떻게든 한 번 대결을 하고 싶다면 경마제가 끝난 다음에 또 말을 걸어봐. 기회 만들기 정도야 내가 얼마든지 도와줄 테니까."

"예에?! 안돼요, 미스 아피에니아한테 말을 걸라니요. 아직 전 마음의 준비가……."

너, 시합 전에는 조롱을 잔뜩 쏟아붓더니 이렇게 나오기냐! 베이르는 마음속에서나마 울컥하고 잔뜩 타박을 늘어놓았으나 굳이 입밖에 꺼내서 말해 봤자 아무런 소용이 없음을 잘 알았기에 결국 묵묵히 풀 죽은 걸음걸이로 무대 위에 올랐다.

이게 전부 다 네르네시아 탓이라며 원망하겠다면 물론 헛다리이나 에쿠스를 이런 모양새로 바꾸어버린 책임은 지게 만들어야겠다고 탈다트 마법학원의 대표 선수들은 마음을 하나로 모아 생각하고 있었다.

"그럼 메르르 여사, 이해하기 이번에도 쉽게 선수들 설명을 부탁드리겠습니다, 네!"

메르르는 하멜이 내는 큰 목소리에 놀라서 다른 사람에게 들려줄 수 없는 기이한 소리가 흘러나왔다만, 어떻게든 마음을 다시 다잡는 데 성공했다.

"네, 네헷?! 으음, 으음……. 가, 가로아 마법학원의 네르네시아 선수는 무투파로 잘 알려져 있는 일당백의 대기사 아피에니아 경을 아버지로, 요새 함락자라는 이명으로 잘 알려져 있는 대마녀를 어머니로 두었고요. 물론 본인도 마법사로서 좋은 소질을 가지고 있습니다. 페니아 선수가 마력을 화염으로 변환할 수 있듯이 네르네시아 선수는 마력을 냉기로 변환할 수 있는 특이 체질의 소유자입니다. 또한 빙랑왕(氷狼王)이라고 불리는 펜리르와 강한 계약을 맺어서 빙결 마법을 자유롭게 다룰 수 있는 마법사이기도 하죠. 페니아 선수가 혈통에 따라 페닉스의 인자를 가진 데 반해 네르네시아 선수는 어디까지나 개인으로서 펜리르와 계약했습니다. 같은 마법학원 안에서 이렇게까지 대조적인 두 사람이 모였다는 것은 왕국 전체의 마법학원 역사를 쭉 살펴봐도 드문 사례입니다."

"오오~ 가로아 마법학원의 인재가 풍부하다는 것을 칭송해야 할까요, 아니면 인연을 끌어들인 뛰어난 운을 부러워해야 할까요."

"다만 관건이 될 수 있는 부분을 말씀드리자면 페니아 선수는 대대로 불 마법을 다루는 데 특화된 가문의 태생이라서 주위에 가르침을 청할 분들이 많이 계셨지만요, 네르네시아 선수의 경우에는 가문 내부에 얼음 마법을 전문으로 하는 선생님이 없었습니다. 자당께서 왕국에서 다섯 손가락 안에 들어가는 대마법사이시니까 초일류의 선생님이라는 것은 틀림없지만요, 페닉스 가문에 쌓인 긴 역사와 경험에는 조금 미치지 못할 것 같네요."

"그렇다 해도 네르네시아 선수 또한 비범한 재능과 체질과 계약을 두루 보유한 극히 강력한 마법사라고 이해하면 될까요?"

"네, 맞습니다. 10년에 한 명 나오는 인재라고 불리고 있기도 하고요, 그 이상이라고도 말할 수 있겠죠. 지난 1년간 수련해서 자신의 체질과 펜리르와의 계약을 얼마나 더 활용할 수 있게 되었는지 기대되네요. 이번 경마제의 결과에 따라서는 더욱더 높은 평가를 받을 수 있을 겁니다."

"으음, 그런 강적과 싸워야 할 상대가 가엾게 느껴지는데요, 베이르 선수의 능력은 어떠한가요?"

"베이르 선수는 마법 전사네요."

"마법 『전사』인가요? 크리스티나 선수처럼 마법 검사가 아니라요?"

사실 몇 번인가 경마제의 중계를 맡은 하멜은 마법 전사와 마법 검사의 차이를 이미 잘 알고 있었지만, 관객들을 위해 은근슬쩍 무지함을 연기하며 메르르에게서 해설을 유도한다.

메르르도 물론 의도를 잘 알았기에 굳이 지적해서 산통을 깨지는 않고 고지식한 얼굴로 해설자의 업무를 수행했다. 이런 대응은 그야말로 찰떡궁합이다.

"네, 그렇습니다. 둘의 차이는 명칭이 잘 나타내주고 있죠. 마법 검사가 검 솜씨에 전투의 주안을 두는 데 반해서 검, 창, 도끼, 활, 지팡이, 투석 등 무기를 가리지 않고 마법의 힘을 보태서 싸우는

쪽을 마법 전사라고 넓은 의미로 정의하고 있어요. 탈다트 마법학원에서는 다양한 마법 도구가 개발되고 있고, 베이르 선수는 학원 내부에서 판매되는 물품 및 손수 제작한 마법 도구를 써서 싸운다더군요."

"으응~ 귀여운 아기 고양이라고 불러주기에는 좀 많이 자랐는데요, 고양이 수인의 신체능력을 마법으로 강화하면서 마법도구를 같이 사용하는 근접전이 전법이겠군요?"

"현재 저희에게 있는 자료로 추측 가능한 전법 중에서는 그게 가장 승산이 높아 보이네요. 네르네시아 선수를 상대하기 위한 마도구를 얼마나 많이 준비했느냐가 열쇠입니다. 네르네시아 선수는 페니아 선수와 마차가지로 한 속성 특화형이니까요, 더욱 상위에 있는 같은 속성의 힘으로 압도하거나 상성 면에서 유리함을 점하는 불의 힘을 이용하는 것이 정석이겠죠."

"페니아 선수와 같은 불 마법인가요?"

"그야말로 극단적인 예가 되겠습니다만 좋은 말씀이에요. 탈다트 마법학원에서 이제껏 개발하고 제조한 수많은 마법 도구의 성능을 최대한 잘 살려 조합한 뒤 사용하면 충분히 승산이 있어요. 베이르 선수가 얼마나 유연하게 싸움을 끌어 나갈지 주목하고 싶군요."

"그리고 베이르 선수 말인데요, 부군은 서쪽을 경계하고 있는 기사입니다. 어릴 적부터 부군께 엄격하게 훈련을 받아왔고, 탈다트 마법학원에 입학했던 첫 학기부터 좋은 성적을 거뒀다더군요."

"어디까지나 개인적인 의견입니다만, 탈다트 마법학원의 선수들 중에서는 크리스티나 선수와 대결했다면 더욱 활약했을 선수라서요. 두 사람의 대결을 보고 더 싶기도 했네요. 물론 아셔스 선수의 활약도 훌륭했습니다."

"흠흠, 그렇다 해도 기대가 된다는 것은 변함없네요. 회장에 계신 여러분께서는 모쪼록 눈도 깜빡이지 마시고 두 선수의 활약을 눈에 새겨주십시오!"

메르르가 수순을 따라 관객들에게 해설하고 있는 동안에 베이르는 스스로도 괜한 참견이라고 생각하면서 에쿠스에게 과연『가능성이 있을지』네르네시아의 얼굴을 보고 진지하게 가늠해본다.

한편 네르네시아는 베이르가 보내는 시선은 전혀 신경을 쓰지 않는 듯 자기 신장만 한 지팡이를 오른손에 쥐고 오로지 냉엄한 눈동자로 에쿠스를 쳐다보고 있었다.

"이걸 어떻게 수습해야 에쿠스가 소원을 이룰 수 있으려나."

"응? 뭐라고?"

베이르의 혼잣말이 들렸는지 네르네시아는 변함없는 무표정으로 되물었다.

"아니, 우리 쪽 천재 군의 심기가 안 좋아서 감당이 안 되는 데다가 너까지 기분이 안 좋아 보이니까 난 진짜 운이 없다고 생각했을 뿐이야."

"흐응."

네르네시아는 정말 흥미가 없다는 듯한 말투였기에 베이르는 점점 더 이번 중견전에 임하는 의욕이 약해져버려서 지금이라도 사퇴할 순 없을까 진지하게 고민하기 시작했다.

그러나 이번 경마제는 영지를 갖지 못하고 봉급생활을 하는 기사

가문에 태어난 베이르에게 있어 장래를 위한 점수 따기에 제격이다. 어떻게든 관전을 하러 온 높은 분들에게 멋진 모습을 보여줘야 하는 입장이었다.

귀빈석에 예를 올리는 절차가 끝나고 베이르가 잡념을 떨쳤을 때 중계석에서 하멜이 시합 개시의 신호를 재촉했다.

"두 선수 모두 준비는 되셨나요? 그럼 관객 여러분을 너무 기다리게 하면 안 좋으니까요, 메르르 여사, 시작 신호를 잘 부탁드립니다."

"으흠, 자, 경마제 제1시합, 중견전, 시작!"

어디 보자…… 베이르는 마른 입술을 할짝여서 적신 뒤 품속에 감춰놓았던 부적에 기원했다.

페니아 및 네르네시아와 대결하게 되면 쓸 용도로 특별 주문한 불 내성, 물 내성, 얼음 내성이 있는 부적이다.

베이르는 교복 이외에 목, 양쪽 손목, 허리, 양쪽 발목까지 여섯 군데에 방어 및 신체 강화의 술식을 짜넣은 장신구를 장비함으로써 마법 도구의 보조를 받아 싸우는 마법 전사였다. 그리고 손바닥에 각인한 전송 술식을 작동시켜서 칼날 중심에 마정석을 집어넣은 단검을 불러내고 좌우 손에다가 한 자루씩 꽉 움켜잡았다.

네르네시아와 싸우게 되었으니 얼음 속성에 유효한 불꽃 속성의 술식을 새겨 넣은 마법 단검을 쓴다.

"나의 몸은 검, 나의 몸은 방패, 나의 몸은 바람, 나의 몸은 강철이 된다."

각 장신구에 담긴 강화 마법을 기동하며 베이르는 네르네시아의 마력 변화에 세심하게 주의를 기울였다.

페니아와 마찬가지로 마력을 직접 냉기로 전환할 수 있는 네르네시아의 마법 행사 속도는 정말이지 평범치 않다.

네르네시아는 지팡이를 오른손으로 쥐고, 빙해의 가장 깊숙한 지점에 있는 얼음에서 깎아 가져온 듯한 차가운 눈동자로 베이르를 쳐다보고 있었다. 저 소녀의 마력이 담긴 시선은 단지 바라보기만 해도 상대에게서 열을 빼앗는 효과가 있었다만, 그것은 베이르가 휴대하고 있는 부적이 막아주었다.

"휘몰아쳐라, 얼음 폭풍."

네르네시아만이 행사 가능한 고유 마법이 발동하자 무대 위쪽은 주먹만 한 얼음덩어리를 머금은 폭풍이 마구 불어닥치면서 순식간에 하얗게 물들었다.

베이르는 충분히 준비해놓은 부적들 덕에 간신히 얼음 알갱이가 섞인 폭풍의 직격을 막아 낼 수 있었다만, 시야가 절반 가까이 막힌 데다가 바닥까지 순식간에 얼어붙기 시작한 상황이었다.

"이런, 이런, 진짜로 왕도를 눈 속에 파묻어버릴 것 같은 마력이군. 에쿠스의 편애가 담긴 평가인 줄 알았는데 이건 진짜로 위험하다."

고양이 수인 특유의 기민함에 더하여 장신구가 베풀어주는 신체 강화의 효과로 베이르는 발소리 한 번 안 내고 무대 위를 달린다.

다행히 부적은 네르네시아의 마법에도 효과 만점이었다만, 이런 수준의 부하를 쭉 받아 버텨야 한다면 언제까지 효과가 유지될 수 있을지 불안감을 느끼게 된다.

"어라라, 이래서는 무대 안쪽이 안 보입니다! 중계와 해설에게 이렇게 불친절할 수가— 그나저나 정말 굉장한 마법을 사용했네요!"

"거의 대부분이 생략된 영창으로 이런 결과를 불러올 수 있다니 가로아 마법학원은 천재의 보고인가요! 베이르 선수는 어쩌고 있죠?!"

왕국의 개벽 이래로 가장 뛰어난 대마법사라며 재능을 칭송받는 메르르가 놀라움을 숨기지 못한 목소리로 외치는 전개 속에서 베이르는 냉정하게 사태에 대처하고 있었다.

"칼날이여, 불꽃을 둘러라."

베이르가 꺼내는 말에 따라 단검에 담긴 술식이 기동하고 칼날이 붉게 가열되며 불꽃을 두른다.

많은 숫자와 높은 품질의 마법 도구들은 탈다트 마법학원의 강점 중 하나이다.

부적에 더하여 불의 마력을 띤 단검을 종횡무진 휘둘러서 베이르는 얼음 폭풍을 베어 가르고 전진한다. 그 모습을 네르네시아의 눈동자는 냉엄한 눈빛으로 지켜보고 있었다.

"얼음 칼날의 질주, 아이스 사이드."

그 말과 동시에 지면에 반월형의 얼음 칼날이 다수 생겨나서 사냥감을 노리는 상어와 같이 베이르에게 들이닥쳤다.

더욱이 네르네시아의 주위에서는 팔뚝만 한 두께와 길이를 가진 얼음 화살이 잇따라 생겨난다.

네르네시아는 근접 전투도 수행할 수 있지만, 기본적으로는 걸음을 멈춘 채 마법을 행사하는 전형적인 마법사의 전법을 특기로 한다.

발밑에서 들이닥치는 얼음의 낫과 공중에서 들이닥치는 얼음 화살의 합동 공격에 맞서 베이르는 양손에 쥔 단검으로 얼음 화살을 쳐서 떨구고, 빼어난 몸놀림으로 얼음 낫을 회피했다. 아울러 미처

다 처리하지 못한 공격은 부적을 믿고 버티며 네르네시아를 목표로 돌진한다.

곡예사와 같은 민첩함으로 전진하는 베이르의 움직임을 네르네시아는 변함없이 냉철한 눈동자 안에 포착한 채 결코 놓치지 않았다. 이따금 번개와 같은 신속함으로 움직이는 재주를 익힌 크리스티나, 오히려 더 빠른 드라미나와 드란과 비교하면 눈으로 좇을 수 없는 속도와 움직임은 아니다.

베이르는 다리를 멈추지 않고 양손에 든 단검을 네르네시아 목표로 전력을 다해 투척했다.

비록 페니아에게는 미치지 못할지언정 고열의 불꽃을 둘러서 날린 단검은 얼음 폭풍을 꿰뚫었으나 네르네시아까지 약간의 거리를 남겨놓은 곳에서 기세를 잃고 폭풍에 휩쓸려 날아가버린다.

다만 단검이 폭풍을 베어 가르고 날아갔던 궤도를 따라 네르네시아에게 다다를 수 있는 경로가 만들어졌다.

"으리야앗!"

베이르는 빈 양손에 전송 술식으로 꺼낸 검은색 원통을 꽉 쥐고 잇따라 네르네시아에게 집어 던졌다.

원통 안에는 흑색 화약과 분말 상태로 가공한 마정석, 화정석, 뇌정석이 베이르의 독자적인 방법으로 배합되어 봉입되어 있다. 미량의 마력을 원통에 흘려 넣음으로써 임의의 시간에 기폭시킬 수 있는 폭탄이었다.

휘잉, 바람을 가르는 소리와 함께 날아든 원통을 위험물이라 판단한 네르네시아는 전방위에 발생시켰던 얼음 폭풍을 원통을 향해 집중시킴으로써 상대가 투척한 원통 두 개를 얼음덩어리로 가둬버렸다.

다만 원통은 얼음덩어리가 되어도 기능을 잃지 않았기에 네르네시아와 베이르의 중간 지점에서 불꽃과 벼락을 쏟아 내며 폭발한다.

"미안하군, 통에는 동결 대책을 마련해놨다. 자, 또 받아라!"

베이르의 손바닥으로 잇따라 원통이 전송되고, 모두 네르네시아에게 투척된다.

동결 대책을 마련해 놓은 원통을 얼리는 것은 비효율적이라고 판단한 네르네시아는 그 대신 얼음 화살을 잇따라 만들어내서 자신에게 날아드는 원통을 꿰뚫는 방법으로 전환했다.

얼음 폭풍이 멎고 무대의 위에 얼음 화살에 꿰뚫린 원통이 차례차례 바닥을 구르는 가운데 차츰차츰 네르네시아와의 거리를 좁히고 있었던 베이르가 마치 연극배우처럼 과장된 동작으로 왼손을 척 내밀어서 관객들의 주목을 모은 뒤 커다랗게 따악 소리를 냈다.

"폭발은 이쪽에서도 조작이 가능하걸랑? 한꺼번에 폭발시키면 위력도 상당할 거다."

베이르가 손가락을 튕기는 것과 동시에 지향성을 조작당한 폭풍과 화염, 벼락이 네르네시아에게 덮쳐들어서 온몸을 휘감는다.

이렇게 끝장을 볼 수 있다면 횡재이기는 한데 작년에 에쿠스와 정말 요란하게 맞붙었던 상대인 만큼 막연한 기대를 일찌감치 버린 베이르는 경계를 늦추지 않았다. 또한 눈동자에는 투시의 마력이 담긴 투명한 막을 부착했기에 폭풍에 휩쓸린 네르네시아의 모습을 또렷하게 포착할 수 있었다.

자신이 발생시킨 폭풍 때문에 적의 형체를 놓쳐버리는 실수는 저지르지 않았다.

네르네시아는 더욱 차갑고 더욱 농밀한 얼음 마력을 몸의 표면에 둘러서 순간적으로 수막을 형성함으로써 폭풍 및 화염, 벼락으로부터 몸을 지키고 있었다.

“와아아아, 네르네시아 선수, 이제 끝인가 싶었는데 아마도 마력으로 스스로를 보호한 것 같습니다. 저 폭발을 막아내다니 굉장하네요, 메르르 여사!”

“네, 저런 규모의 폭발을 일으켰을 뿐 아니라 지향성을 부여한 베이르 선수의 폭약 조합 실력도 훌륭합니다만, 네르네시아 선수의 빙결 마력이 이런 수준이었다는 게 조금 믿기지 않습니다.”

하멜과 메르르는 시합의 당사자가 아닌지라 마음 편하게 해설만 할 수 있었지만, 실제 네르네시아와 대치하고 있는 베이르는 저절로 혀 차는 소리가 한 번 흘러나왔다.

“쯧, 순간적인 판단력도 심상치 않군.”

베이르가 혼자 투덜거리는 동시에 네르네시아의 온몸에서 펜리르의 마력이 일제히 몰아치기 시작하면서 폭연을 얼려 흩어버렸다.

머리카락을 잡아 뽑을 기세의 바람을 맞으며 무의식중에 베이르는 다리를 멈춘다.

등 뒤에 펜리르의 환영을 거느린 네르네시아가 이쪽을 쏘아보면서 입을 열었다.

“네 얼음막이 부적의 효과는 대단했어. 하지만 펜리르의 영격에도 대항할 수 있을까?”

"아니, 글쎄다. 네가 펜리르와 계약했다는 얘기는 들었는데 환영이 실제 형체를 이뤄 나타날 만큼 굳건하리라는 생각은 미처 못 했는데."

"그래, 내 1년의 수행 성과를 허술하게 평가했구나."

네르네시아의 등 뒤에 모습을 드러낸 빙랑왕의 환영을 보고 관객과 마법학원의 학생들은 물론 관전하고 있던 궁정 마술사단도 크게 놀랐다.

펜리르만 한 고위의 영적 존재와 이렇게나 밀접한 계약 관계를 이룬 인물은 왕국에도 헤아릴 수 있는 몇몇뿐이었다.

"끝이야, 네가 졌어. 빙랑동포파(氷狼凍咆波)!"

"이런 걸 대체 어떻게 막으라는 거냐……. 거참, 가로아 마법학원은 뭔 교육을 하는 거야."

이렇게까지 엄중하게 얼음 대책을 마련했는데도 불구하고 단순히 높은 공격력에 공략당하게 될 줄이야.

베이르는 불평을 늘어놓으면서 펜리르가 날린 물리법칙을 무시하는 동결의 포효에 휩쓸렸다.

물론 저지먼트 링의 가호를 받아 혼까지 동결, 분쇄당하는 꼴은 면했으나 심장에 몹시 안 좋은 체험을 한 것은 틀림없었다.

펜리르의 포효와 환영이 사라진 다음에는 저지먼트 링의 결계 속에 있는 베이르와 바닥도 대기도 얼어붙은 무대가 남았을 뿐.

만약 결계가 없었다면 베이르의 몸도 이 참상의 일부가 되었을 테지.

얼음막이의 부적을 부적으로는 미처 방비할 수 없을 만큼 강력한 얼음의 마력으로 깨부숴 보인 네르네시아의 우격다짐 공략법을 본

회장의 관객들이 이곳저곳에서 어이없어하는 반응과 함께 감탄성을 터뜨렸다.

어쨌든 결판을 낸 일격이 얼마나 단순 무식했든지 승패가 결정된 것은 사실이니까 메르르가 중견전 시합 종료를 선언한다. 네르네시아는 다음 시합에 지장이 발생하지 않도록 무대 위쪽에 남은 냉기 전부를 지우고 얼음도 녹인 다음에 귀빈석의 스페리온 왕자 및 프라우 왕녀에게 예를 갖추고 무대에서 내려왔다.

중견전이 끝나서 대기장소로 돌아오는 동안 네르네시아는 에쿠스를 굳이 돌아보지 않았다만, 만약 고개를 돌려 바라봤다면 더욱더 깊이 사랑에 빠진 소년의 표정을 목격할 수 있었을지도 모른다.

에쿠스와는 비록 싸우지 못했으나 일단 울분을 쏟아낸듯한 네르네시아는 제법 고조된 표정을 지은 채 돌아왔다.

베이르를 괴롭혀줌으로써 짜증이 가라앉은 덕일까, 적어도 온몸으로 냉기를 발산하는 행동은 중단되었다.

"다녀왔어. 제대로 싸워서 제대로 이기고 왔어."

네르네시아는 살짝 의기양양하게 말한 뒤 관객석에서 손을 흔들고 있는 파티마와 세리나에게 본인도 살며시 손을 흔들어줬다. 멋지게 승리를 거머쥐고 가로아 마법학원의 준결승전 진출을 확정시킨 네르네시아를 파티마와 크리스티나가 따뜻한 웃음으로 맞이해준다.

"수고 많으셨어요, 네르네시아 씨. 멋지게 저희 가로아 마법학원의 승리를 결정짓고 오셨군요! 이제 2회전에 올라갈 수 있어요."

"제법 버거운 상대였지만 순당한 결과이려나."

"응, 임무는 달성했어. 뒷일은 레니아랑 드란한테 맡길게."

이미 자신이 해야 할 일은 끝났다고 생각을 하는 네르네시아의 얼굴과 몸에서는 완전히 힘이 빠져 있었다.

"그래, 내게 맡겨다오. 2회전 진출은 결정되었지만 모처럼 활약을 펼칠 기회가 주어졌잖나. 나름대로 멋진 대결을 보여줘야겠지."

네르네시아의 승리 덕분에 나머지 경기의 승패는 의미가 없어진지라 다음 시합의 진행을 고려하자면 비장의 수법은 숨긴 채 싸우는 것이 영리한 행동이기는 하다. 그러나 관객이 열광할 수 있는 대결을 펼쳐야 축제답다는 것이 드란의 생각이었다.

네르네시아도 다시 차분해진 지금은 레니아가 최대의 문제이다.

아버지로 따르는 드란이 보고 있으며 관객석에는 친구 이리나와 양친의 모습이 있다.

누구의 눈으로 봐도 레니아가 지나치게 분발할 것은 명백했다. 이미 확정된 사안이다.

만에 하나의 사태가 벌어지면 드란이 곧장 개입할 계획이기는 한데…….

이제까지 쭉 섬뜩할 만큼 침묵을 지켜왔던 레니아가 부장전의 출전 선수가 정면 수정판에 표시되자 시선을 그쪽으로 향했다.

"오호, 드디어 나의 차례인가. 자, 어떻게 놀아줘야 할까."

수정판에 출력된 자신의 이름을 보고 레니아는 호전적인 본능을 노출하며 흉악하게 미소 짓는다.

그 모습을 보고 드란과 크리스티나, 페니아, 네르네시아는 대전 상대 선수를 진심으로 동정했다.

고차원의 영적 존재인 펜리르의 포효를 — 저지먼트 링에 보호를 받았다지만 — 정면에서 감당해야 했던 베이르는 공황상태에 빠질 뻔했다만, 대기장소로 돌아올 무렵에는 안색이 살짝 안 좋은 정도까지 회복되었다.

그럼에도 평소의 능글능글한 태도는 온데간데없다.

베이르가 패배함에 따라 탈다트 마법학원의 1회전 패퇴가 결정된 터라 하루트와 싸워서 작년의 굴욕을 씻어내겠다는 에쿠스의 목표도 동시에 무너졌기 때문이다. 베이르와 마찬가지로 패배를 겪은 아셔스와 에르메르도 1회전 패퇴의 책임을 느끼고 있었기에 에쿠스와 나머지 한 명의 선수, 루우데에게 못내 미안함을 표시한다.

이들에게도 이번 대회는 작년의 패배를 설욕하고 왕국 상층부에 자신들의 실력을 과시할 수 있는 다시없는 기회였던 만큼 패배에 대한 아쉬움이 있는 것은 전원이 마찬가지였다.

탈다트 마법학원의 부장은 3학년 여학생 루우데이다.

후드가 딸린 붉은색 로브를 걸쳐 입고 왼손에는 비틀린 영목의 나뭇가지를 들고 있어서 무척이나 마법사 같은 복장이었다. 테없는 안경을 쓴 용모는 눈매가 조금 과하게 날카로운 것을 제외하면 충분히 단정하다고 말할 수 있다.

눈매 이외에는 사방을 향하여 뾰족뾰족 뻗은 흑발이 인상적이다.

이제껏 세 번의 시합을 가까이에서 본 루에데는 절대 자신들이 너무 약해서 진 것이 아니라 대전 상대인 가로아 마법학원이 비정상적이라 말해야 할 만큼 강했음을 인식하고 있다.

만약 자신이 크리스티나, 페니아, 네르네시아 중 어느 한 사람과 맞서 싸웠더라도 도저히 이길 자신은 없었다.

그래서 루우데는 베이르가 패배를 사죄하는 말을 입에 담았을 때 제일 먼저 탓하지 않겠다는 뜻을 전했다. 심기가 상한 에쿠스가 신랄한 말을 쏟아붓지는 않을까 염려했기 때문이었다.

"미안하다, 에쿠스, 루우데. 네르네시아가 작년보다 더 강해졌을 거라 예상은 했었는데 예상을 훌쩍 뛰어넘었더라. 보는 바대로 꼴사납게 져버렸군. 정말 미안하다."

"아니, 베이르는 건투했어. 베이르뿐이 아니야. 아셔스도 에르메르도 저렇게 강한 적을 상대로 잘 버텨 싸웠어. 진 이상 당연히 분하겠지만, 솔직히 상대는 우리 예상을 훨씬 뛰어넘는 강적이었다고 인정해야 할 테지."

"그렇게 말해주니 고맙긴 하네. 그래도 역시 미안한 마음은 떨칠 수 없군. 특히 에쿠스, 네가 얼마나 단단히 마음을 먹고 준비했는지 알면서 이런 결과를 만들어 놓은 것은 뭐라고 할 말도 없다. 미안해."

루우데의 중재와 베이르의 꾸밈없는 사죄, 그리고 아셔스와 에르메르의 시선을 받고 에쿠스는 한 번만 거하게 숨을 들이마셨다가 천천히 내뱉었다.

"저기 말이죠, 저는 전력을 다해 싸우고 온 사람에게 악담을 할 만큼 막돼먹은 인간이 아닙니다. 오히려 저를 그렇게 봤다는 게 더욱 화납니다만."

에쿠스를 바라보는 주위 사람들의 시선은 그동안 쌓인 행동이 초래한 결과이며 당연한 귀결이다만, 당사자에게는 딱히 자각이 없었다.

하루트와 만나 패배의 맛을 뼈저리게 느낀 이래로 에쿠스는 다른 사람의 실수 및 패배에 관대해졌고 아울러 성품도 조금 둥글어졌다. 그것은 베이르 및 다른 선수들도 이해하고 있었지만, 역시 이전의 에쿠스에 익숙한 만큼 지금도 위화감은 있다.

"아니, 뭐, 알긴 하는데, 역시 패배는 패배잖냐. 원망의 말을 들을 각오는 했단 말이다."

나이에 어울리는 몸짓으로 가볍게 심통 부리는 에쿠스를 보고 베이르는 어색함과 안도가 뒤섞인 표정을 지은 채 고양이 귀의 뿌리 부분을 왼손으로 긁적거렸다.

"거참, 황당한 편견과 착각이군요. 사고를 더욱 유연하게 가지는 게 좋겠습니다. 마법을 다루는 자에게 있어 경직된 사고와 시야는 큰 적이니까요. 게다가 제 눈으로 봐도 이제까지 싸운 세 사람은 전원 이상하리만큼 강한 실력자였습니다. 적어도 1년 전의 저나 하루트 씨보다 위더군요. 특히 미스 아르마디아는 지금의 저도 위태로운 상대입니다. 작년 가로아 마법학원은 4강 중 겨우 두 사람만 경마제에 출전했다는 것을 생각하면 4강이 전원 출전한 올해는 당연히 작년과 비교도 안 될 만큼 강력한 전력이라고 말해야 할 테지만 그럼에도 너무 강합니다. 정말이지 달리 설명할 말이 없어요."

"에쿠스가 이렇게까지 말할 줄이야. 정말로 강한 상대와 1회전에서 맞닥뜨려버렸구나."

"그런 거죠. 다음에 나올 미스 블라스터블라스트도 4강 중 한 명. 상당한 실력자일 겁니다. 유감스럽게도 1회전 탈락은 이미 결정되기도 했고, 루우데 씨는 너무 긴장하지 마시고 편히 싸우고 와주십시오. 최악의 경우 5전 전패만큼은 제가 오기로라도 저지할 테니까요."

에쿠스가 자기 나름대로 루우데가 긴장하지 않게 에둘러 격려를 한 말이었는지, 아니면 바보 취급하는 말이었는지 조금 판단하기 어려운 대사였다. 다만 루우데를 포함한 네 사람은 전자라고 해석을 했다.

"에쿠스, 나도 멋진 모습을 하나도 못 보여주고 질 생각은 없어. 나는 처음부터 승리를 포기하고 싸우러 갈 만큼 주제 파악이 잘되는 여자가 아니니까. 그리고 네 대전 상대…… 드란 군이었던가? 그 남자는 여름에 발생했던 고블린 남하 사건에서 큰 활약을 펼쳤다니까 절대 방심해도 될 상대는 아닐 거야."

"방심을 하는 멍청한 짓은 안 합니다. 작년 가로아는 4강과 4강이 아닌 선수의 역량 차이가 상당히 벌어져 있었습니다만, 올해는 그런 기대를 할 수 없잖습니까. 그보다 슬슬 나가야 할 시간이 아닌가요?"

"알고 있다면 더 이상 나는 해줄 말이 없네. 좋아, 다녀올게. 어떻게든 1승을 쟁취할 수 있도록 최선을 다하겠어."

최선을 다한들 이길 수 있을까? 그렇게 내심 의문을 품으면서 루우데는 동료들에게 가볍게 미소 짓고 무대의 위로 다리를 움직인다.

그곳에서 마주하게 될 대전 상대의 정체를 알 방법이 없었다는 것은 오히려 루우데 본인에게 행운이었다.

시합이 시작되기 전부터 공포와 절망의 바다 밑바닥에 나가떨어지는 꼴은 면했으니까.

†

혼의 아버지 드란과, 적이라 간주해야 할지 아군이라 간주해야 할지 알 수 없는 케이아스, 학우들, 그 밖에 무가치한 관객들이 지켜보는 가운데 레니아는 여유롭게 걸음을 내디딘다.

관객석에서 몰려드는 수많은 시선 중 세리나와 드라미나, 류키츠와 루우, 파티마, 이리나의 눈길은 레니아에게 신비로운 편안한 마음을 느끼게 했다.

그것은 이제껏 경험한 적 없는 감각이었으며 레니아는 이런 변화를 조금 기쁘게 생각했다.

아마도 레니아는 지금 기분이 좋은 것 같음을 알아보고 드란은 안도의 숨을 내쉰다.

두 선수가 무대 위를 걷는 와중에 중계석에서는 메르르가 또 해설을 시작하고 있었다.

"드디어 경마제 제1시합도 부장전을 맞이하게 되었습니다. 이제까지 경마제에서 참 많은 시합을 봐왔던 저 같은 광대의 눈으로 봐도 이번에는 놀랄 만큼 볼거리가 많은 시합뿐이군요."

이것은 하멜치고는 드물게 과장이 없는 발언이었다.

해설을 맡은 메르르가 감탄을 터뜨렸을 만큼 최근에 보기 드문 우수한 인재들이었음은 틀림없다.

"네. 페니아 선수, 네르네시아 선수는 작년과 다른 사람인 것처럼 보일 정도로 큰 성장을 보여줬습니다. 또한 첫 출전인 크리스티나 선수는 시합에서 화려함은 조금 부족했습니다만, 페니아 선수와 네르네시아 선수를 상회하는 실력을 갖고 있다고 평가해도 되겠죠. 특히 단순한 베기로 아셔스 선수의 마법 무구에 부여된 마법을 모조리 해주했던 것은 주목할 가치가 있습니다. 아마도 높은 영격의 소유주가 극한으로 집중한 끝에 발현할 수 있는 기적, 아니면 신통력이라고 불리는 종류의 현상이라고 생각됩니다. 고위 성직자 및 신탁을 받은 영웅 등등이 드물게 습득할 수 있는 자질입니다만, 그런 사실을 감안해도 크리스티나 선수는 정말 대단한 원석이었던 셈이죠."

"으음, 천하의 아크 위치가 이렇게 칭찬을 하는 크리스티나 선수, 경마제가 끝난 다음에 이곳저곳에서 화제의 중심이 되어 유명세를 치를 것 같군요? 만약 고생이 심하다면 항의는 메르르 여사 앞으로 부탁드립니다."

"자꾸 이렇게 장난칠래! 앗, 으음, 으흠, 실례했습니다. 그럼 부장전에 출전하는 두 학원의 선수에 대해 설명해드리겠습니다. 탈다트 마법학원의 루우데 선수는 대대로 우수한 소환 마법사— 즉 서머너의 가계에 속한 학생이군요. 로브와 지팡이도 다양한 소환의 촉매가 될 수 있도록 복수의 희귀 소재를 조합해서 만들어 낸 마법 물품입니다. 흠흠, 꽤 복잡한 술식으로 구성되어 있네요. 당장 최전선에 나가도 서머너로서 활약할 수 있겠어요."

"오오, 오늘의 메르르 여사는 칭찬의 말을 아끼지 않는군요. 아뇨, 정당하게 평가했을 뿐이니 딱히 별일인 건 아닙니다만. 아무튼 일반적인 서머너의 전법을 가르쳐주시겠어요?"

"네. 서머너는 사전에 계약을 맺은 대상을 멀리 떨어져 있는 곳이나 경우에 따라서는 이세계에서 소환하여 전투 및 기타 잡무에 동원할 수 있는 마법사입니다. 전투 부분에서는 대체로 생물 및 정령의 부류를 소환해서 싸우게 하는 경우가 많은데요, 화산의 용암류나 뇌운의 벼락을 소환, 혹은 특수한 무구 따위를 소환해서 적대자에게 던지는 등 다양한 응용이 가능합니다. 기본은 일시적으로 이쪽에 불러 놓았다가 볼일을 마치면 송환하는데요, 항상 서머너의 곁에 머무를 수 있도록 계약을 맺고 호위처럼 쓰는 경우도 있습니다. 서머너와 소환 대상과의 상성에 따라 계약의 난이도에 차이가 발생하는 것도 특징이에요."

"아하. 특정한 분야의 소환에 뛰어나다거나 폭넓은 소환이 가능하냐에 따라 상대방의 대처 난이도가 많이 달라지겠네요."

"특히 소환된 사례가 적어서 대처 방법이 확립되지 않은 소환 마법을 구사하면 우위에 설 수 있겠죠. 자, 이에 맞서는 가로아 마법학원의 레니아 선수는 작년 고등부에 진학한 직후 4강에 들어왔습니다만, 크리스티나 선수와 마찬가지로 작년에는 경마제에 출전을 하지 않았습니다. 그 때문에 어느 정도의 역량을 갖고 있는지 상세한 정보는 불명이군요."

"같은 4강이니까요, 앞선 세 선수를 보고 추측하면 역시 수십 년에 한 명이 나올 인재라는 것은 틀림없지 않을까요? 과연 어떻게 메르르 여사를 놀라게 만들어줄지 이것도 살짝 기대되네요."

메르르가 어떻게 놀랄까 기대한다는 것이 하멜에게만 적용되는 말은 아니었다.

역대 궁정 마법사와 비교해도 특히 대단한 힘을 보유한 메르르가 자신 이외의 마법사에게 놀라움을 표시할 만한 기회는 좀처럼 없었던지라 동료들은 신선함과 질투를 느끼면서도 시합을 관전 중이었다.

하멜의 기대 발언은 굳이 언급하지 않고 메르르는 손에 든 자료를 훑어보면서 입을 열었다.

“가로아 마법학원에서 제출한 자료를 살펴보면 레니아 선수는 사념 마법을 주로 활용하는 마법사네요.”

“사념 마법이요? 익숙하지 않은 마법이네요. 구체적으로 어떤 마법인가요? 메르르 여사.”

“상당히 특이하고 사용자도 적은 마법입니다. 인간의 뇌에는 아직 잠들어 있는 힘이 많은데 그중 일부가 활성화됨으로써 행사 가능한 것이 염화와 투시, 최면, 염동, 발화, 순간 이동과 같은 이른바 초능력이죠. 사념 마법은 이 같은 초능력에 의해 발생하는 현상을 마법으로 재현해서 쉽게 다룰 수 있도록 하는 시도에서 탄생한 분야입니다. 사용자의 사념 내지는 의지의 강함에 따라 효능이 크게 증감하고, 영창 및 술식을 거의 필요로 하지 않는다는 게 특징이군요.”

“흠흠, 정령마법과 섭리 마법만큼 속성에 좌우되지 않는 마법 같군요. 별로 상성을 신경 쓸 필요가 없을 것 같습니다.”

“그렇죠, 많은 마법에서 보이는 상극이라는 개념과 별 관계가 없습니다만, 굳이 말하자면 영적 존재에 대한 효능이 행사자의 영격에 크게 좌우된다는 것이 결점이라면 결점일까요? 정령과 신들의 영격에 의지하는 정령마법이나 신성 마법과 달리 사념 마법은 어디까지나 행사자 본인에게 모든 것을 의존하니까요.”

물론 레니아의 경우는 자기 자신의 영격이 대신급인지라 이곳 지상 세계에서는 — 드란을 제외하고 — 어떤 존재도 혼의 격에서 발밑에도 미치지 못한다는 사실까지는 메르르도 알지 못한다.

레니아는 왕국 최강의 마법사라며 극구 찬양을 받는 아크 위치의 해설에는 전혀 흥미를 나타내지 않은 채 관객석의 어느 한 지점으로 시선을 옮겼다.

귀빈석과 대귀족의 자리에서는 꽤나 떨어진 곳에 레니아의 인간 아버지 쥬리우스와 어머니 라나, 블라스터블라스트 가문의 고용인들이 앉아 있었다.

사랑하는 딸의 자랑스러운 시합을 보는 것만이 목적은 아니겠으나 양친은 굳이 영지에서 나와 이렇듯 애써 왕도를 방문했다.

경마제 개최 중에는 긴급 사태가 아닌 한 선수과 일가친척의 접촉은 허용되지 않으니 느긋하게 부모 자식의 시간을 가지려면 경마제가 끝날 때까지 기다려야 한다.

쥬리우스와 라나는 거친 전투에 면역이 없는지라 이제껏 치른 세 시합의 치열함을 보고도 멍한 모습이었다만, 사랑하는 딸아이의 출전 순서가 오자 안색이 확 바뀌어 뚫어져라 무대에 시선을 보내고 있다. 딸이 자신들을 보고 있다는 사실을 깨달은 쥬리우스와 라나는 무척 기뻐하며 웃음을 띠고 살짝 손을 흔들었다.

레니아는 손을 흔들어 답하는 대신에 단지 인간 부모를 빤히 쳐다보고 있었다.

그러다가 메르르의 신호에 따라 귀빈석에 예를 올린 뒤 대전 상대 루우데와 거리를 벌리고 무대 위쪽에 선다.

구체적인 실력의 수준은 비록 알 수 없겠지만, 루우데가 더할 나위가 없을 만큼 경계심을 보이고 있음은 분명했다.

제아무리 경계한들 전부 쓸데없는 짓이지만, 이쪽을 우습게 보고 덤비는 상대보다는 낫군— 그렇게 레니아는 철저하게 강자의 시선으로 대전 상대를 평가했다.

'자, 아버님과 아버지와 어머니와 이리나가 지켜보고 있는 이상은 꼴사나운 모습을 보일 수 없구나.'

레니아는 다시 또 기합을 넣었다만, 섣불리 기합을 넣었다가는 관객석의 안전장치인 결계 및 저지먼트 링의 장벽을 파괴할 수도 있다는 사실은 깨닫지 못한 것 같다.

시합 이외의 딴생각에 정신이 팔린 레니아와는 정반대로 루우데는 시합 개시 신호가 떨어지면 즉각 지팡이와 로브에 마력을 주입하고자 때를 가늠하고 있다.

'그건 그렇고 거슬리는 관객 녀석들이 참 많군. 아버님의 활약을 눈에 담아낼 인간의 숫자가 많은 것은 기껍다만, 구경거리 취급은 불쾌하기 짝이 없다. 그러고 보니 크리스티나와 페니아의 가족이 견학을 와있다고 말했었지. 그렇다면 눈앞에 있는…… 분명히 루우데라고 했던가, 저 여자의 가족도 있는 것인가. 흠.'

문득 떠오른 생각에 레니아가 사로잡혀 있던 때 부장전 개시 신호가 울려 퍼졌다.

"경마제 제1시합, 부장전 시작!"

그 목소리에 반응하여 루우데가 재빨리 움직인다.

"홍련과 함께 타오르는 하늘의 끝에 기거하는 새 페브로스크여, 나의 부름에 응하여 모습을 나타내라."

루우데의 몸을 감싸는 로브 일부가 붉게 발광하더니 안쪽에 짜

넣은 페브로스크의 깃털을 매개로 해서 불꽃의 날개와 빨갛게 달아오른 암석의 몸체, 새빨간 금속의 부리를 가진 마조가 소환된다.

용암을 주식으로 하는 이 마조는 불꽃의 숨결을 흘리는 한편 흉악한 날카로움을 자랑하는 부리와 발톱을 불태우면서 레니아에게 날아들었다.

루우데는 이 한 수만으로 공격을 멈출 생각은 없었는지 곧장 다음 번 소환을 이행했다.

비틀린 영목의 나뭇가지에 파묻혀있는 마정석 및 마수의 이빨, 영수의 뼈가 루우데의 소환을 돕는다.

"기르우로우르의 숲 안쪽, 달빛의 감옥 안에서 뛰어오르는 그림자, 네 이빨을 나의 적에게 찔러 박아다오. 검푸른 그림자의 마수, 라고!"

분명하게 질량을 가지고 루우데의 왼편에 소환된 것은 푸른 모피에 검은 번개 문양이 치달리고 있고 두 개의 머리를 가진 호랑이와 똑 닮은 마수였다. 네 다리를 바닥에 댄 상태에서 머리가 루우데의 키보다도 높은 위치에 있는 거구인지라 이 마수가 전력으로 질주만 해도 자그마한 마을 따위는 대번에 괴멸해버릴 것 같다.

역전의 전사일지라도 간이 떨리게 될 으르렁 소리를 내며 라고라고 불린 호랑이형 마수는 무대 위를 달린다.

화산에 기거하는 마조와 다른 대륙에 서식하는 마수를 연속으로—게다가 즉각 소환하는 루우데의 솜씨를 본 관객석의 서머너들에게서 감탄의 목소리가 새어 나온다.

페브로스크는 바로 정면에서, 라고는 레니아가 봤을 때 오른편에서 흉악한 이빨을 들이대며 달려들었다.

여기에 이를 때까지 레니아는 전혀 움직임을 보이지 않음으로써 시합 개시 직후의 일격으로 루우데를 날려버리는 것이 아닌가 예상했던 가로아 대표 선수들을 살짝이나마 놀라게 했다.

레니아는 방금 전부터 뭔가 상념에 잠긴 듯 루우데가 소환한 마조 및 마수의 접근 따위는 안중에도 없는 모습.

이유는 알 수 없으나 싸울 의욕을 내비치지 않는 대전 상대의 태도를 보고 루우데가 희망의 빛 한 줄기를 발견한 것은 잠시뿐, 곧 암운에 가로막혀버린다.

레니아와 일정 거리까지 접근했을 때 페브로스크와 라고가 보이지 않는 벽에, 아니, 거대한 전투 망치에 얻어맞아 박살 난 것처럼 원형을 부지하지 못한 고깃덩어리로 뒤바뀌었기 때문이다.

"아앗?! 이것은 상당히 자극적이라고 할까요, 너무 충격적인 광경이군요! 도대체 무슨 일이 일어난 거죠."

"페브로스크— 으음, 저 불꽃의 새는 말이죠, 그리고 라고라는 마수는 레니아 선수의 염동력에 박살이 나버렸어요. 아마 레니아 선수가 무의식중에 적의에 반응해서 전개한 방어용 사념 마법 같은데요, 그렇다 해도 저런 강력한 마조와 마수를 일격에 해치우다니! 특히 라고는 어지간한 중급 마법에는 직격을 당해도 거의 상처를 입지 않을 만큼 마법의 내성이 높으니까 정말 터무니없이 강력한 염동력이라고 말할 수밖에 없겠네요."

"역시 레니아 선수도 다른 가로아 마법학원의 선수들과 마찬가지로 뭔가 굉장히 대단한 강자 같습니다, 여러분!"

한편 신뢰하는 소환수를 사실상 아무것도 하지 않은 상대에게 두 마리 다 잃어버린 루우데는 미간에 깊이 주름을 새기며 정말 지독하게 쓰디쓴 맛을 느끼고 있었다.

절명한 페브로스크와 라고의 시체는 소환 술식에 들어가 있는 송환의 법칙에 따라 본래의 서식지로 송환되면서 무대를 떠나 깨끗하게 사라진다.

"밝게 빛나는 천상의 전장에서 휘둘러지는 황금의 칼날이여, 땅을 기어 다니는 우리에게 잠시나마 그 광채를 보여다오! 솔레스털 칼리버!"

영창이 끝난 순간에 맞춰 루우데의 눈앞에 황금빛 칼날과 자루가 달린 현란한 대검이 일곱 자루 소환된다.

이 검들은 천계에서 단련되어 신성을 갖게된 대검이며, 천계에서는 이름도 없는 양산품에 불과할지언정 고위 언데드 및 마계의 존재 등에게는 지극히 높은 효과를 발휘한다.

어떤 의미로 신조마수의 혼을 보유한 상대에게는 최적의 무기를 선택하게 된 격이었지만, 그럼에도 레니아와는 격이 너무나 다른 까닭에 따끔거리는 타격도 줄 수 없었다.

"가라!"

루우데가 지팡이를 한 번 휘두르는 동작에 맞춰 청정한 황금빛 광채를 띤 대검이 바람을 베어 가르고 유성으로 변화하여 레니아에게 들이닥친다.

그러나 대검 한 자루만으로도 사망자를 다수 발생시킬 수 있을 사나운 공격도 레니아의 의식을 끌기에는 모자란 것 같았다.

천계의 무구가 일제히 날아들어서 들이대는 칼끝을 염동력을 쓴 방어 장벽으로 손쉽게 막아 내면서 레니아는 아직껏 상념에 빠져 있었다.

'생각해보면 당연한 말이다만, 이 녀석에게도 다른 마법학원의 인간들에게도 물론 가족은 있군. 모두들 자기 아이의 자랑스러운 무대를 보기 위해서 이곳에 온 것인가.'

흐음, 혼의 아버지의 말버릇을 따라 하면서 레니아는 생각한다.

동시에 천계의 무구에 균열이 가며 흔적도 없이 조각나 흩어져버렸다.

기본적으로 지상 세계의 현상으로는 파괴할 수 없어야 하는 천계의 무구가 부서졌다는 사실에 놀라 시합장 안에 있었던 마법사 및 지식인들이 일제히 눈을 부릅뜬다.

그것은 즉 레니아의 사념이 크리스티나와 마찬가지로 기적 및 신통력의 영역에 다다랐다는 증거나 마찬가지였다.

한편 레니아는 여전히 사고의 바다에 허리까지 잠겨 있었다.

'자기 자식의 활약을 볼 수 있다면 부모는 기뻐할 테고, 부모가 기뻐해준다면 자식은 기뻐한다. 나 또한 마찬가지이니 분명 틀림은 없을 것이다. 그렇다면 문답무용으로 때려눕혔다가는 루우데와 녀석의 부모는 몹시 낙담할 테지. 나와는 관계없다만, 흐음. 아버님께서는 타인에게 관용과 자비를 베풀 것을 바라시니…….'

마음이 콩밭에 가 있는 레니아를 의아하게 생각하면서도 루우데는 잇따라 자신이 다룰 수 있는 소환 마법을 행사하여 관객들을 들끓게 한다.

“나를 쳐다보지도 않아? 아무것도 안 하는 거야? 사람을 진짜 우습게 보는구나. 그 덕분에 버티고 있다는 게 더욱 한심한 상황이지만…….”

어떤 마법을 동원해도 전혀 통하지 않았기에 루우데는 차츰 정신적인 피로를 느끼기 시작한 참이었다.

결국은 거의 오기에 가깝게 소환 가능한 개체 중에서도 가장 강력한 그림자 거인의 소환을 결단했다.

마력 대부분을 소모해서 전투를 수행할 수 없게 되겠지만, 레니아가 아무것도 하지 않는다는 굴욕적인 상황은 대규모 소환을 하기 위한 절호의 기회이기도 하다.

“흑염을 뿜는 어둠의 계곡에 도사리는 자, 영겁의 어둠 속에 갇혀 있는 자, 지금 나의 요구에 따라서 빛 속에 제 모습을 드러내라, 깊은 그림자의 드우라드우라!”

영창을 마친 루우데가 지팡이로 무대를 짚자 그곳의 한 지점을 중심으로 해서 무대에 새카만 그림자가 물처럼 퍼져 나가더니 이윽고 무대가 온통 검은색으로 물들었다.

“우와아! 뭔가 무서운 분위기인데요, 어떻게 된 일인가요, 메르르 여사!”

“저것은 태고에 암흑 세계에 봉인당한 고대 거인(에인션트 자이언트)의 일종, 고대 거인은 용종에 버금가는 세계 최강종입니다. 루우데 선수가 소환한 드우라드우라는 아마 본체의 극히 일부 힘만을 소환한 것에 불과하겠지만요, 그럼에도 고위 존재인 고대 거인을 소환하다니 루우데 선수는 정말 비범한 서머너군요!”

“나, 나왔다아아! 새카만 거인! 루비와 같은 눈이 여덟 개에 오른

팔이 세 개, 왼팔이 두 개, 상당히 무서운 외형이군요. 저런 존재를
소환해도 정말 괜찮을까요?!"

하멜이 무심코 광대 노릇을 잊어버렸을 만큼 드우라드우라의 외형은 무시무시했고 또한 괴이했다.

루우데의 다섯 배는 될 거구는 근육이 몹시 울퉁불퉁하다. 체형을 보면 아마도 남자 같은데 무릎 길이의 관두의(貫頭衣) 비슷한 옷을 걸치고 있는 듯 보였다.

피부는 모든 색채를 집어삼키려는 듯이 까맣게 물들었고, 다섯 개 손가락이 달린 오른팔이 셋에 왼팔이 둘, 그리고 사자의 갈기털을 연상케 하는 머리카락이 자라난 머리에는 붉게 반짝이는 눈동자가 불규칙하게 여덟 개 배치되어 있다.

"드우라드우라, 부탁해."

루우데의 목소리에서는 이 무시무시한 그림자 거인을 강하게 신뢰하는 마음이 느껴진다.

드우라드우라는 소환사의 명령에 대하여 말이 아닌 레니아를 목표로 전력 질주함으로써 답했다.

제법 널찍한 무대인데도 드우라드우라는 마치 순간 이동이라도 하는 듯한 속도로 레니아와의 거리를 좁힌다.

그뿐 아니라 번쩍 치켜든 다섯 개의 팔에는 상급 마법에 필적하는 방대한 마력이 집중되고 있다.

이 고대 거인은 방대하면서도 질 높은 마력을 육체의 일부인 양 다루어 공격할 수 있는 것이다.

"오오오, 중계석까지 찌릿찌릿 전해지는 이 마력! 저 공격은 위험

합니다, 반복합니다, 저 공격은 위험합니다! 메르르 여사, 레니아 선수는 여전히 팔짱을 끼고 미동조차 않고 있네요?"

하멜의 흥분이 전해졌는지 점점 메르르의 목소리도 커다래진다.

"솔직히 그림자 거인이 저렇게까지 강력할 줄은 생각하지 못했습니다. 이래서는 염동력을 쓴 방어도 깨어질지도 모릅니다!"

시합장 안 모든 사람의 이목을 모은 레니아는 지금 막 생각을 정리한 참이었다.

'아버지와 어머니가 슬퍼한다면, 뭐, 나도 기분이 좋지는 않지. 인간 녀석이라면 더욱 심각하게 반응할 것이다. 그렇다면 루우데뿐 아니라 이제부터 싸우게 될 상대와 그 부모들을 배려해서 어느 정도는 실력을 보일 기회를 만들어줄까.'

그렇게 결론을 내린 레니아는 음, 한 차례 힘주어 고개를 끄덕이고는 팔짱은 가만히 놔둔 채 새삼 루우데를 시야에 넣고자 얼굴을 들어 올렸다.

마침 그때 염동 방어 장벽에 드우라드우라가 다섯 개의 팔을 내리찍고 있는 광경이 눈동자에 비쳤다.

"뭐냐. 미풍이 부는 것 같더니만……. 오호, 생각보다 실력이 있는 상대였던가. 이 정도면 실력을 펼칠 기회는 충분히 준 셈인가?"

드우라드우라의 주먹이 내리 휘둘러지는 순간 레니아는 모든 장벽을 해제하고 대신에 자신의 사념을 사념룡으로 구현화했다.

드우라드우라와 대강 비슷한 크기로 조정된 사념룡은 다섯 개의 주먹을 맞아주면서도 몸이 젖혀지는 일 없이 태연자약하게 곧장 고대 거인과 격투전을 펼친다.

"우와아아아아아아아아, 레니아 선수에게서 뭔가 용 비슷한 반투명한 형체가 출현했습니다. 저게 뭔가요? 메르르 여사아앗!"

거인과 용의 대결이라는 이야기에서도 가장 재미있는 장면이 출현하자 잔뜩 흥분한 하멜이 고함지른다.

그러나 메르르는 레니아가 출현시켰던 사념룡을 목격한 뒤 오늘 최대의 놀라움에 사로잡혀서 말을 잇지 못하고 있었다.

"거짓, 말……."

"메르르 여사? 메르룽? 메르르 더 아크 위치님~."

"……앗?! 네, 네에. 저것은 구현화될 만큼 농밀하면서 굳건하게 형체를 이룬 레니아 선수의 사념입니다. 용과 비슷한 모습을 가진 이유는 아마 저 선수가 용을 가장 강력한 존재라고 인식하고 있기 때문일 거예요. 그렇지만…… 아무리 사념 마법이라지만, 저렇게 굳건하고 복잡한 존재를 구현화하다니, 인간이 펼칠 수 있는 재주가 아닙니다……."

지난 세 번의 대결에서도 놀라움을 드러냈었지만, 지금 레니아가 출현시켰던 사념룡을 본 메르르는 정말이지 심상치 않게 놀라는 모습이었기에 하멜은 중계자라는 역할을 잠시 잊어버리고 친구로서 메르르를 염려해줬다.

"저기…… 메르르? 괜찮아? 용 비슷한 저게 진짜로 많이 굉장한가봐?"

"굉장하지, 굉장하다는 말은 부족할 만큼……. 충분하게 잘 연마된 사념이 반쯤 구현화된 사례는 과거에 몇 번 있었습니다만, 저렇게까지 굳건하면서 터무니없는 마력을 갖고 출현한 이야기는 들어

본 적도 없어요. 분명하게 말해서 제가 사념 마법을 쓰더라도 같은 흉내는 불가능합니다. 특히 사념 마법의 분야에서 레니아 선수는 아크레스트 왕국— 아니요, 적어도 이웃한 여러 나라 중에서 최강의 실력자예요. 아크 위치의 칭호에 맹세코 단언하겠습니다."

온갖 분야의 마법에서 최강 최고의 대마법사라며 경외를 받고, 이웃의 여러 나라가 아크레스트 왕국 침공을 망설이는 이유 중 하나라는 말까지 듣는 대마법사가 농담이냐고 되묻는 행동조차 허락되지 않는 진지한 표정으로 선언했다.

이제는 하멜도 시합장에 있었던 궁정 마법사들도 숨을 죽이고 멍하니 무대를 지켜보기만 할 수밖에 없었다.

한편 레니아는 루우데의 육체와 혼에 남은 마력의 양을 가늠해서 더 이상의 소환 마법은 불가능하리라 판단한 뒤 자신이 상념에 잠겨 있었던 동안 아마도 실력을 보일 기회가 꽤 있었음을 파악했다.

"그렇군, 요컨대 새삼 너에게 맞춰줄 필요는 없다는 뜻인가. 흐하하하하하하하!"

씩, 엄니를 드러내며 흉악하게 미소를 짓자마자 레니아는 이제껏 사념룡으로 힘 겨루기를 하고 있었던 드우라드우라를 몹시 손쉽게 공중으로 집어 던졌다.

"흥, 진정한 암흑 계곡의 그림자에 사는 고대 거인 중 하나인가. 뭐, 학생치고 대단한 놈을 소환하기는 했구나. 힘의 극히 일부 같기는 한데 그렇다면 철저하게 분쇄해버려도 본체에 지장이 가지는 않을 터."

하늘 높이 던져버린 거인에게 레니아는 본인이 생각하기에 더할 나위가 없이 자비가 가득한 — 실상은 냉혹함과 아름다움이 공존하고 있는 사람이 아닌 존재의 — 웃음을 지어 보였다.

사념룡은 저 높이 머리의 위쪽으로 드우라드우라를 올려다보다가 커다란 턱을 벌려서 파괴의 사념을 집중시켰다.

과거에 드란과의 시합에서도 사용했던 파괴 사념의 브레스이다.

시공간을 통째로 파괴하는 물리 방어 불가능 브레스는 만약 드우라드우라의 본체가 소환되었더라도 충분히 통할 위력이었다.

“네 차례는 이제 끝이다, 드우라드우라라는 녀석. 하필이면 나와 적대했음에도 불구하고 분신이 싹 날아가는 정도로 끝났다는 것을 행운이라 여기도록 해라!”

그 한마디와 함께 사념룡의 입에서 육안 관측은 불가능할 만큼 농밀한 파괴 사념이 방출되었다.

반투명 브레스는 충격파를 흩뿌리며 중첩된 방어 장벽을 갑옷으로 두르고 있던 그림자 고대 거인을 집어삼키더니 몹시 손쉽게 붕괴시켜버린다.

서로 다른 세계의 물리 법칙도, 영적 법칙도 모조리 다 무시하고 파괴를 강제하는— 신조마수의 영격이 가능케 하는 부조리한 공격이었다.

브레스의 방출이 마무리되었을 때 파란 하늘에는 무엇 하나도 고대 거인의 존재를 떠올리게 하는 흔적은 남아 있지 않았다.

레니아는 이 당연한 결과를 끝까지 지켜보고 나서 비장의 수단을 잃은 루우데를 노려본다.

“뭐 하나? 이미 마력과 정신력은 바닥이 났군. 소환용 촉매는 아직도 다수 남아 있는 것 같다만, 더 발버둥을 쳐볼 테냐?"

어디를 어떻게 봐도 저항할 힘을 가지지 못한 약자를 괴롭히는 구도이다.

루우데는 레니아에게 건넬 어떠한 반론의 말도 가지고 있지 못했지만, 가장 순수한 마음을 혀에 담아서 물어볼 수는 있었다.

"너, 도대체 뭐야? 비록 분신에 불과하다지만 고대 거인이 이렇게 허망하게 쓰러져버리다니……. 그런 강력한 힘을 가지고 있었는데 왜 작년에는 출전하지 않았던 거야? 이게 가로아 마법학원 최강의 실력이야?!"

이래서는 에쿠스가 나서도 과연 승산이 있을지— 그런 비장한 마음으로 라우데는 말을 내뱉었다만, 레니아는 불쾌해하며 미간을 찌푸리고 상대의 말을 교정해줘야 했다.

"거참, 조금은 식견이 있는 녀석이라 생각했더니 황당한 바보 녀석이었군. 네 눈은 옹이구멍이로구나. 내가 가로아의 최강이다? 참으로 어리석고도 불쌍한 착각을 하고 있구나."

"그치만, 저런 말도 안 되는 능력을 갖고 있다면 미스 페닉스나 미스 아르마디아도 너를 당하지는…… 못할…… 거짓말, 설마, 진짜로?"

레니아가 말하고자 하는 의미를 깨닫고 절망과도 비슷한 경악이 루우데의 가슴속에 급속도로 퍼져 나간다.

레니아는 자랑하고 싶어서 못 견디겠다는 태도를 감추려고도 하지 않으며, 그것이 마치 대전 상대의 건투에 대한 포상이라는 듯이 결정적인 말을 입에 담았다.

"가로아 마법학원 최강은 대장전에 출전하시는 드란 씨이다. 나

따위는 그분과 비교하면 티끌과 마찬가지이지."

†

에쿠스 정도는 아닐지언정 왕국의 관객들 중에서도 드란에게 흥미와 기대감을 가지고 있는 인물은 제법 있었다.

개중에도 드란과 친밀한 관객들은 드디어 기다리던 사람의 차례가 돌아와서 흥분하고 있었다.

"음훗~ 드디어 드란 씨 차례네요. 의자가 따뜻해질 정도로 조금 지나치게 많이 기다렸어요. 여러분, 기다리다가 지칠 것 같지 않았나요?"

음훗, 음후훗, 기뻐하며 웃음이 끊이지 않은 사람은 세리나.

이제껏 네 번의 시합에서는 패배할 리 없다는 것을 알았어도 매사에 깍깍 떠들었었다만, 드란만큼은 정말 하나도 걱정할 필요가 없다는 태도로 바뀐 이유는 긴 시간을 알고 지낸 신뢰의 깊이와 차원이 다르기 때문일까.

진득하지 못하게 꾸물꾸물 꼬리를 움직이고 있는 세리나에게 드라미나는 언니와 같은 마음으로 말을 건넸다.

"저희 입장에서야 맞는 말씀이지만요, 회장에 계신 많은 분들은 상대로 나온 에쿠스 선수에게 더 주목하고 있는 것 같네요. 분명한 실적이 있는 사람이기도 하고요, 그렇지 않은 드란과 비교하자면 당연한 반응이죠."

"끙~ 드란 씨가 제일 대단한데 말이죠. 해설자 메르르 씨는 레니아 씨를 보고 무척이나 놀란 모습이었지만요, 드란 씨를 보면 훨씬 더 놀랄 거예요. 어떤 반응을 할까 조금 기대되네요."

"후후, 그러게요. 다만 크리스티나 씨도 드란 씨도 너무 주목받으면 이 축제가 끝난 다음에 여러모로 권유에 시달리게 될 것 같아서 그게 걱정이에요."

기본적으로 베른 마을을 떠날 생각이 없는 드란과 장래에 대해 아직은 정한 게 없는 크리스티나는 귀찮은 대응을 감수해야 하는 처지가 될 수도 있겠다.

거기까지는 생각이 미치지 못한 세리나는 천진난만하게 드란의 활약을 기뻐하기만 해서는 안된다는 것을 뒤늦게 깨닫고 금색 눈썹을 찌푸렸다.

"아, 세리나 씨, 너무 고민을 하진 않아도 돼요. 드란 씨는 드란 씨잖아요, 어떤 사태가 벌어져도 자기 뜻대로 나아갈 테고, 무슨 일이 생겨도 저희가 드란을 도와주면 그만이에요. 게다가 지금은 불확실한 미래보다 눈앞의 현실에 집중하죠. 드란의 활약을 놓칠 순 없으니까요."

두 사람의 대화를 듣고 있었던 디아드라도 동의의 뜻을 표시한다.

"그래그래. 귀찮아지면 베른 마을이 왕국에서 나와 독립하면 그만이잖니. 엔테의 숲 주민들은 대환영이야."

너무나 뒤숭숭한 독립 발언이었기에 제대로 된 귀족의 자녀인 파티마는 자신들 이외에 누가 듣지는 않을까 걱정하면서 주위를 둘러본다.

"으앗, 디아드라 씨, 농담이지? 지금 발언은 좀 지나쳤어~."

"그래? 가능하니까 말을 했을 뿐인데. 마을 주민들이 먹고살 만큼의 곡물과 야채는 수확하고 있고, 전력은 더 말할 필요도 없잖니."

"으음~ 부정할 수 없다는 게 무섭네."

실제는 파티마가 상상하는 것 이상으로 베른 마을의 전력이 기이한 규모이고, 애당초 드란이 있다는 것 하나만 봐도 주변의 어떤 나라든 물론이고 전 우주의 전력을 긁어모아도 상대가 되지 않는다.

또한 엔테 위그드라실을 중심으로 하는 광대한 엔테의 숲에서 살아가는 여러 종족은 베른 마을의 편을 들 테고, 더욱이 다른 거대 세력도 여기에 가담할 것은 틀림없었다.

"후후후, 만약 그렇게 되어버리면 저희는 의용병이라는 형식으로 드란 씨의 세력이 들어가도록 하죠. 어때요? 루우."

"어머님, 농담이어도 입 밖에 꺼낼만한 말씀이 아니잖아요? 억에 하나 그렇게 된다면 드란 님이 계신 곳으로 들어간다는 생각에 이의는 없습니다만……."

용궁국 국왕과 딸까지도 베른 마을의 편을 들겠다고 공언했다.

물론 개인적인 감정 때문이었지만, 그 이상으로 고신룡의 혼을 가지고 있는 드란과 적대할 바에야 베른 마을 이외의 지상 종족 전부를 적으로 두는 것이 훨씬 더 안전하기 때문이었다. 드란이 혹시 아크레스트 왕국과 적대하게 되었을 때 드란의 편에 가담하겠다는 것은 일국을 다스리는 존재로서 아주 당연한 판단이다.

물론 류키츠도 루우도 지금 드란에게 왕국에 반기를 들 의지가 없다는 것은 잘 이해하고 있다. 다만 이 여인들은 여차하면 정말 드란의 편을 들 테지.

"으으, 류 킷츠 씨도 루우 씨도 무서운 말을 자꾸만 하네. 다른 사람이 들으면 난리 나거든~?"

난처한 얼굴로 살짝 항의하는 파티마의 귀여운 모습을 보고 입가에 미소를 띠며 드라미나가 달래준다.

"미안해요, 파티마. 당신의 반응이 너무 귀여워서 다들 자꾸만 놀리게 되어버리나 봐요. 괜찮아요, 드란은 이미 왕국에 충성을 맹세했으니까요, 굳이 반기를 들지는 않을 거예요. 게다가 저희 대화는 다른 분들의 귀에는 들리지 않게 바람의 정령에게 부탁을 드려 놓았으니까 당신만 고이 가슴속에 담아 둔다면 문제는 없답니다."

그렇다 해도 왕국이 베른 마을에 너무 부조리한 처사를 강제하지 말아야 한다는 조건이 붙는다는 것은 이 자리에 있는 거의 전원이 이해하고 있었다만.

"다들 똑같이 심장에 안 좋은 말을 자꾸 한다니까~. ……그나저나 바제 씨는 진짜 괜찮은 거야~? 아까부터 한 마디도 안 꺼내는데, 진짜 드란이랑 아무 일 없었어?"

바제는 선봉전이 시작된 이후 꽉 입을 다물고 말이 없었다만, 진심으로 걱정해주는 파티마의 물음에는 고개를 끄덕거리고 대답했다.

"으으으, 음음. 괜찮다. 잠깐 숨 쉬는 것을 잊어버리거나 심장이 뛰는 것을 잊어버리거나 하는 정도다. 그, 그러니까 괜찮다. 드래, 드, 드라, 드란 니이이씨는, 이, 이, 이 축제가 끝나면 만나 제대로 이야기를 나눌 테니까, 괜찮…… 괜찮다."

"전혀 안 괜찮네~! 어휴, 드란하고 진짜 제대로 얘기를 해봐야겠어."

류키츠 및 루우와 함께 왔을 때도 이러한 꼴이었다만, 마냥 이러한 상태여서야 눈도 마주치지 못할 것이다. 무슨 일이 있었는지는 알 수 없으나 드란과 바제가 같이 대화할 때는 자신도 힘이 되어주어야겠다고 파티마는 대기장소에 있는 드란을 바라보면서 진지하게 생각하기 시작했다.

드란도 파티마가 보내고 있는 시선을 알아차리고 대강 이유를 깨달았는지 흐음, 난처할 때의 입버릇을 살짝 반복했다.

—역시 바제에게는 고신룡의 전생자라는 정체를 알려주지 않는 게 좋지 않았을까. 바제의 아무 가식도 없는 언동을 흐뭇하게 생각했었다만, 이후 예전과 같은 대화를 나누지 못하게 되면 무척이나 섭섭하겠다. 이제껏 보인 언동이 저런 모양새이니 루우처럼 쉽게 나아지지는 않겠군…….

다만 저 문제는 일단 나중이다— 드란은 사고를 전환하며 시선을 옮겼다.

부장전은 마력이 바닥난 루우데가 스스로 패배를 인정하면서 막을 내렸다.

아크 위치가 본인을 상회하는 사념 마법의 실력자라고 인정함으로써 온 회장의 시선은 무대를 내려오는 레니아에게 쏟아지고 있다.

이 시점에서 레니아는 왕국의 마법학원에 다니는 모든 학생들 중에서 최강이라며 촉망을 받는 에쿠스 및 하루트와 동등하거나 더 높은 평가를 받았다고 말할 수 있겠다.

"점점 더 짜증이 나는 눈으로 쳐다보는군. 이곳에 있는 녀석들은 나를 귀찮게 하는 데 있어서는 아주 천재적이야."

인형과 같은 얼굴을 잔뜩 찡그리며 레니아는 불평불만이 잔뜩 묻어나는 말을 입에 담는다.

그럼에도 관객석 안에 자신을 향하여 힘껏 손을 흔들며 무사함을 기뻐해주고 있는 이리나와 인간 부모들의 모습을 발견하자 불만은 봄의 도래를 맞이한 눈처럼 녹아 사라졌다.

레니아의 괴물 같은 무력에 완전히 익숙해진 이리나 등 가로아 마법학원의 관계자들은 어쨌든 간에 쥬리우스와 라나 등 블라스터블라스트 가문의 인물들은 공포를 느꼈다 한들 이상할 것이 없었다.

지금 뒤늦게 생각이 미쳤다만 레니아의 인간 부모는 생각했던 것 이상으로 호인이거나 아니면 애정이 깊은 것일까, 딸이 상처 하나도 없이 시합을 마쳤기에 안도할 뿐이다. 그런 부모의 모습을 보고 레니아는 스스로도 알아차리지 못할 만큼 그윽하며 다정한 미소를 입가에 띠고 있었다.

그런 웃음을 머금은 채 레니아는 마치 주인에게 칭찬을 받고자 하는 강아지처럼 드란이 있는 곳으로 돌아왔다.

페니아는 마음속으로『레니아 씨까지 드란 씨한테 푹 빠진 거예요~?!』라고 외치면서도 얼굴에는 티 내지 않고 명랑한 웃음을 짓고 있었으니까 배우 자질이 상당하다.

"수고하셨어요, 레니아 씨. 잠시 가만히 서 있으셔서 무슨 일인가 걱정했답니다."

"훗, 별것 아니다. 이후 시합을 포함해서 잠시 생각을 했을 뿐."

드물게 기분이 좋은 레니아의 말투에는 가시는 없을지언정 지금 대답의 내용에는 페니아뿐 아니라 네르네시아도 기막히다는 듯이 입을 열었다.

"시합 중 딴생각을 하지 마. 시합 전이나 후에 해야지."

"네르네시아 씨의 말씀이 맞아요, 레니아 씨. 시합 내용을 보면 딴생각을 좀 해도 문제는 없다는 것을 알지만요, 만에 하나의 변수가 있는 법이니까요."

"너희는 하나같이 걱정이 많군. 지금 나에게 상처를 입힐 수 있는 존재는 드란 씨와 리바 씨나 알렉산드라 씨, 라비 씨 정도가 고작이다. 나는 저 아크 위치라는 녀석이 상대여도 전혀 상관없다."

크리스티나는 레니아의 알맹이를 알고 있었던 만큼 농담이라고 생각하지 않으며 차마 아무런 말도 못 하겠다는 미묘한 표정으로 답했다.

"뭐, 아무튼, 레니아가 멋지게 네 번째 승리를 거두고 왔으니까 이대로 가면 5전 전승도 노릴 수 있겠군. 제1시합부터 좋은 출발이 아니려나?"

"나와 드란 씨가 모든 시합에서 승리하는 것은 자명한 이치. 이후에 너희 세 사람만 지지 않는다면 15전 전승 무패로 경마제를 마칠 수 있을 것이다. 열심히 분발하도록 해라."

곧이어 레니아는 드란에게로 시선을 옮긴 뒤 밤하늘에 빛나는 별의 반짝임을 모아 놓은 듯 눈동자를 반짝반짝 밝히면서 열변을 토했다.

"자, 드란 씨. 드란 씨를 위해 무대를 만들어 놓았습니다. 이제까지 네 번의 대결을 모두 승리했고, 다음 대결로 5전 전승. 우연하게도 상대는 작년에 활약을 펼쳐 주목을 모으고 있는 에쿠스라는 녀석이군요. 저 녀석을 무참하게 바닥에 눕혀서 기어 다니게 만들고 승리하면 관객들은 드란 씨가 얼마나 비범한 분인지 알게 될 것입니다. 어서 가셔서 승리를 손에 거두고 돌아와주십시오."

드란은 교정의 말을 건네도 소용없음을 깨닫고 고생했다며 왼손으로 가볍게 레니아의 오른쪽 어깨를 토닥여준 뒤 무대로 향한다.

"그래, 레니아의 말대로 다섯 번째 승리를 거두고 올게. 자, 페니아 씨, 네르, 크리스티나 씨, 다녀오도록 하지."

"오호호호, 뭐, 드란 씨라면 아무것도 걱정은 필요 없겠지요. 왜냐하면 우리들 중 가장 강한 분이니까요."

"응, 에쿠스를 먼저 때려눕힐 권리는 양보할게. 일단 큰 거랑 작은 거 전부 싸게 만들어줘."

네르네시아의 입에서 나온 귀족가 자녀라기에는 있을 수 없는 발언에 크리스티나는 어이없어하며 어깨를 으쓱거린다.

"……네르네시아, 너무 과격한 발언을 입에 담지는 말자. 드란, 결계를 부수지는 않을 정도로 힘 조절을 부탁하지."

"흠, 물론 조심할 생각이야. 쓸데없이 피해를 발생시키지는 않아. 『저쪽』에 있는 관객들은 너무 힘을 빼주는 게 아니냐며 투덜거릴지도 모르겠지만 말이야."

이미 드란은 천계에서는 시간을 관장하는 크로노메이즈를 비롯하여 여러 신들이, 차원의 틈에서는 바하무트와 알렉산더와 카라비스가 견학하고 있다는 것을 감지하고 머리 위쪽으로 힐끔 시선을 준다.

중계석에서는 하멜이 아직껏 흥분이 다 식지 않은 모습의 메르르를 달래며 해설을 부탁하고 있었다.

"음~ 이제까지 가로아 마법학원의 4승으로 시합이 진행되어왔습니다만, 마지막 대장전에 출전하는 양 학원의 대표 선수에 대해 냉정하게! 침착하게! 해설을 부탁드려도 될까요, 메르르 여사."

"아, 네, 네엣! 으흠, 흉한 모습을 보여드려서 정말 죄송합니다. 으음, 이, 일단, 탈다트 마법학원의 대장 에쿠스 선수는요, 자이아르 후작의 3남입니다. 중등부부터 월반으로 고등부에 진학해서 천재 소년으로 예전부터 잘 알려져 있죠. 작년에는 아쉽게도 하루트 선수에게 패해 우승을 놓치고 말았습니다만, 왕국의 전 마법학원을 살펴봐도 1위, 2위를 다투는 강자라는 사실은 틀림없습니다. 에쿠스 선수는 정령마법의 실력자인데요, 마법 행사 속도가 정말 예사롭지 않은 데다가 고위 정령들에게 아낌없는 협력을 받고 있다는 것이 특징입니다. 기존의 모든 속성 정령에게 힘을 빌릴 수 있으니 그야말로 정령에게 사랑받는 마법사라고 표현해도 되겠네요."

"작년에 네르네시아 선수과 펼친 격전은 기억이 새록새록하네요. 그러면 이에 맞서는 드란 선수는 어떤가요? 크리스티나 선수나 레니아 선수와 마찬가지로 사전 정보가 적은 선수입니다만……."

"으음음음……. 자료에는 변경의 마법 의사로 유명한 마글 도사의 수제자라고 쓰여 있네요. 그리고 가혹한 환경으로 알려져 있는 북부의 베른 마을에서 태어나 자란 경험도 전투력의 바탕이 됐을 겁니다. 전법은 공격 마법을 많이 쓰는 마법 검사라는군요. 유감스럽게도 이 이상의 상세한 정보는 알 수 없습니다만, 그것도 시합을 보면 금방 드러나겠죠."

귀빈석에 인사를 마치고 서로 마주했을 때 에쿠스가 대화의 도화

선에 불을 붙였다.

"루우데 씨에게 들었습니다. 미스 블라스터블라스트는 당신이야말로 가로아 마법학원 최강이라고 말을 했다더군요."

"흠, 그랬군요. 레니아가 그런 발언을. 아마 당신은 그 말을 듣고 오히려 기뻐하는 것 같습니다만, 어떻게 생각하십니까?"

드란은 허리에 매단 장검의 자루에 손을 가져다 대며 입가에 희미하게 웃음을 지었다.

에쿠스의 몸에 가득 찬 공격적인 마력과 패기를 보면 이 천재 소년이 승부를 포기하지 않았다는 것이 역력히 전해지기 때문이었다.

"부정은 하지 않는군요. 다행이야. 당신이 정말 최강이라면 당신을 이겨서 제가 가로아 마법학원 최강 학생보다 더 우위에 있다는 것을…… 최소한 한 가지 증명은 가능할 테니까요."

차분한 말투 안쪽으로 흔들림 없는 자신감을 내비치면서 에쿠스는 중성적인 얼굴에 호전적인 웃음을 띠고 드란을 본다.

전심전력으로 승리를 쟁취하여 5전 전패라는 불명예가 학우들에 주어지는 불상사가 일어나지 않도록, 또한 자신의 긍지를 위해서라도 반드시 이기겠다고 에쿠스의 표정이 말해준다.

그 웃음을 보고 드란은 젊은이의 크나큰 성장 가능성을 감지하며 자애로운 아버지를 연상케 하는 온화한 음성으로 말했다.

"남자라면 이렇게 나와야죠. 좋은 기개입니다. 마음껏 힘을 발휘해도 좋습니다. 제가 기꺼이 전부 정면에서 무너뜨려드리겠습니다."

제6장 정령에게 사랑받는 자

흠, 싸움에 나선 사내의 표정을 짓고 있구나.

약속된 위치에서 에쿠스와 대치하며 제1시합의 마지막을 장식하는 대장전이 시작되는 때를 눈앞에 두고 난 주위 관객들의 열기가 다시 불붙는 낌새를 바싹바싹 느꼈다.

관객석에서 힘껏 손을 흔드는 세리나와 파티마, 그리고 여전히 딱딱하게 굳어 있는 바제를 발견한 나의 가슴속에서 저들에게 조금은 멋있는 모습을 보여주고 싶은 새로운 욕구가 꿈틀거린다.

"응원을 오신 분들은 당신의 승리를 의심하지 않는 것 같군요."

나의 시선을 좇아간 듯한 에쿠스가 조롱도 아닌 칭찬도 아닌 담담하게 사실을 확인하는 듯 중얼거렸다.

대장전을 시작하기 전 잠시 이야기를 나누는 것도 하나의 즐거움인가.

"저 아가씨들의 기대에 부응할 생각입니다."

"그렇겠죠. 아, 맞아, 방금 전에는 말을 미처 못 했습니다만, 저와 당신은 마법학원의 학생이라는 같은 입장에 있습니다. 귀족 신분에는 별 집착이 없는지라 더 편하게 말씀하셔도 괜찮습니다. 신분을 따져 일일이 쌍심지를 켤 만큼 저는 속 좁은 인간이 아니거든요. 참고로 저는 이 말투가 입에 붙었을 뿐이니 안 좋게 생각하지는 말아주십시오."

신분의 위아래를 따지지 않는다는 불문율이 있는 마법학원의 학생 자격으로 서 있는 만큼 이 자리에서는 동등한 입장이라며 에쿠스는 말투를 고치도록 제안했다.

동시에 그것은 신분 차이를 이유로 봐줄 필요는 없다는 의사 표명이기도 했다.

"좋아, 그렇게 하지. 너에게도, 조용하지만 뜨거운 시선을 보내주는 응원자들이 있군."

나는 에쿠스의 뒤쪽 관객석 중 한 구역에 시선을 보냈다.

그곳에는 스무 명 가까운 남녀에 둘러싸인 마흔 살 전후로 짐작되는 미려한 여성의 모습이 있었다. 에쿠스와 같은 비취색 머리카락과 어딘가 닮은 용모, 무엇보다 저 시선에 담긴 감정을 보면 두 사람의 관계를 추측하는 것은 누구든 가능하리라.

"어머님이신가?"

"예. 주위에 있는 사람은 아버지와 형제자매, 그리고 호위들입니다. 피가 이어지지 않은 아버지와 일곱 명에 이부 형제자매가 잔뜩 있습니다만, 이래 보여도 저희 집안은 사이가 좋습니다."

"가족끼리 사이가 좋은 것은 훌륭하군. 피를 나눈 가족의 골육상쟁이 이 세상에서 가장 한탄스러운 일이라고 나는 믿는다."

"지금 한 말씀에서 가족분들께 꽤 깊은 애정이 있는 듯 여겨집니다. 언뜻 보기에 당신의 가족분들은 응원을 오지 않으신 것 같습니다만……."

"북부의 변경에서 사는 농민에게는 왕도에 올 연줄도 여유도 없는 법이니. 한데 개회식 전에 이야기를 나눴던 때의 너와 비교하면 인상이 무척 달라진 것 같군."

내가 솔직하게 말하자 에쿠스는 뭔가 죄책감이라도 느낀 것인지 미간을 살짝 찌푸렸다. 얼굴에는 반성과 후회의 빛이 역력하게 떠올라 있는 것을 보자니 소년 본인도 얼마 전 언동은 적잖이 좋지 않았다고 생각하고 있는 듯싶다.

첫 번째 만남에서 받은 인상으로 평가한 에쿠스의 점수를 상향 수정해줄 필요가 있겠군.

"그때는, 저 스스로도 지독한 대응이었다고 생각합니다. 불쾌한 기분을 느끼셨을 테니 늦게나마 사죄드리겠습니다. 그럼에도 이번 대장전에서는 절대로 봐드리지 않을 각오입니다만."

"그래, 시합은 시합이니까— 동감이야. 자, 슬슬 대마녀 공이 신호를 줄 것 같은데. 수다는 여기까지만 할까."

"그렇군요. 생각보다 즐거운 대화였습니다. 딱히 보답이라는 것은 아닙니다만, 하루트 씨와 맞닥뜨릴 때까지 아껴놓고자 했던 비장의 수단을 필요하면 사용하도록 하지요."

"그렇게 나오지 않으면 내가 오히려 난감할 거야. 일단은 이번 경마제에서 학생 최강의 칭호 정도는 손에 넣을 계획이거든."

"겸허한 분이신가 생각을 했습니다만, 의외로 자신이 가득한 분이시군요. 저 또한 당신에게 받은 인상이 꽤 많이 달라졌습니다."

피차일반이라는 말일까.

잠시 대화를 나누며 무대 위 분위기가 약간이나마 이완되기 시작했었다만, 아크 위치가 외친 시합 개시 신호에 의해 순식간에 대결을 앞둔 긴장이 가득 차오른다.

마치 우리의 대화가 일단락되기를 기다렸던 것처럼 절묘한 시기였다.

"그럼 경마제 제1시합 대장전, 시작해주십시오!!"

에쿠스가 얼마나 성장했을까 기대하는 것일까, 아니면 유일하게 4강에 속하지 않았는데도 가로아 마법학원의 대표로 선발된 내게 기대하는 것일까, 아크 위치의 목소리는 살짝 들뜬 음색이었다.

자, 에쿠스의 각오와 기합을 보건대 첫 번째 수를 약하게 두는 경마제의 암묵적인 양해에 따르는 선택은 하지 않을 것이다.

나의 예상대로 에쿠스는 제자리에서 움직이지 않은 채 눈을 한 번 깜빡이기보다도 빠르게 땅, 물, 불, 바람, 4대 속성이라고 불리는 정령들에게서 힘을 빌려왔다.

성인 남성을 통째로 집어삼킬 만큼 커다란 화염구, 철조차 베어 가르는 날카로운 바람의 칼날, 실처럼 가늘게 압축되어 고속으로 방출되는 물속성의 창, 가옥 한둘은 간단하게 짓뭉갤 수 있는 암석군. 그 전부가 이를 드러내며 들이닥친다.

밀집한 집단에 날렸다면 수백 명 단위를 살상할 수 있었을 만큼 가차 없이 정령의 힘을 발현하자 중계석의 메르르 및 관객들 사이에서 떠들썩한 소리가 터져 나온다.

다만 그것도 내가 완전히 같은 정령의 힘을 행사하여 에쿠스의 공격을 상쇄시킴으로써 더욱 큰 놀라움의 소리로 대체되었다.

상성을 고려하자면 불에는 물을, 물에는 흙을, 흙에는 바람을, 바람에는 불을 맞부딪치는 것이 최선이기는 하다. 그러나 나는 큰 화염구에는 불의 창으로, 바람의 칼날에는 바람의 철퇴로, 물 속성의 창에는 물속성 칼날로, 암석 포탄에는 암반 방패로 대응했다.

적어도 단순하게 정령의 힘을 행사하는 데 있어서 이 시점의 나와 에쿠스가 같은 영역에 들어섰음을 알기 쉽게 관객에게, 누구보다도 에쿠스 본인에게 증명을 한 셈이다.

"과연, 기묘한 재주를 부리는군요."

"서로가 아직은 그냥 정탐이잖나?"

"훗, 무척 여유롭군요. 좋습니다, 조금 요란하게 겨뤄봅시다, 드란 씨."

에쿠스의 얼굴에는 내가 제법 실력이 있음을 확신하고 자신이 가진 힘을 아낌없이 쏟아부을 수 있다는 기쁨이 떠오른다. 어차피 싸워야 하면 약자가 아닌 치열함을 느낄 수 있는 강자가 더 기쁘고 재미있다고 말하는 것 같았다. 정신의 고양은 마력의 질과 양 양쪽에 좋은 영향을 가져다준다만……. 흠.

천재 정령마법사가 입가에 호전적인 미소를 머금은 다음 순간, 나를 중심으로 하여 홍련의 불꽃을 두른 회오리가 발생하더니 고열의 폭풍이 무대 위쪽에 세차게 불어닥쳤다.

에쿠스는 마력 집중과 사념을 쓴 부름만으로 불과 바람 정령의 힘을 동시에 행사하는 복합 마법을 발동시킨 것이다. 철조차 녹여버리는 고열과 가옥을 주춧돌까지 날려버리고 거암을 양단하는 폭풍이 일제히 내게 들이닥친다.

자, 이번에는 정석대로 유리한 상성의 속성을 써보도록 할까.

"불꽃과 바람을 써서 공격하겠다면 이쪽은 물과 흙. 세리나의 특기 분야군."

씨족 단위로 물과 흙의 마력 및 기와 친화성이 높은 사랑스러운 뱀 아가씨를 떠올리면서 나는 정령의 힘을 띤 거대한 암석이 잔뜩 함유되어 있는 방대한 양의 물을 불러내서 어떤 거대한 선박이어도 바다 밑바닥까지 끌고 내려가는 소용돌이를 만들어 낸다.

막 들이닥친 불꽃 회오리를 내가 만들어 낸 소용돌이가 깨뜨리는 데 시간은 걸리지 않았다. 대량의 수증기와 수십만의 불티가 무대 위쪽에 흩날렸다. 하늘 높이 솟아오른 불꽃의 회오리가 회장 전체를 가득 메워버릴 기세로 세차게 솟아오르는 토석류에 깨져 나가는 순간, 숨을 죽이고 지켜보고 있었던 관객들에게서 일제히 환성이 터져 나온다.

에쿠스는 복합 정령마법이 깨어졌는데도 동요하지 않으며 이미 다음 번 정령마법의 행사 준비에 들어가 있다.

흠, 과연 배짱이 두둑하구나.

우리의 대결이 계속 뜨거워지는 한편 중개에도 해설에도 열기가 들어간다.

"우와아아, 화려해요, 화려합니다! 에쿠스 선수도 물론이고 드란 선수, 한 걸음도 양보하지 않습니다. 이것이 하이 고블린을 일대일 승부로 무찔렀다는 실력인가?!"

"아뇨, 저만한 정령마법을 연속해서 행사할 수 있다면 하이 고블린은 한 마리가 아니라 열 마리여도 문제가 되지 않습니다. 드란 선수는 실력의 바닥이 보이지 않아요! 아직도 한참 여유가 남은 것 같습니다. 4강에 들어가지 않은 것도 마법학원에 중간 편입을 한 것이 이유라면 앞서 싸웠던 네 선수보다 모자라다고 생각해서는 안 되겠네요, 절대!"

아크 위치는 나를 상당히 고평가해주고 있는 것 같군.

게다가 관객석에서 세리나와 드라미나, 루우의 환성도 들려온다.

기대해주는 사람이 있다면 기꺼이 기대에 부응해줘야지.

정령마법의 사격전은 계속 이어졌다.

에쿠스가 번개를 두른 바위 파편을 싸라기눈처럼 떨어뜨리면 나는 고열에 의해 융해된 금속의 비로 맞대응한다.

우리의 마법 접전은 고위 정령마법사 수십 명이 일제히 싸우고 있는 듯한 양상을 보였다 무대 위쪽에서 공방의 잔해인 용암이며 물 따위가 생겨났다가 사라지고, 사라졌다가 생겨남에 따라 시합장 안 정령력의 조화는 더욱 심각하게 혼돈의 상태로 변화해 간다.

"정령마법사로서 이렇게까지 맞설 줄이야! 확실히 가로아 마법학원 최강의 대장답게 실력이 좋군요. 당신이 더 빨리 마법학원에 입학했다면 틀림없이 4강에 포함되었을 겁니다."

에쿠스는 순수하게 감탄의 말을 꺼내는 동시에 상위 정령의 힘을 불러와서 짙은 자색의 번개를 날린다.

"그런가? 작년 경마제의 영상을 봤다만, 너는 실력이 상당히 좋아졌군. 작년이었다면 이미 마력과 집중력이 바닥나지 않았을까?"

나는 물 정령의 힘을 빌려서 주위에 정령의 힘을 띤 담수의 막을 전개하고 자색 번개를 흡수한 뒤 무효화했다.

그야말로 용호상박의 공방. 다만 무대의 위에 올라서 대치하는 나는 에쿠스의 얼굴에 조금씩 초조감의 빛이 떠오르기 시작했음을 알 수 있었다.

시합 개시부터 에쿠스와 같은 힘으로 쭉 대응했다만, 서서히 저력의 차이가 나타나고 있다는 것을 다른 누구보다도 소년 본인이 잘 이해하고 있다. 같은 이계의 정령을 소환해도 소환 주체의 마력 및 술식, 정신력에 차이가 있다면 정령이 이쪽 세계에서 휘두를 수 있는 힘에도 상응하는 차이가 발생한다.

그리고 해설을 맡은 아크 위치도 에쿠스가 불리한 형세에 놓였음을 정확하게 간파하고 있었다. 이웃한 여러 나라에서 최강이라고 불리는 평판은 허울이 아닌가 보다.

"아무래도 드란 선수가 에쿠스 선수를 밀어내고 있는 것 같네요."

"어? 가만히 봤을 땐 호각으로 보이는데요, 무슨 이유일까요?"

"아직은 아주 약간의 차이에 불과합니다만, 드란 선수와 에쿠스 선수는 정령마법을 거의 비슷한 위력으로, 완전히 같은 횟수로 똑같이 행사했습니다. 그런데 횟수가 거듭될 때마다 드란 선수가 행사하고 있는 마법이 오히려 에쿠스 선수의 정령마법을 뛰어넘고 있어요. 에쿠스 선수의 소모가 드란 선수보다 더욱 큰 것에 더해서 주위 마력의 흡수와 같은 기술도 드란 선수가 오히려 에쿠스 선수를 상회하고 있습니다."

"그 말씀은 즉, 드란 선수는 이번 출전자 중에서 최강 후보 중 한 명으로 꼽히는 에쿠스 선수를 상회하고 있다는 뜻일까요?"

"네, 맞습니다. 정령의 소환 속도, 소환 순서에 따른 부차 효과의 발생, 상호 간 정령의 상성과 오행 변동의 판단, 모든 부분에서 두 사람 모두 초일류입니다만, 미세하게 드란 선수가 앞서 나가고 있습니다."

다시금 아크 위치의 입에서 튀어나온 충격적인 발언에 옆쪽에 앉은 하멜도 관객들도 대기하고 있는 탈다트 마법학원의 학생들도 놀라움을 금치 못하는 듯싶다.

오늘은 놀라는 사람이 무척 많구나.

학생이라는 신분을 제외해도 이미 왕국 굴지의 정령마법사라고 간주되는 에쿠스를 무명인 내가 제압하고 있는 상황이니까 당연한 반응일 테지.

올해 가로아 마법학원은 너무 이상하다며 지금쯤 다른 마법학원의 관계자들은 안색이 핼쑥해졌을지도 모르겠다.

다만 아직껏 투지가 사그라들지 않은 에쿠스는 아크 위치의 발언 따위 구경꾼의 잡음에 불과하다는 듯이 신경을 쓰는 기색이 없었다.

"하얀 봉우리의 정상에 서서 오시하는 공주여, 빙설의 리리아!"

주위에 가득 찬 정령의 힘을 밀어내면서 이제껏 겪은 가장 강대한 빙설의 힘이 정령계에서 이쪽으로 불어닥치더니 에쿠스를 중심으로 해서 눈 깜짝할 사이에 극한의 냉기가 주위를 얼려버린다.

그리고 나와 소년의 사이에 눈으로 된 살갗과 얼음 머리카락, 반투명 바탕에 푸른 보석이 장식된 드레스를 입은 소녀 모습의 얼음 정령이 출현했다. 리리아라고 불린 얼음 정령은 이제까지 우리가 소환했던 정령과는 달리 정령계의 모습을 온전하게 유지한 채 나타났다.

정령을 온전한 모습으로 이쪽 세계에 불러내는 것은 더욱 고위에 속하는 정령 소환이다. 게다가 이것은 대정령인가. 설마 에쿠스가 이런 영역에까지 도달했을 줄이야.

조그만 수정 왕관을 머리에 쓴 리리아는 이쪽으로 오기 전 각오를 다진 것인지 나를 앞에 두고도 동요와 공포를 내비치지 않았다.

그 대신이라고 할 수는 없겠지만, 관객들 사이에 있는 마법사들이 리리아의 출현을 목격하고 경악을 뛰어넘어 숫제 아연실색하고 있었다.

"에쿠스 선수, 이 위기를 맞이해서 뭔가 귀여운 여자아이를 불러냈습니다~! 외형은 에쿠스 선수의 나이와 맞춰서 서로 잘 어울리는 인상인데요, 당연히 평범한 여자아이는 아니겠죠? 메르르 여사."

"네, 네에, 에쿠스 선수가 불러낸 것은 단순한 정령이 아닙니다! 저것은 대정령……. 재능 있는 마법사가 수십 년 수행을 쌓아야 간신히 가능케 되는 소환이에요. 저 선수는 당연히 재능 있는 소년입니다만, 설마 고작 1년 사이에 이렇게까지 실력을 끌어올렸다는 게 솔직히 믿기지 않습니다!"

"대정령이라고요?! 대악마에게도 대항할 수 있다는 정령마법의 오의 취급을 받는 경지군요. 참고로 메르르 여사는 대정령을 소환할 수 있나요?"

"물론 가능한데요?"

무슨 당연한 질문을 하는 걸까요? 이렇데 되묻는 듯한 메르르의 답에 하멜은 『천재라는 녀석은 역시 어딘가 얼이 빠졌다』라고 진지하게 생각했다.

자기가 『재능 있는 마법사가 수십 년이나 수행을 쌓아야 한다』라고 직접 말했으면서 겨우 스무 살 조금 된 메르르가 아주 당연하다는 듯이 자신도 가능하다고 대답하면 듣는 사람에 따라서는 비할 데 없는 조롱이라고 생각하지 않을까.

"제가 대정령을 소환할 수 있냐 없냐는 일단 넘어가고요, 문제는 대정령을 상대로 드란 선수에게 대항 가능한 수단이 과연 있냐는 거예요. 다만…… 이제까지 출전했던 가로아 마법학원의 네 선수들이라면 대정령에게도 맞설 수 있을 것 같아서 무섭단 말이죠…….
이제까지 본 시합 과정을 떠올리면 드란 선수는 앞선 네 선수보다 절대 모자라지 않은 우수한 마법사라는 것은 분명하거든요. 저 선수가 어떻게 대응을 할지 기대가…… 되…….”

다만 아크 위치의 말이 중간에 끊어지며 관객들의 시선이 일제히 내게 집중된다.

나의 눈앞에 리리아와 대항하듯이 홍련의 불꽃을 두른 인영이 출현했기 때문이다.

정령계에서 불러낸 이자의 이름을 나는 조용히 입에 담았다.

“『폭염동자』 플레이자르르다.”

여름휴가 때 악룡 니드호그와 함께 모습을 드러낸 악마들을 소탕하기 위하여 소환했었던 윈더가스트 및 투아쿠아, 바이어스와 동격의 대정령이다.

플레이자르르다는 척 봐도 성질이 급하고 매사에 말보다 힘으로 해결하는 것을 선호할 듯한 용모를 가진 정령이며, 다부진 육체에는 농담(濃淡)이 있는 붉은색 불꽃이 마치 의복처럼 휘감겨서 붙어 있었다.

『하하핫, 뭔가, 나리. 위그드라실이 위험했을 때는 안 불렀으면서 이제 와서 나를 불러내길래 무슨 일인가 싶었더니 리리아가 상대였나?』

플레이자르르다는 입을 열자마자 곧바로 저번에 왜 자신만 소환해주지 않았냐며 불평을 늘어놓았다만, 낯익은 상대와 무대 위에서 대치하고 있는 이 상황을 즉각 파악한다.

나도 대정령을 불러냈음을 알고 에쿠스의 얼굴이 굳었다.

반면에 리리아는 상성이 안 좋은 상대임을 알아서인지, 아니면 플레이자르다와는 성격이 안 맞아서인지 이쪽에 원망하는 듯한 시선을 보내고 있다.

왜 하필이면 이런 녀석을 불러냈냐고— 얼굴에 쓰여 있었다.

그렇게 노려봐도 곤란하다만.

"엔테 때는 숲 한복판이었잖나. 그런 상황에서 너를 불러내면 우드 엘프들이 많이 놀랐겠지. 나의 상대는 아직 소년이다만, 저 어린 나이에 대정령을 불러낸 장래성이 있는 소년이거든. 리리아의 상대를 부탁하지."

『예이. 그나저나, 나리도 참 답답하시겠어. 매사에 인간답게 행동하겠다니 진짜 성실하시다니까. 나리가 부르기만 하면 우리의 왕도 찾아올 텐데 말이야. 그냥 쾅쾅 요란하게 날뛰면 되지 않나?』

"그 방법을 몰래 실행하는 것도 일단은 고려했는데 지금은 아직 **날뛰기**에는 이르군."

『뭐, 알겠수. 이봐, 리리아, 안 봐줄 테니까 녹아버리지 않게 알아서 조심해라~.』

플레이자르다가 친한 사이끼리 말을 건네는 모습으로 느긋하게 말을 붙인다. 다만 리리아는 오히려 힘껏 혀를 내밀어서 메롱 하고 노골적인 거절의 뜻을 드러냈다.

이렇게까지 리리아가 감정을 드러내는 경우는 드물었는지 에쿠스가 눈을 꿈뻑거리고 있었다.

『간다앗! 흰둥이!!』

『뭐래니, 그냥 불타는 바보 주제에!』

소환의 주체인 우리에게만 들리는 목소리로 입씨름을 하는 플레이자르드다와 리리아는 곧장 이제껏 불러냈던 정령들과는 격이 다른 힘을 발산하며 격돌을 시작했다.

두 대정령의 출현에 따라 이제까지 우리가 소환했던 정령들은 모두 자신들의 역할은 끝났다는 듯이 모습을 감춰서 정령계로 귀환한 지라 둘의 싸움에 휘말리지는 않았다.

플레이자르드다에게서 화산의 분화를 연상케 하는 불꽃의 파도가 쏟아지고, 리리아에게서는 네르가 쏘았던 빙랑동포파에도 필적하는 거친 눈보라가 날아든다.

대정령이 격돌함에 따라 사납게 광란하는 불과 얼음의 정령력이 보이지 않는 충격이 되어 공간에 전파되고, 잔해로 화한 무대는 눈 깜짝할 새에 수증기에 감싸여서 외부의 시선을 차단한다.

복수 속성의 정령력과 우리의 마력이 한데 뒤섞인 수증기는 통상적인 시력뿐 아니라 마법 시력마저도 차단할 수 있었다.

"우와아아?! 드란 선수가 반라의 멋진 남자를 소환하는가 싶더니 척 봐도 위험한 불꽃과 눈보라가 격돌하면서 무대 위쪽이— 아뇨, 양 학원의 선수들이 있는 대기장소조차 수증기에 감싸여서 아무것도 안 보입니다! 네르네시아 선수 이상으로 관객에 불친절하네요, 드란 선수, 에쿠스 선수~!"

바깥에서 하멜의 시끄러운 목소리가 들려오는 가운데 무대 위쪽에 선 나와 에쿠스는 서로가 불러낸 대정령의 격돌을 지켜보고 있었다.

각각의 대정령들이 지켜주고 있는 덕분에 불꽃과 눈보라의 여파에 상처를 입진 않는다.

리리아가 마구 악담을 퍼붓는데도 플레이자르다는 전혀 신경을 쓰는 기색조차 없이 내 마력을 잡아먹으며 잇따라 화염을 쏟아 내고 있다.

『씨~~ 이게, 이게, 난폭한 놈! 가까이 오지 마!』

『헹, 그럼 힘써서 밀어내봐라. 물론 소환사의 역량 차이가 이렇게 크면 어떻게 할 방법이 없겠지만 말이다.』

플레이자르다의 말이 리리아를 매개로 전해졌는지 에쿠스의 얼굴에는 뚜렷하게 분한 기색이 떠오른다.

메르르에게 내가 더 우위에 있다고 지적받은 치욕도 거들어서 에쿠스는 정신이 몹시 어지러울 것이다.

"에쿠스, 너는 정령들의 호의를 받고 너 또한 정령을 사랑하기에 참으로 친애가 가득한 관계를 구축하고 있다."

"그런 저보다도 자신의 힘이 더 뛰어나다고 말하고 싶은 겁니까? 뭐, 아무 때나 자랑을 하는 분이라고 생각하지는 않았는데 말이죠."

자기 비하를 섞어 가만히 중얼거리는 에쿠스의 눈동자에는 번뜩번뜩한 빛이 서려 있었기에 이 소년의 마음은 아직 꺾이지 않았다는 것을 짐작케 했다.

플레이자르다와 리리아의 격돌에 의해 때마침 외부의 시선과 마법 감지가 차단되어 있는 지금이야말로 좋은 기회라고 판단한 나는 결말을 서두르기로 했다.

"그런 뜻으로 한 말은 아니다. 다만 순수하게 네가 더 많이 성장하기를 기대하고 있음을 전해주고 싶었다. 너는 충분히 『이곳』에 다

다를 만한 소질이 있으니까. 자, 눈도 깜빡이지 말고 똑똑히 너의 눈동자와 혼에 새겨 넣도록 해라. 정령들이 왕으로 모신 존재를."

"뭐라고요?! 정령왕 소환— 말도 안 돼, 하이 엘프가 세계수의 도움까지 받아야 겨우 교감이 가능할까 말까 한 고차원의 존재입니다! 그런 존재를 인간의 몸으로 불러낸다는 것은 말도 안 돼요!"

정령왕의 소환을 암시함으로써 드디어 에쿠스의 얼굴에서 여유과 시건방짐의 가면을 떼어 내는 데 성공했다.

나는 나이에 맞게 당황하는 소년의 모습을 보고 살며시 미소 지었다.

『아~ 아, 뭐냐, 모처럼 투아쿠아 녀석에 이어서 나리에게 호출을 받았다 싶었는데 우리의 왕 중에 어느 한 분이 직접 납신다면 이만 끝인가 보군.』

『미안, 에쿠스. 힘껏 애써봤지만 저부…… 저 남자와 왕이 상대라면 내 힘으로는 도저히 네게 승리를 가져다줄 수 없어.』

플레이자르다는 유감스럽게, 리리아는 진심으로 서글피 말한 뒤 자신들의 왕을 맞이했다.

그리고…….

나의 등 뒤에 나타나기 시작하는 존재, 리리아와 플레이자르다조차 희미해지는 압도적인 기세. 별안간 요동치기 시작하는 세계와 세계의 간극이 변화하는 현상을 목격하고 머리로는 말도 안 된다고 거절하면서도 에쿠스는 결국에 믿을 수밖에 없다.

일개 인간에 불과한 내 손에 의하여 대정령마저 아득히 능가하는 고차원의 존재— 정령왕이 지상 세계에 소환되었다는 사실을.

"오너라, 불의 정령왕 중 일좌, 반아르다."

하나의 속성마다 기본적으로 다수가 존재하는 정령왕 중 내가 불러낸 것은 여섯 개의 팔과 거미를 연상케 하는 여덟 개의 다리, 세 개의 눈과 비틀린 모양의 뿔을 네 개 가지고 있는 불꽃의 정령왕, 반아르다.

나의 등 뒤 공간에 파문이 생겨난 다음 순간에는 신장이 나의 다섯 배쯤 되는 이형의 정령왕이 이쪽에 소리도 열도 퍼뜨리지 않고 고요한 와중에 출현했다.

에쿠스는 아직도 내 말이 믿기지 않는 듯한 모습이었다만, 이렇듯 지상 세계의 틀을 초월한 존재인 반아르다의 위용을 앞에 두고 압도적인 영격을 느끼게 되니 눈앞에 선 존재가 정령왕임을 인정할 수밖에 없다.

"에쿠스, 정령왕이란 대체 어떠한 존재인가 혼에 새겨 넣어라. 너라면 언젠가는 그들과 감응하고 호응하고 교감하여 소환할 수 있을 것이다. 지금은 반아르다의 힘을 몸소 겪어보거라. 반아르다."

나의 부름에 응하여 반아르다는 세 개의 눈의 초점을 에쿠스에게 맞춘다.

신의 영역에 있는 초월적 존재쯤 되면 단순히 존재하는 것만으로도 지상 세계에서 살아가는 생물의 혼조차 깨부수게 될 우려가 있다.

다만 지금은 반아르다에게 힘을 잘 조절해달라고 의뢰도 했고, 리리아 및 에쿠스에게 협력적인 정령들이 소년의 혼을 지켜줌으로써 방비하고 있다.

"으, 으아, 아아아아아아아아아아아!"

공포인가, 외경인가, 많은 감정에 등 떠밀려서 말이 되지 못하는 절규와 함께 에쿠스의 온몸은 황금빛 불꽃에 감싸였다.

무릇 지상 세계에서는 비슷한 영격을 가진 존재에게 가호를 받지 않는 한 절대 방어할 수 없는 반아르다의 불꽃이 저지먼트 링의 수비를 돌파해서 에쿠스의 육체와 혼을 불사른다.

다만 이번만큼은 전부 환각에 불과했다.

소년의 몸과 혼에는 흠집 하나도 나지 않았다.

지금 느끼는 작열과 고통을 견디지 못해 정신을 잃은 에쿠스는 리리아가 부축을 해서 무대의 잔해 위쪽에 살며시 눕혀준다.

에쿠스가 정신을 잃어버렸기에 지상 세계에 현현하기 위한 쐐기를 잃은 리리아는 그 직후 본래의 세계로 돌아가버렸다.

마지막까지 에쿠스를 염려하는 표정이었다는 것을 보아도 에쿠스와 리리아가 우호적인 관계를 구축했음을 알 수 있겠다.

에쿠스는 당분간 깨어나지 못할지도 모르겠지만, 다시 눈을 떴을 때 정령왕과 대면을 한 소년은 마법사로서의 격을 대폭 올릴 수 있을 것이다— 그렇게 나는 기대하고 있다.

내년 경마제에 출전할 후배들에게는 터무니없이 반갑지 않은 선물을 두고 온 것 같기는 한데 왕국의 주위 분위기가 심상치 않은 작금에 강력한 마법사는 한 명이라도 많은 것이 당연히 좋다.

게다가 젊은이의 성장은 본래 나 같은 연장자에게는 무엇보다도 큰 즐거움이니까.

『당신께서 웬일로 심한 처사를 하셨군요, 드래곤 님.』

소환의 목적을 전부 수행한 반아르다는 어린 인간의 아이에게 힘을 휘둘렀다는 것이 민망했는지 조금 기막히다는 어투로 말을 걸어왔다.

엄격한 장년의 남성 비슷한 인상을 주는 반아르다의 염화에 나는 고개를 돌려 조력에 대한 감사의 말과 이유를 말해주었다.

"장래성이 있는 소년이었거든. 극복하리라 생각은 하고 있는데 조금 과하게 손을 쓴 것 같기도 하군. 그리고 일부러 정령계에서 찾아와주어 고맙다."

『저희의 신께서 분부를 내리신지라 당신께 조력하는 데 부정의 답을 할 수는 없습니다. 당신께 저희의 힘이 구태여 필요하지는 않을 터이나 인간답게 행동하고자 정한 이상은 저희의 힘을 써야 편리할 때도 있으시겠지요. 그때는 아무쪼록 편하게 불러주십사 말씀을 올리는 바입니다.』

"그렇다면 편안하게 신세 지도록 하지. 거듭 감사의 말을 전한다. 이번 조력은 정말 고마웠다. 반아르다, 플레이자르다."

『당신께 도움이 되어드렸다면 저희의 신께서도 체면이 서는 법이지요. 그러면 이만 작별입니다, 드래곤 님.』

『이만 우리의 왕과 함께 나도 돌아가보겠수다. 나리, 나 같은 녀석이야 별 도움은 안 되겠지만 언제든 불러줍쇼.』

"그래, 때가 오면 잘 부탁하지."

인사를 나눈 뒤 정령계로 돌아가는 불의 정령왕과 대정령을 배웅하고 나는 주위에 가득 넘쳐나는 수증기를 걷어 없앰으로써 무대 위쪽에 쓰러져 있는 에쿠스와 상처 하나도 없이 서 있는 내 모습을 관객들 앞에 보여주었다.

대정령끼리 격돌한 끝에 내가 에쿠스를 제압했다는 식으로 관객들에게는 보였을 테지.

"아앗~? 드디어 수증기가 걷히나 싶었는데 놀랍게도 대장전은 이미 끝나버렸습니다! 대체 어떻게 된 일일까요, 이 경기는 정말 중계를 할 보람이 없는 결말을 맞이했군요!"

아무리 광대라지만 이렇게 솔직하게 말을 하니까 차라리 후련하다는 생각이 드는구나.

가로아 4강의 압도적인 힘을 본 뒤에 기대할 것은 에쿠스의 활약뿐이라고 생각했을 많은 관객들은 앞선 예상이 휙 뒤집혀서 내가 에쿠스를 쓰러뜨렸다는 사실에 놀라 웅성거리며 당황하기까지 했다.

하지만 그런 반응도 아크 위치가 신기하리만큼 차분한 목소리로 승패를 선언하자 곧장 격전의 승리를 축하하는 박수로 바뀐다.

"경마제 제1시합, 대장전 종료! 승자는 가로아 마법학원의 드란. 아울러 제1시합의 승리자는 가로아 마법학원!"

많은 관객과 세리나 등 반가운 사람들에게서 우레와 같은 박수로 축하를 받는 와중에 에쿠스는 미리 대기하고 있던 의료반의 손에 들려서 곧장 의무실로 이송되어 간다. 나는 혼자서 귀빈석에 예를 갖춘 뒤 대기장소로 돌아왔다.

그러던 도중에 육체 강화 마법의 효과가 남아 있었던 내 귀는 음성 확장용 마도구를 정지시킨 아크 위치가 얼굴을 가린 채 미친 듯이 웃고 있는 소리를 빠짐없이 듣고 있었다.

"으, 으후후후후후후후, 아하하하하하핫하하하하하하하하핫, 하멜, 봤어? 봤지? 대단해, 대단하다고, 저 아이! 크리스티나도 레니아도 대단했지, 대단했는데, 드란이라는 아이, 진짜 이상해. 이상한데 너무 멋지고 위험해. 아하하하하하하하하하하하하하하!!"

이제껏 소심했던 주제에 미량의 독을 내뱉던 아크 위치의 모습은 없고 주위에 들키지 않게 필사적으로 참으면서 만면에 미소를 띠고 웃고 있었다.

아마 예전에도 비슷한 일이 있었는지 하멜은 소곤소곤 메르르에게 물었다.

"메르, 조금만 더 목소리 낮춰. 그렇게 대단한 거야? 드란 군, 확실히 우승 후보라고 할까, 최강 후보 중 하나였던 에쿠스 군을 쓰러뜨렸으니까 많이 대단하다는 건 당연할 텐데 메르가 이렇게까지 말할 정도야?"

"말할 정도야! 대정령을 그렇게 간단하게 소환한 것도, 그 전에 정령 소환도, 복합 정령마법의 행사도, 전부 비정상적으로 정밀하고 대담하고 막대한 힘이 가득 차 있어서, 후후후후후후, 아하하하하하, 게다가 수증기 때문에 안 보이게 됐을 때, 내 마안으로도 보이지 않게 무언가 손쓴 것 같아. 그때 아주 살짝이지만 느껴졌는데 뭔가 대단한 사건이 벌어졌어. 『뭔가』밖에 알지 못하지만 대단한 뭔가가! 저 아이, 드란 군은 대단해, 분명히 내가 전력을 다 쏟아도 **망가트리지 못할** 거야, 망가지지 않을 거야! 아니지, 틀려, 틀렸어, 내가 가지고 있는 전부를 사용해도 이길 수 없어! 나를 제압할 수 있을 만큼 강하다고, 저 아이!!"

흠, 생각보다 아크 위치…… 아니, 메르르는 안목이 있었군.

그건 그렇고 『내가 전력을 다 쏟아도 망가트리지 못할 거야』라는 말은, 뭐랄까, 저 여성의 마음속에 응어리졌을 어둠의 깊이를 미루어 헤아릴 수 있는 말이구나.

나는 무사히 에쿠스와의 대결을 마치고 승리를 거둔 달성감과 동시에 우리 왕국 최강의 대마녀가 마음속에 담아 둔 어둠을 알게 되었고 또한 마녀의 눈에 점찍혔다는 결과에 정신적인 피로를 느끼면서 가로아의 대표 선수들이 있는 곳으로 돌아갔다.

잘 가거라 용생, 어서 와라 인생 11

초판 1쇄 발행 2023년 2월 10일

지은이_ Hiroaki Nagashima
일러스트_ Kisuke Ichimaru
옮긴이_ 김성래

발행인_ 신현호
편집장_ 김승신
편집진행_ 권세라 · 최혁수 · 김경민 · 최정민
편집디자인_ 양우연
관리 · 영업_ 김민원

펴낸곳_ (주)디앤씨미디어
등록_ 2002년 4월 25일 제20-260호
주소_ 서울시 구로구 디지털로 26길 111 JnK디지털타워 503호
전화_ 02-333-2513(대표)
팩시밀리_ 02-333-2514
이메일_ lnovellove@naver.com
L노벨 공식 카페_ http://cafe.naver.com/lnovel11

ISBN 979-11-278-6710-2 04830
ISBN 979-11-278-4192-8 (세트)

값 11,000원